KB020036

로크미디어가
유혹하는
재미있는 세상
ROK MEDIA
로크미디어

달빛
조각사

달빛 조각사 47

2016년 4월 18일 초판 1쇄 인쇄
2016년 4월 21일 초판 1쇄 발행

지은이 남희성
발행인 이종주

기획 팀 이기헌 송윤성
책임 편집 이세종

발행처 (주)로크미디어
출판등록 2003년 3월 24일
주소 서울시 마포구 성암로 330 DMC첨단산업센터 3층 314호
Tel (02)3273-5135 Fax (02)3273-5134
홈페이지 rokmedia.com **E-mail** rokmedia@empas.com

값 8,000원

ISBN 979-11-5960-908-4 (47권)
ISBN 978-89-5857-902-1 04810 (세트)

남희성 게임 판타지 소설

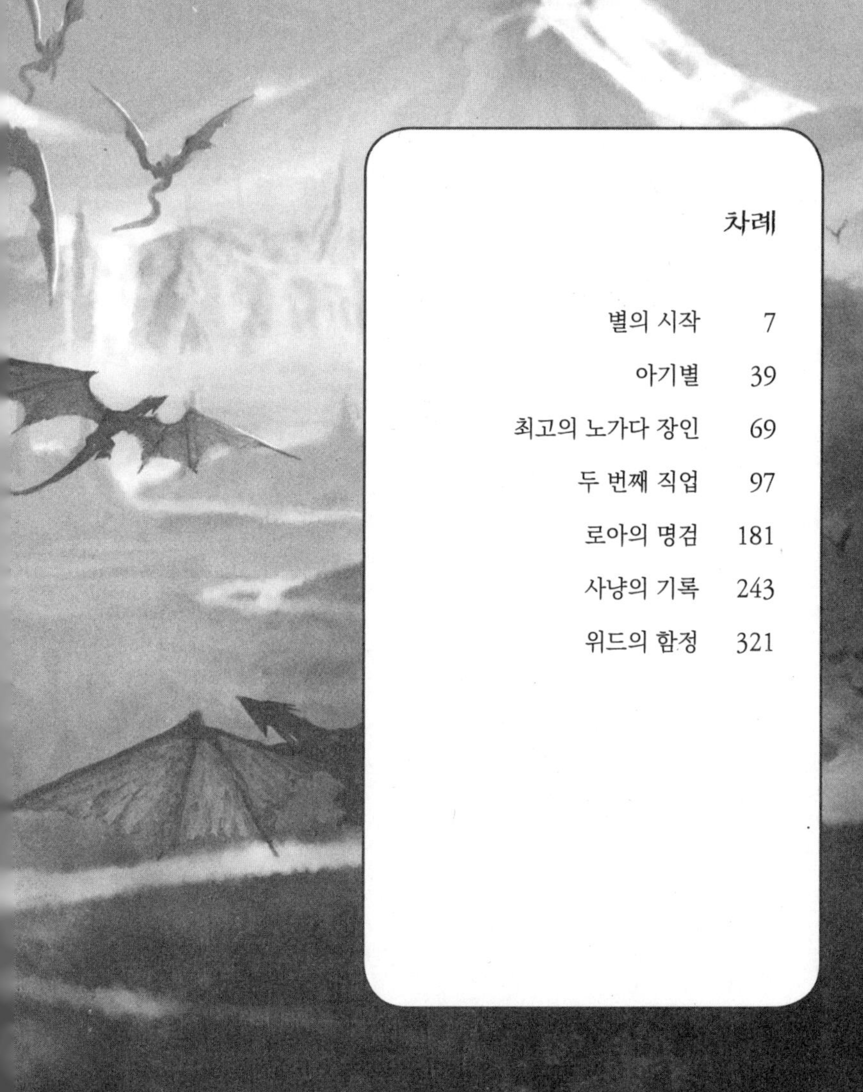

차례

The Legendary Moonlight Sculptor

별의 시작

The Legendary Moonlight Sculptor

무한히 펼쳐져 있는 거대한 우주 공간, 뜨겁게 작렬하는 태양과 별들의 바다.

위드는 조각술 마스터 퀘스트의 마지막 단계를 위해 베르사 대륙이 있는 행성을 떠나 우주 한복판에 섰다.

"스케일 한번 끝내주는구나!"

로열 로드에서 밤하늘을 수놓던 별들이 선명하게 보이는 것은 물론이고 아득히 먼 지역까지 시야가 확장되었다.

크고 작은 유성들이 긴 꼬리를 끌고 상상할 수 없는 빠른 속도로 지나쳐서 끝없이 날아간다.

아득히 먼 곳에서는 별들 사이에서 가스와 먼지가 푸른 성운을 형성하며 오묘하게 빛났다.

무한하게 넓은 공간과 그 너머의 신비.

베르사 대륙이 있는 행성에서처럼 중력의 이끌림을 벗어나 거대한 우주에 위드는 혼자 두둥실 떠 있었다.

우주에 진출한 느낌은 위드에게 평소와는 다른 외로운 기분이 들게 했다.

"이런 광경을 봤다면 사람들이 사소한 일에 아옹다옹하면서 살지 않을지도 모르겠는데 말이야."

인간, 시간, 지역, 나이.

그 모든 한계를 넘어서는 감동이 느껴진다.

달과 태양계 주변 행성들의 모습도 훨씬 크게 볼 수 있었다.

"인간은 너무 좁은 지역에서만 땅 투기를 하고 살고 있었어."

베르사 대륙이 있는 곳보다도 수만 배쯤 큰 행성에서는 인력에 끌린 위성들이 움직이면서 빛의 고리를 만들었다.

눈에 보이는 만큼의 세상을 살아간다면, 우주를 보기 전과 그 후는 달라질 수밖에 없으리라.

위드는 온몸을 떨었다.

"우주에 조각품을 만들게 되다니 영광이야."

아름다움.

장엄함.

신비로움.

역사 속에서 우주를 동경했던 사람들이야 얼마나 많았던가.

언제나 고개를 들어 올려다보기는 하지만 막상 갈 수는 없는 세계.

작은 행성에서 인간이 생각하고 상상하는 것을 벗어나 우주에 발을 내디딘다.

위드는 짤막하게 우주에 온 첫 번째 감상을 남기려고 했지만 뭔가 막막했다.

"에헴, 과학 시간에 졸지 말 걸 그랬군. 그러면 우주에 대해서 좀 더 아는 체할 수 있었을 텐데……."

뭔가 아는 게 있어야 우주나 별들에 대해서 한마디라도 꺼낼 게 아닌가!

아무래도 지금의 모습은 방송으로도 나가게 될 가능성이 높았다.

'좀 더 멋있게 보여야 해. 이놈의 인기 때문에라도 팬 관리가 필요하단 말이야.'

위드는 자체 편집을 시도하면서 태양과 달, 수많은 행성들을 처음 본 것처럼 놀란 표정을 지었다.

"이것은 인류의 위대한 첫 번째 발자국……."

어딘가에서 들어 본 듯한 말. 하지만 진정한 핵심은 그다음에 있었다.

"결국 인간은 더 넓은 세상으로 진출할 것이다. 그리고 강남 아줌마들과 부동산 중개업자들이 행성을 사고팔 거야!"
드넓은 포부!
이 무한히 넓은 우주에서 월세라도 받지 말란 법이 없지 않은가!
조물주보다도 뛰어난, 건물주가 아닌 행성주가 될 수도 있는 것.
시커먼 우주 공간에는 시작과 끝을 모를 별들의 바다가 있었다.
황홀할 정도로 두렵고 아름답고, 경이로우면서도 적막하다.
약 3분 정도는 위드도 우주에 대한 감상에 푹 취해 있었지만 한차례 하품을 하고 나서는 평소처럼 삭막한 감수성으로 돌아왔다.
"근데 로열 로드에 우주까지 구현이 되어 있다니……."
위드의 머릿속이 조금은 복잡해졌다.
모험을 하지 못한 신대륙도 남아 있다.
10대 금역은 물론이고 인간들이 못 본 비경도 즐비하다고 한다. 그런데 불현듯 드는 예감.
"언젠가 설마 우주에서도 모험을 하게 되진 않겠지?"
위드의 눈에 보이는 우주는 너무나도 크고 광활했다.
수많은 별들이 있고, 그 색마저도 다르다.
이곳에서 오로지 단 하나의 행성만 개발되어 있다면 너무나 아쉬운 상황이었다.

"어딘가에 베르사 대륙이 있는 행성 같은 게 또 있고, 마법이 극도로 발달하면 차원의 문을 열어… 여러 외계 종족이나 또 다른 인간들이 사는 세상이 있고. 에이, 그럴 리가 없지. 아마 그 정도까진 아닐 거야. 암, 그렇고말고."

어딘가 알 수 없는 곳의 광장.

"케기 끼르?"

"캬루루룩. 카캬룻."

"으히디헤 마루."

"흐키야! 흐키야!"

"푸쿠다랍 말르씨 아타카이테?"

"블라라오 바오카듬."

"알라썁 알라썁! 호리 알라썁. 모그리 제바타 3,000키리!"

"푸하 손젠드 라미?"

"마느라……."

위드는 조각술 마스터를 위해서 여신 헤스티아의 의뢰에

따라 별을 조각해야 하는 입장이었다.

"조각품이나 일단 만들자. 우주에 다녀온 기념으로 광고를 찍고, 혹은 책이라도 내서 돈을 긁어모으는 건 차차 진행해도 되니까 말이야."

베르사 대륙에서 볼 수 없다면 아무런 의미가 존재하지 않기 때문에 가까운 곳에 별을 만들 생각을 했다.

그렇지만 정작 베르사 대륙이 내려다보이는 위치에 자리를 잡고 나니 달의 존재가 상당히 거슬렸다.

"근데 달이 움직이잖아."

우습지만 기껏 별을 만들었더니 달과 충돌할 가능성도 배제할 수 없다.

"우주에 중앙선을 그려 놓을 수도 없고, 아무 곳에나 만들면 불법 주차나 마찬가지지."

위드는 달을 지나쳐 더 먼 우주 공간으로 향했다.

스스로 빛을 발하는 태양을 중심으로 움직이는 행성들.

베르사 대륙이 있는 아름다운 푸른 행성이 멀어져 가는 건 기묘한 느낌이었다. 마치 돈이 가득 담겨 있는 봉투가 떠나가는 것과 같다고 할까.

"적당히 먼 곳에 만들자."

위드는 베르사 대륙이 있는 행성에서 떨어지는 걸 감수하면서도 외롭게 별들의 바다를 향해 날아갔다.

무섭게 가속도가 붙어서, 마치 영화에서 보던 것처럼 빛보

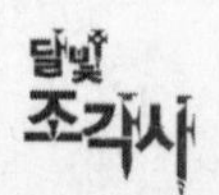

다도 빠르게 흘러갔다.

아름답고 영롱하게 반짝이는 보석 같은 은하계가 정면에 있었다.

"이런 광경이라니… 음, 이래서 사람들이 큰돈을 들여서 우주로 나오는 건가? 인간으로서의 제약을 벗어나서 미지의 세계를 바라보는 느낌이야."

태양을 중심으로 한 행성은 12개나 되었다.

위드는 붉은 행성들이나 알 수 없는 수정 같은 행성에도 가까이 다가갔다.

혹시나 싶은 마음도 있었다.

'여기에 토끼나 고양이가 살고 있는 건… 퀘스트를 받을 수도 있지 않을까.'

0.1%의 가능성도 없을 테지만 누군가 와 보는 건 정말 처음일 것이기 때문에 확인을 해 봤다.

하지만 가까이 가서 보면 삭막한 모래로 가득 차 있는 거대한 행성들일 뿐이었다.

생명이 존재하지 않는 넓은 별에는 지독한 외로움이 느껴졌다.

위드는 태양계를 지나서 드넓은 외곽 지역에 자리를 잡았다.

행성들 밖에서 적당한 자리를 잡는 데만도 상당한 시간과 관찰을 필요로 했다.

태양을 중심으로 도는 행성들의 규칙적인 운행 반경을 피해서 만들어야 했고, 우주에 돌아다니는 운석들도 감안해야 했다.

위드가 만들어야 하는 것은 베르사 대륙의 밤하늘에 빛나는 별!

"멀수록 잘 보이도록 더 크게 만들어야지."

태양계의 외곽 지역이라 어떤 별을 만들더라도 상관없는 꽤나 넓은 지역이었다.

위드는 잠시 눈을 감았다가 떴다.

'드디어 대망의 조각술 마스터구나. 퀘스트만 실패하지 않는다면 말이야. 그토록 고생했던 과거가 MP3처럼 흘러가는군.'

위드는 로열 로드 역사상 전무후무할 스킬을 사용했다.

"별 생성!"

시커먼 우주 공간에서 신비로운 하얀 빛의 일렁임이 있었다. 그리고 뜨는 메시지 창.

띠링!

> –이 지역에 별을 생성하시겠습니까?
>
> 별의 형태와 재질, 크기를 구성해야 하며 스킬은 단 한 번만 사용할 수 있습니다.

"만들어 보자."

-별이 생성됩니다.
손으로 잡아 형태와 크기를 바꿔 주십시오.

빛의 일렁임이 공처럼 둥글게 뭉쳐 있었다.

"설마 이건?"

위드는 여동생의 볼을 가지고 놀 때처럼 양손으로 잡아서 좌우로 늘려 봤다.

쭈우우욱!

고무공처럼 쉽게 늘어나는 모양.

양쪽이 아닌 한쪽 면만 잡아당기더라도 중심은 그대로인 채 옆으로 계속 커졌다.

처음에는 야구공 정도의 크기였지만 금방 수백 미터짜리로 커졌다. 게다가 원하는 대로 계속 늘어났다.

"이런 방식이라면 진짜 초대형 조각품을 만들겠구나. 어느 정도의 크기가 적당하지?"

땅이란 넓을수록 좋은 법!

14평, 17평의 소형 아파트가 각광받는 시대도 분명히 있었지만 거주 비용과 가격이 싸다면 누가 좁은 아파트에 살겠는가.

머릿속에 베르사 대륙이 있는 행성의 수십억 배 크기가 스쳐 지나갔다.

"다시없을 초대형 조각품을 목표로 해야지."

위드는 빛의 일렁임을 잡아서 늘리고 또 늘렸다.

빙룡이나 킹 히드라와 같은 조각품은 별의 조각품에 비하면 먼지만큼도 못하다. 끝을 알 수 없는 광활한 우주 공간에서는 은하계조차도 티끌처럼 작았다.

도대체 로열 로드가 어디까지 확장된 것인지는 알 수 없지만 우주 공간에서는 원하는 규모로 만들 수 있었다.

"내가 완전히 잘못 생각하고 있었어. 밤하늘을 올려다볼 때의 낭만? 조각술 마스터는 맘껏 크게 만들어 보라고 별의 조각품이로구나!"

어두운 밤하늘에 떡하니 존재하는 거대한 별이 벌써부터 눈앞에 아른거렸다.

"낭만이나 예술성이 도대체 뭐야. 조각술 마스터라면 역시 묵직하니 크고 봐야지. 어마어마하게 말이야!"

위드는 빛의 일렁임을 잡고 우주를 날기 시작했다. 있는 대로 한껏 크게 만드는 것이 목적이었다.

유병준 박사는 가끔 세상이 불합리하다고 여겼지만, 최근에는 그 생각을 코코아에 햄버거를 먹으면서도 자주 했다.

"저딴 게 무슨 예술가라고……."

별의 조각품을 크게 만들 수 있는 것에 기뻐하면서 있는 힘껏 늘리기만 하는 위드의 모습을 화면으로 보자니 기가 찰 정도였다.

로열 로드의 조각품 감정 시스템은 실제 인류 문화와 역사를 반영한다.

세상에 드러난 모든 진짜 예술품과 기법, 예술가들과 인간의 감동이나 경험 같은 것을 데이터베이스화해서 조각품이 완성되는 순간 가치를 자동으로 책정했다.

물론 로열 로드의 자체적인 역사와 구성, 조각사 개인의 경험이나 기록도 측정해서 반영되었다.

"조각술 마스터는 직업 마스터에서도 가장 힘든 축에 드는 것인데 저런 식으로 하다니……. 어쨌든 마지막 단계에 왔군."

유병준이 볼 때 위드는 너무 잘나갔다.

먹고살기에 충분할 정도의 돈도 벌었고, 인기도 누렸다.

심심해서 인공지능으로 살펴본 여자 친구인 서윤에 대한 분석도 있었다.

-아름다움의 서열에 대한 분석 말씀이십니까?

"그래. 저 아가씨가 어느 정도의 미녀일지 궁금하군. 저런 미녀는 내 인생에서 본 적이 없는데 말이야."

-사람이나 인종, 국가마다 미에 대한 기준과 가치판단이 다양합니다.

"모든 국가와 사람들이 갖는 표준적인 기준을 반영하도록."

―외적인 아름다움은 물론이고 지혜와 성품, 우수한 유전자의 특성까지 감안하여 분석을 시작하겠습니다.

보통의 인공지능이라면 며칠은 걸릴 만한 작업이었다.

미에 대한 다양한 가치의 척도는 물론이고, 인공위성이나 인터넷에 존재하는 인물들의 사진 및 동영상, 사람들의 반응, 방송 자료까지 감안하여 미모를 분석했다.

―지구상에서 아름다움을 기준으로 평가했을 때 정서윤의 서열은 1위입니다.

"그, 그 정도인가?"

―지적인 능력을 비롯하여 유전자가 가지고 있는 대부분의 특성들이 우수한 수준입니다. 진화의 측면에서 볼 때 현생 인류보다 4세대 정도 앞선 유전적인 특성을 가지고 있습니다. 특히 겉으로 드러나는 미모로는 아시아권은 물론이고 미국, 유럽, 아프리카, 남미, 모든 남자들의 99.697%가 서윤 양을 최고의 미녀로 꼽을 것입니다.

"포함되지 않은 나머지는 뭐지?"

―시력에 장애가 있거나, 지독하게 독특한 취향을 가진 소수의 변태들입니다.

"나이와 상관없이 말이냐?"

―모의실험 결과 장난감을 가지고 노는 어린 남자아이부터 숟가락을 들 힘이 있는 남성 노인들까지 한결같이 서윤을 평생 자신이 본 중에 최고의 미인으로 꼽을 것으로 결론이 났습니다.

"믿기 어려울 정도야. 구체적인 사례는?"

—울고 있는 2세 이하의 아이도 서윤을 보면 울음을 멈출 가능성이 98%입니다. 그리고 실제 영상 판독 결과 서윤이 시장에서 장을 볼 때 가까운 곳에서 울던 아이들이 울음을 멈춘 사례가 454건 있습니다. 실제 발생 확률은 100%였습니다.

"뭔가 오류가 있을 것이다. 재측정해 봐라."

인공지능은 다시 수십 번의 계산을 해 본 후에 답했다.

—모든 데이터베이스를 통해 확인을 마쳤습니다. 최근 70년 안에 태어난 사람 중에서 가장 아름다운 여인입니다.

"그 전에는 더 아름다운 여인이 있었나?"

—미에 대한 판단이 시대에 따라 달라질 수 있습니다. 자료 부족으로 인해 과거를 정밀하게 분석할 수는 없었지만, 현재의 미인상이 형성된 70년 내를 기반으로 한 최고의 미녀입니다.

유병준은 깊게 탄식했다.

"위드에게는 너무 아깝구나."

—꼭 그렇지만은 않습니다, 박사님. 위드를 만나기 전까지 서윤의 미모는 전 세계에서 1~2년에 1명은 출현할 정도였습니다.

"지금 더 아름다워졌다는 말인가?"

—그렇습니다.

"큰 변화는 없는 것 같은데."

—최고의 미모는 디테일에서 완성되는 것입니다, 박사님.

별의 조각품이 만들어지는 광경을 지켜보고 있자니 유병

준은 위드가 전혀 미덥지 않았다.

"구체적인 주제도 정하지 않고 일단 크게 만들어 보려고 하다니. 저렇게 무계획적일 수가 있나?"

퀘스트의 마지막 단계인 만큼 차분히 결과를 기다려 볼 수도 있지만 인공지능에게 물어보기로 했다.

"위드가 과연 직업 마스터에 성공할 수 있을까, 로열 로드 최초로? 헤스티아를 만족시킬 만한 작품이라면 간단하지 않아. 기필코 대작을 만들어야 할 텐데."

-성공할 것입니다.

"확률은?"

-95.3%입니다.

"아주 높은 수치인데. 근거는?"

-위드의 승부사적인 기질을 봤을 때 기회를 놓치지 않을 것입니다. 그리고 그가 조각할 작품의 주제가 서윤과 관련되었을 가능성이 97%입니다.

"그렇다면 조각술 마스터는 끝난 것이나 다름없겠군."

위드는 빛의 일렁임을 어마어마하게 크게 키웠다.

가까이에서 보면 크기가 가늠이 되지 않아서 전체를 살피기 위해서는 우주로 멀리 날아가야 했다.

"주변의 다른 별보다 작은 것 같은데……. 안 돼. 더 커야 해."

먼 우주 공간에서 봐도 확연하게 느껴지는 강대한 존재감!

수많은 별들 중에서도 빛의 일렁임의 크기는 절대 꿀리지 않았다.

"별이라면 크고 밝아야지."

고등학교 과학 시간에 배웠던 우주에 대한 것도, 어떤 별이 몇만 배쯤 더 크고 밝다는 정도밖에는 기억이 나지 않았다. 특히 태양의 규모는 태양계 행성들 전체를 합한 것보다도 수백 배 거대했다.

"크기가 모든 것에 우선한다. 암!"

위드는 철저히 확인하기 위해 마판에게 귓속말도 보냈다.

-마판 님, 지금 바쁘세요?

-아닙니다. 말씀하세요.

-물어볼 것이 있어서 그러는데, 그곳이 밤인가요?

베르사 대륙도 지역에 따라서 해가 뜨고 지는 시간이 조금씩 달랐다.

-네, 저녁입니다. 하벤 제국의 수도인 아렌 성 부근에서 밀무역을 하고 있습니다, 케케케.

-그렇군요.

-이곳이 밤인지 물으시는 걸 보니… 위드 님은 지금 어디십니까?

위드에 대한 소식을 궁금해하는 것은 마판도 마찬가지였다.

퀘스트나 사냥을 할 때는 귓속말 기능을 아예 차단해 버리기 때문에, 아무리 친하더라도 대화를 나누지 못할 때가 많다.

물론 위드와 함께 일주일 정도 사냥을 하고 나면 친한 동료들도 한동안 귓속말 기능을 꺼 버리고 잠적하곤 했지만.

―하늘을 보세요.

―음, 밤이라서 아무것도 안 보이는데요. 아렌 성에 계십니까?

―아렌 성은 아니고 그보단 좀 멀어요. 하늘을 보고 찾아보세요.

―지금 와삼이나 빙룡을 타고 계시는 겁니까?

―하늘이 아니라 그보다도 훨씬 멉니다. 북쪽에 빛나는 별 같은 거 안 보여요?

―보이는데… 오, 저곳에 저렇게 큰 별이 있었군요. 처음 보는데, 엄청 밝은데요.

―거기 있습니다.

―예? 그 방향에 계신다고요?

―아뇨, 별 옆에요.

―죄송합니다만 이해를 못 하겠습니다. 다시 어딘지 정확히 말씀해 주시겠습니까?

―지금 우주 한복판요.

-쿠헉! 거기서 뭘 하고 계시는데요?

-별 만들어요.

마판에게 패닉을 안겨 주고 나서 필요한 정보들을 얻었다.

별이 얼마나 크고 밝게 보이는지, 그리고 주변의 별자리에 대해서까지도 꼼꼼하게 체크했다.

위드가 만드는 별의 조각품이 주변 별들에 묻히거나 가려져 버린다면 그것만큼 심각한 실패는 없기 때문이다.

-근데 별을 만드는 퀘스트도 있습니까?

-뭐, 조각술 최후의 비기 퀘스트를 완료하고 마스터가 되려고 하니까 퀘스트가 생기네요.

-정말 부럽네요.

-별로요.

-진짜 대단하십니다.

-별일 아니에요.

-존경합니다. 앞으로도 쭉 이끌어 주세요.

-별말씀을.

-조각술 마스터를 미리 축하드립니다. 대륙 최초의 마스터가 되시겠네요. 근데 자꾸 별로 시작하는 말로 대답하시는데… 의도하신 거죠?

-별이 아름답게 빛나는 밤이군요.

위드는 유린에게도 귓속말을 보냈다.

-사랑하는 예쁜 여동생아.

―뭔데? 라면 끓여 와?

―네가 로열 로드에서 좀 다녀 봐야 할 곳이 있어.

―어딘데?

―그림 이동술로 다녀오면 되니까, 세계 각 지역을 돌아다니면서 밤하늘의 그림을 그려 줘.

―몇 장이나?

―아쉬운 대로 백 장이면 될 것 같다.

화가에게 백 장이면 보통 노가다가 아니었다.

―알았어, 오빠. 내일까지 해 줄게.

그러나 위드의 여동생에게는 그 정도도 가뿐한 일.

기본적으로 도배, 장판, 시멘트 배합, 변기 설치 정도는 여자인 유린에게도 가능한 일이었다. 가끔 장독 묻는다고 야밤에 뒷마당에서 삽질을 할 때도 있었다.

"깊게 묻어야지, 헤헤."

열심히 땅을 파는 여동생을 보면 위드도 섬뜩한 기분이 들곤 했다.

'나중에 좋은 남자 만나게 해야 되겠구나. 내 여동생 손에 피 안 묻히려면.'

이현은 캡슐을 나와서 컴퓨터 모니터로 이혜연이 그린 그

림들을 봤다. 지역이 다르더라도 밤하늘의 방향만 같다면 모습들은 대부분 비슷했다.

"베르사 대륙에서 충분히 먼 곳이라 별자리에 큰 차이는 없군. 별이라… 어떤 조각품을 만들어야 할까?"

주변의 별들과 잘 어울려야 함은 물론이고, 크고 환한 존재감을 가져야 한다.

손에 닿지 않고, 먼 밤하늘의 별로 비추기만 하는 존재라서 낭만적이기도 했다. 시원한 바람이 부는 저녁, 별이 빛나는 하늘을 보면서 사람들은 마음을 열고 행복을 느낄 수 있다.

"조금만 마음을 열면 행복은 가까이 있는 거지."

보증금 300만 원에 25만 원짜리 월세에 살다가 보증금 1,000만 원에 23만 원짜리 월셋집으로 옮겼을 때도 얼마나 기쁘고 만족스러웠던가.

변기와 화장실 타일의 퀄리티부터 차이가 났었다.

"별자리를 보면… 모타라에서 북쪽으로 보이는군. 위치는 잘 정하긴 했는데 말이야, 뭔가가 계속 아쉬워. 도대체 그게 뭘까?"

이현은 서윤이 해 주는 밥을 먹고 다시 캡슐로 들어갔다.

조각품의 크기는 주변 별들의 크기와 밝기를 감안하여 결

정되었다. 달을 제외하고는 가장 크고 밝았다.

"아쉽지만 이 정도만 할까. 가공하는 것도 고려해 봐야 하니까 말이야."

여전히 다소 허전하긴 했지만, 넘치느니 약간 부족한 게 좋다고 위드는 이쯤에서 만족하기로 했다.

사실 거리 때문에 작게 보이는 것이지 직접 비교한다면 달 정도는 깔아뭉갤 수 있을 정도의 거대 사이즈였다.

—별의 크기가 결정되었습니다.
별을 구성하는 재질 중에서 다섯 가지 주요 광물을 직접 고를 수 있습니다. 선택한 광물들은 별에 더욱 풍부하게 매장이 될 것입니다.

위드의 퀘스트 창에 수많은 특성을 가진 광물과 원석이 등장했다.

지질학 박사가 보았다면 눈을 부릅떴어야 할 정도로 종류가 다양했다. 지구상의 모든 금속과 광물은 물론이고 우주에 존재하는 광물들까지도 분류가 되어 있다.

사소한 부분이었지만 로열 로드를 탄생시킨 놀라운 기술력이나 치밀함이 엿보이는 장면!

"돌이 다 거기서 거기지, 왜 이렇게 많아."

위드의 경우에는, 대부분 흔해 빠진 광물은 그대로 넘겨 버리고 바로 보석과 귀금속류로 이동했다.

"혹시나 했는데 정말 있구나."

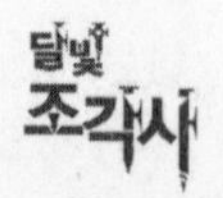

황금이나 다이아몬드와 같은 특성도 고를 수 있었다.

"행성이 보석으로 가득하다면… 캬하, 이거야말로 진정 고급스러운 땅 투기가 아닌가."

조각술 마스터를 위해 대작급의 예술품을 만들어야 하지만 땅 투기의 유혹은 참을 수가 없는 것.

고양이가 뚜껑 열린 참치 캔을 놔두고 지나갈 수는 없는 법이었다.

"다이아몬드로 하자. 별의 품격을 감안했을 때 다이아몬드 산 3~4개 정도는 있어 줘야지."

—다이아몬드가 결정되었습니다.

"금도 필요해. 금으로 된 강과 바다가 흐른다면 정말 끝내줄 거야."

—금이 결정되었습니다.

"그리고 값이 나가는 건… 루비. 루비 평야 정도는 있어 줘야 따뜻한 느낌이 들지 않겠어?"

—루비가 결정되었습니다.

"이쯤에서 전체적인 균형과 조화를 조금은 생각해 줘야 되겠지. 사파이어와 백금도 하자. 사파이어 언덕이나 백금 계곡 같은 것도 멋질 거야."

—사파이어가 결정되었습니다.

—백금이 결정되었습니다.

다섯 가지 보석과 귀금속으로 결정되어 버린 위드의 별!

이쯤 되면 슬슬 조각술 마스터가 문제가 아니었다. 베르사 대륙이 있는 행성의 수만 배에 달하는 보석이 매장되어 있다면 도대체 그 가치가 얼마이겠는가.

"부지런히 레벨을 올려야겠어. 언젠가 꼭 내가 여길 차지하러 돌아온다."

위드가 우주 정복에 대한 야망까지 불태우게 되는 계기였다.

아렌 성의 뒷골목.

늦은 밤, 간판도 붙어 있지 않은 빈민가로 지역 상인들이 몰려들었다.

"올리브를 사러 왔습니다."

"누구의 소개로 오셨습니까?"

"무기점 주인 파할이 말해 줬는데요."

"그렇군요. 마침 잘 오셨어요. 신선한 물품들이 있습니다, 후후후."

"저기, 품질은……."

"믿으셔도 됩니다. 최상품이니까요. 일단 보고 결정하시죠."

지역 상인들은 지하 창고로 가서 산처럼 쌓여 있는 올리브와 각종 말린 과일을 보며 탄성을 내질렀다.

"캬아! 이렇게 많은 식료품은 처음 봅니다."

"저희 마판 상회, 아니, 싸게팜 상회에서는 넉넉한 물량 확보는 물론이고 유통 마진을 최소화해서 공급하고 있습니다. 얼마든지 원하시는 물량을 가져가세요!"

북부의 마판 상회!

전쟁과 푸홀 워터파크로 상상을 초월하는 돈을 벌어들이며 거대한 부를 쌓았다.

그 결과 하벤 제국에서 밀무역의 영향력을 넓히고 넓혀서 아렌 성까지 진출한 것이다. 북부의 저렴하고 품질 좋은 식료품을 대거 중앙 대륙으로 가져와서 지역 NPC 상인들을 통해 공급했다.

띠링!

—교역이 성립되었습니다.
상인 젠타의 만족도가 대단히 높습니다.
지역 명성이 20 증가하였습니다.

친밀도, 영향력, 탈세!

중앙 대륙에서 하벤 제국의 영향력은 세금을 낮추면서부터 급속도로 줄어들었다. 마판 상회는 최소한의 이윤만을 남기면서 독버섯처럼 자라났다.

"하벤 제국의 장인들이 파는 물건을 구입하세요."

"이런 구매 가격으로는 마진이 적습니다."

상회에 있는 상인 유저들이 의문을 제기했다. 매번 전설에 가까운 성공 신화를 써 온 마판이지만 적자를 보는 거래를 하는 이유를 알 수 없었다.

"장인들과 친해지는 거죠. NPC나 유저나 가릴 것 없이요."

"친해지지 않고도 물건은 살 수 있는데요?"

"우리 목적은 물건을 사는 게 아니에요. 사람까지 사는 겁니다."

"사람?"

"친해지고 나면 몽땅 북부 대륙으로 끌고 갈 테니까 말입니다."

"……!"

상회를 통해 영향력을 퍼트린 후에 전부 북부로 데려갈 무서운 계획!

중앙 대륙은 일찍부터 기술 발전도가 높고 경제가 번영했다. 전쟁으로 한동안 밑바닥을 치기는 했어도 그 깊은 뿌리가 어디로 가겠는가.

마판은 푸홀 워터파크가 만들어진 이후에 위드와도 비밀

리에 회동을 가졌다.

아무도 알지 못하는 으슥한 곳에서, 그것도 일부러 밤에!

"레벨 200 이상의 장인 1명에 5만 골드는 주셔야 합니다."

"음, 너무 많군요."

"이쪽도 위험부담을 감수해야 합니다. 그러니 3만 골드?"

"시간도 돈이니, 서로 생각해 놓은 금액을 이야기하죠."

"18,973골드."

"14,980골드."

위드와 마판은 팽팽하게 눈싸움을 했다.

먼저 감는 쪽이 패배!

그러나 매번 그렇듯이 먼저 패배한 건 마판 쪽이었다.

"크흑, 받아들이겠습니다."

중앙 대륙의 쓸 만한 NPC들을 모조리 끌고 갈 계획을 세운 마판 상회.

유통으로 시작했던 마판 상회는 어느새 인신매매 사업까지로 확장되고 있었다.

로열 로드에서는 밤 사냥이 큰 인기를 끌고 있었다.

기본적으로 던전에서는 낮과 밤의 구분이 없기도 하지만, 밤에는 동물들의 활동이 왕성해졌다.

사냥꾼의 직업이 아니더라도 추가 경험치나 전리품의 혜택을 입을 수 있기 때문에 밤 사냥을 포기하지 못했다. 위드라면 어차피 24시간 사냥을 하기 때문에 상관없어도, 기왕이면 유저들은 짧은 시간에도 높은 효율을 원하는 것이다.

"저기 있잖아, 나 고백할 게 있는데……."

"응."

대지의 궁전 성벽에 앉아 있는 커플이 있었다.

남자 마법사와 여자 검사.

사냥터에서 눈이 맞은 흔한 커플이었다.

"우리……."

남자 마법사가 사귀자는 말을 어렵게 꺼내려고 할 때, 여자 검사가 하늘을 가리켰다.

"저기 봐 봐."

"뭔데? 와이번이라도 지나가니?"

모라타 왕국에는 조인족이 흔했고, 운이 좋은 날에는 와이번도 볼 수 있었다.

"별이 있어."

"별?"

남자는 '별이야 당연히 있겠지.'라고 구시렁거리면서 고개를 올려서 하늘을 봤다. 그리고 깜짝 놀랐다.

북쪽 방향에 달의 절반 정도 되는 크기의 밝은 별이 또렷하게 보였다.

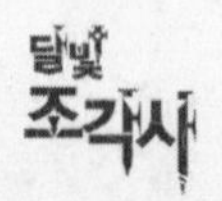

"저거 뭐지?"
"처음 보는 별이야. 분명 며칠 전까지만 해도 없었는데……."
그 시간, 베르사 대륙 곳곳에서 밤하늘에 빛나는 별에 대한 이야기가 오갔다.
들판과 산, 강은 물론이고 도시에서도 유저들은 하늘을 올려다봤다. 먼바다에서 대형 범선을 타고 항해하던 선장이나 해적들도 마찬가지였다.
"저 별은 뭐야?"
"신기하네. 무슨 퀘스트라도 벌어지고 있는 걸까?"
전설과 신비가 있는 로열 로드.
유저들은 가벼운 흥분을 느꼈다.
매연과 빛의 공해에 찌든 현대인은 밤하늘을 볼 일이 거의 없었다. 어두운 밤에 빛나는 건 인공위성이나 비행기 정도가 고작!
하지만 로열 로드에서는 밤에 사냥을 하다가 별들이 보석처럼 반짝이는 밤하늘을 올려다보면 그만큼 낭만적일 수가 없었다. 따로 경치 좋은 곳들을 찾아다니지 않더라도, 맑은 밤하늘에 시원한 공기만 있다면 최고의 데이트 장소.
도시의 야경이 아름다운 모라타나 새벽의 도시라면 연인들끼리 걷기에 정말 좋은 곳이었다.
그리고 주민들이 말하기 시작했다.

“헤스티아의 신전에서 여신의 신탁이 내려왔다고 해.”

“자네는 혹시 느끼고 있나? 위대한 탄생이 다가오고 있는 것을 말이야. 정말 오랜만의 반가운 일이지.”

유저들은 각 지역에 있는 헤스티아의 신전으로 달려갔다.

헤스티아의 사제 유저들 역시 의문으로 가득했다.

“뭔데요? 뭡니까?”

“어떤 신탁이죠?”

대사제의 자리에 있는 NPC가 사람들에게 밝혔다.

“여신 헤스티아가 직접 이 세계가 낳은 최고의 예술가를 마지막으로 시험하고 있습니다.”

신전을 가득 메우고 있던 유저들은 대사제의 말을 듣자마자 중얼거렸다.

“위드?”

“위드네.”

이런 일을 저지를 사람은 위드뿐이었다.

바드 마레이가 정중하게 물었다.

“대사제시여, 최고의 예술가는 대체 무엇을 하고 있습니까?”

“무한하게 넓은 공간에서 여신 헤스티아의 권능으로 단 하나의 작품을 만들고 있습니다. 그는 다시없는 큰 공적을 세운 모험가이기도 하며 명예로운…….”

“한동안 안 보이더니 역시 모험을 하고 있었어. 이런! 멋진 노래를 만들 기회를 놓치다니. 아, 이건 조각 퀘스트인가."

마레이는 땅을 치고 후회했고, 유저들의 눈에는 부러움이 가득했다.

"세상에, 이젠 우주에서도 조각품을 만들어. 대박이다."

"대체 얼마나 명성을 쌓고 퀘스트의 전설을 쓰면 이런 퀘스트를 다 수행하냐?"

"차원이 다르네, 달라."

"위드, 역시 쥐새끼처럼 숨어서 활동하고 있었군."

"앗, 우리 사이에 헤르메스 길드원이 있다."

밤하늘에 유난히 빛나는 별은 유저들에게 금세 유명해졌다.

레벨이 높은 궁수 유저들은 남다른 시력을 가져서 망원경을 낀 것처럼 별을 확대해서 볼 수 있었고, 샤먼과 마법사도 비슷한 관찰 마법을 가졌다.

"이글 아이 마법으로 위드의 별을 보여 드립니다. 2골드에 모셔요!"

마을마다 장사를 하는 마법사들에 의해 유저들의 긴 줄이 늘어섰다.

망원경의 가격은 10배 이상으로 폭등!

"소식 들었어? 북쪽에 빛나는 별이 위드 님의 조각품이래."

"말이 돼? 하늘에 조각품을 만드는 것이 말이야."

"하늘이 아니라 우주라던데? 별의 조각품을 만드는 거래.

조각술 마스터로 말이야."

위드가 모험을 한다는 소문은 불과 2~3시간 만에 베르사 대륙 전체로 퍼져 나갔다.

도시와 들판을 가리지 않고 유저들은 하늘을 올려다봤다.

"저게 다 뭐야? 자세히 보니까 무지 반짝여."

"저 누런 게 다 금? 엄청 예쁜 보석 별이다."

"그러게 말이야. 진짜 어마어마한 게 나올 것 같아."

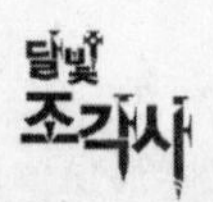

The Legendary Moonlight Sculptor

아기별

The Legendary Moonlight Sculptor

이현의 집 앞으로 고급 승용차들이 줄줄이 주차되었다.

한국의 방송국들은 물론이고 로열 로드의 인기를 업고 탄생한 전 세계의 게임 방송사들, 해외 주요 방송국의 임원들이 조각술 마스터 퀘스트 중계에 대한 협의를 하기 위해 몰려온 것이다.

"이 골목도 자주 오니까 익숙하군."

"나는 주소까지도 외우겠어."

방송국의 임원들은 안면이 있는 이들과 함께 반갑게 인사를 나눴다.

"손 전무님, 요즘 주말 시청률 많이 오르셨던데. 방송 주제도 참신하고."

"걸 그룹들 모험시키는 내용으로 새로운 프로그램 하나 짜볼까 하고 있습니다. 모라타에서 황소와 새끼 와이번도 키우고요. 걸 그룹이 식상하긴 해도 장면이 예쁘지 않겠습니까."

"그거 좋군요. 요즘은 가수들 콘서트도 로열 로드에서 한답니다. 장소 섭외하는 것도 쉽고, 무대장치나 관중의 반응도 색다르고 좋다는군요."

"알고 계셨군요. 새벽의 도시와 모라타에 있는 공연장들은 대관 일정이 1년 치가 벌써 가득한데 말입니다."

"추가 공연장도 계속 만든다죠? ORK통신에서도 아르펜 왕국에 공연장 기획하고 있지 않습니까?"

"워낙 다른 건축 일들이 바쁘다 보니… 북부는 사람은 많아도 손이 귀해서요."

실제 가수들에 의한 경쟁도 볼만한 요소였다.

수많은 가수와 연주가가 로열 로드에서 캐릭터를 생성하고 바드로서 노래 실력을 겨루어서 유명세를 얻어 가는 과정이 방송으로 중계되었다.

시청자들의 반응도 뜨거웠고, 아르펜 왕국의 열풍을 이어가는 요소 중의 하나였다.

약속 시간은 오후 3시.

정확하게 점심과 저녁 식사 사이에 이현의 집 문이 열렸다.

"보신아, 예쁘게 잘 자랐구나."

방송국 관계자들이 서둘러 이현의 집으로 들어갈 때였다.

KMC미디어의 직원들은 이현의 집 강아지들에게 비싼 갈비를 가져다줬다.

"착하지. 많이 먹어라."

어느새 훌쩍 큰 몸보신 2세와 그 새끼들이 갈비를 와구와구 뜯어 먹었다.

다른 방송국 직원들은 계약을 하러 온 마당에 도대체 뭐 하는 짓인지 의문이었다.

"저럴 필요까지 있을까요?"

"허 참, 지금이 정승집 개한테도 인사를 한다던 조선 시대도 아니고."

방송국 관계자들은 웃으면서 이현이 기다리는 거실로 들어갔다.

"손 부장님, 이쪽 자리에 앉으세요. 박 이사님, 이사 승진 축하드립니다. 편하신 자리를 준비했습니다."

이현의 집은 거실이 넓은 편은 아니었다. 손님들은 가끔씩만 찾아오기 때문에 의자의 개수도 모자랐다.

"자리가 편하진 않겠지만 이걸 깔고 앉으세요."

이현은 여러 명의 방송사 관계자들에게 방석을 나눠 주면서 바닥에 앉으라고 했는데, 외국인들은 당연하게 받아들였다.

"고맙습니다, 미스터 이."

하지만 한국 방송사 관계자들은 방석을 보면서 미묘한 신경전을 벌였다.

방송국의 지위나 시청 점유율을 떠나서 무작위로 방석을 나눠 준 것 같지만 은근한 공통점이 있었다.

'지난번에 왔을 때는 맨바닥에 앉았는데, 설날 선물로 산삼을 보냈더니 이번에는 의자다.'

'명절 선물 세트가 부실했구나. 크으, 구멍 난 방석을 받다니, 우리 회사 홍보부 직원들은 일을 어떻게 한 거야! 이놈들을 그냥!'

이현은 마시는 물에도 차이를 뒀다.

아무런 선물도 가져오지 않고 협상을 위해 온 순진한 사람들에게는 찬물. 현관을 들어오면서 뭐라도 하나 선물을 내민 사람은 오렌지 주스.

마트에서 흔히 파는 오렌지 주스였음에도 불구하고 그걸 못 받은 사람들은 미묘한 박탈감을 강하게 느꼈다.

'쪼잔하다는 말은 들었지만 이 정도라니…….'

'엄청나다. 나한테는 오렌지 주스를 절반만 따라 줬어! 선물의 질은 마음에 들었지만 양이 좀 모자랐다는 뜻이 아닐까.'

'다행이다. 그래도 난 주스라도 가득 줬으니까 말이야. 협상 과정이 조금이라도 순조롭겠어.'

외국 방송국 관계자들은 웃으면서 재미있어했다.

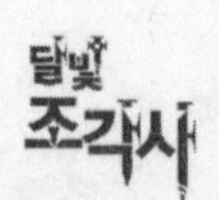

'위드? 개그 감각이 있구나. 딱딱한 자리가 될 줄 알았는데 재밌어. 멋지다.'

'원더풀.'

그리고 이어진 방송 계약의 자리.

이현은 간단히 현재 진행하고 있는 퀘스트에 대해 설명했다.

"대충 알고 찾아오셨겠지만 조각사 마스터 퀘스트입니다. 그것도 마지막 단계!"

"오오."

방송국 관계자들은 엉덩이가 들썩일 정도였다.

스킬 마스터 경쟁이 한창 벌어지고 있기는 하다. 그렇지만 직업 마스터 퀘스트 경쟁은 너무나도 극악에 가까운 난이도 때문에 대부분이 포기한 상태였다.

퀘스트의 살인적인 양과 위험!

직업 마스터 직전에 목숨을 잃기라도 하면 안 되기 때문에 다들 몸을 사렸다.

'전쟁의 신 위드나 되니 마스터 퀘스트의 끝까지 갔구나.'

'역시 노가다의 신.'

'퀘스트 같은 건 전부 해내는군. 정말 평범해 보이는데… 겉보기와는 달라.'

'독한 놈. 저걸 CTS미디어에서 진작 독점으로 잡았어야 했는데.'

'한국인들은 도대체 뭐 하는 종족이지? 가상현실 세계는 한국인들이 결국은 지배하고 말 거야.'

이현은 방송국 관계자들을 거만하게 쓱 둘러봤다.

"하지만 제가 진행하고 있는 게 일반적인 마스터 퀘스트는 아니죠. 여기까지 오게 된 과정은 조각술 최후의 비기가 있기 때문인데… 아마 조각사 마스터가 또 나오더라도 다시는 볼 수 없을 겁니다. 크윽, 좀 아쉽기도 하고 섭섭하기도 하네요."

지나간 고생은 추억과 경험으로 미화되었지만 가끔 악몽을 꾸기는 했다.

이현은 전혀 아쉽지 않았어도 분위기를 조성하기 위해 옆구리를 꼬집어서 눈물 한 방울을 쥐어짰다.

"어쨌든 이번 일을 성공하면 최초의 마스터가 될 가능성이 높고, 별을 조각하는 건 따로 설명드릴 필요 없이 전대미문의 일일 겁니다. 보고 싶어 하는 시청자들은 꽤 되겠죠."

길게 설명할 필요도 없다.

방송국들 내부에서 판단하기에도 높은 시청률을 장담할 근거는 충분했다.

'이건 먹힌다.'

'최고의 흥행 아이템이야.'

위드의 퀘스트는 항상 높은 시청률을 기록한다.

위드가 시장에서 말로 손님을 끌며 조각품을 만들어서 팔아먹는 내용으로도 10%의 시청률이 어렵지 않은데 최초의 마스터 퀘스트를 완료하는 순간이라면 시청률 확보는 확실하다.

'지금 밤마다 기대하면서 별을 보고 있는 유저가 한둘이 아니고.'

'풀죽신교. 위드의 광팬들이 있으니 그들의 욕구를 해소해 줘야 한다. 그래야만 시청자 게시판의 풀죽 테러를 막을 수 있어.'

방송국 게시판마다 풀죽을 외치는 시청자들에 의해서 점령된 상태.

위드의 퀘스트나 사냥이 대박을 칠 때마다 게시판이 풀죽으로 가득했다.

1년쯤 전, 방송국 홈페이지의 몇몇 이용자들이 풀죽 풀죽 하는 것이 혐오스럽다는 의견을 내기도 했다. 게시판 운영자 역시 별다른 내용 없이 풀죽만 적는 글들은 광역 삭제를 진행했다. 그리고 얼마 후 방송국들은 크게 후회했다.

사이트 이용자 숫자 급감!

풀죽을 외치는 유저들이 로열 로드의 열성 팬들이었기 때문이다.

로열 로드를 시작한 시간은 길지 않지만 그렇기 때문에 더 왕성하게 활동을 한다.

풀죽 유저들이 외면한 방송국들은 인터넷 사이트의 활동뿐만 아니라 시청률에서도 손해를 봤다.

지금은 각 방송국 게시판에서 풀죽신교 소속을 인증하고 글을 쓰는 유저들이 삼분의 이를 넘어섰다.

어디 한국뿐이던가. 전 세계의 로열 로드와 연관된 방송국은 물론이고 각 인터넷 주요 사이트들이 풀죽신교 유저들에 의해 장악되고 있는 형편이었다.

웨이보, 페이스북, 트위터와 같은 소셜 커뮤니티에서도 풀죽 유저들이 왕성하게 활동한다. 기자들이나 연예인들도 기사나 인터뷰에서 풀죽신교 소속임을 흔하게 인증했다.

심지어는 영국의 유명한 경제 신문에서는 이런 평가도 내놓았다.

풀죽신교는 디지털의 새로운 혁명이 될 것이다

더 이상 모르는 사람이 많지 않은 풀죽신교는 자유와 모험, 행복을 가치로 로열 로드에서 탄생했다. 놀고, 즐겁게 놀고, 재미있게 놀자는 그들은 즐거움이 갈수록 적어지는 각박한 현실의 새로운 조류가 되고 있다.

…풀죽신교의 확장성은 놀랍다. 매일 100만 명 이상이 새로 가입을 하는 것으로 알고 있으며, 나이와 능력, 그 어떠한 제한도 없다.

평범한 사람도 풀죽신교에 가입을 하고 수많은 하부 조직 중에 소속 단체가 정해지면 그곳의 정체성을 따르게 된다. 용감하고, 근면하며, 헌신을 배우며, 희망적인 미래를 위해 자기 분야의 능력을 개발한다.

풀죽신교의 흐름은 시민 의식의 새로운 도약이라고 할 수 있을 것이다.

아울러 경제적으로도 풀죽신교의 영향력은 무시 못 할 정도가 되었다. 세계적인 백화점, 아웃렛은 물론이고, 항공사, 호텔, 놀이공원, 이동통신, 고급 레스토랑 등에서 발 빠르게 풀죽신교 멤버십을 만들어서 제공하고 있다. 연회비 없이 제공되는 이 서비스는 풀죽 프렌들리라는 이름으로 충성도 높은 이용자들을 사로잡는 역할을 톡톡히 해냈다.

매출액이 수백 조에 달하는 기업이나 경제 연구소에서도 풀죽신교의 경제적 파급효과에 대해 관심을 갖고 연구했다.

-풀죽신교의 소셜 네트워킹 서비스가 시작된다면 어떻게 될까? 수억 명의 가입자를 기반으로 전 세계 소셜 네트워킹 시장을 장악할 수 있지 않을까?

-풀죽신교 전용 방송국 개국 가능성?

-문구류에서부터 패션, 아동, 스포츠, 명품 잡화, 이동통신까지 풀죽신교 마니아들을 활용한 브랜드의 진출이 손쉽게 가능할 수 있다.

세계적인 기업과 연구소에서는 가상현실을 기반으로 태어난 디지털 경제 혁명을 예언했다.

아울러 풀죽신교의 교리는 제3세계에서 독재에 저항하거나, 자유와 민주주의를 일으키는 정치혁명 세력으로의 대두도 충분히 가능하다.

방송국 관계자들은 이현과의 계약을 반드시 달성해야만 하는 상황이었다.

이현은 종이쪽지를 하나씩 나눠 줬다.

"각자 적고 싶은 금액을 적으십시오."

WPS미디어의 신 전무가 먼저 종이쪽지를 받았다.

"금액을 적으면요?"

"생방송 계약은 경매식으로 진행하겠습니다. 국가나 방송 점유율과는 관계없이 높은 금액을 제시한 7개 회사와만 거래를 하겠습니다. 하루가 지난 후의 방송에 대해서는 따로 제한을 두지 않고 업계 평균만큼의 로열티를 받도록 하죠."

"으음."

방송국 관계자들이 쪽지를 받아 들면서 치열한 눈치 싸움을 벌였다.

'생방을 위해 얼마나 적어야 할까?'

'몸값이 올라도 너무 올랐다. 하지만 메이저 방송국으로 거듭나려면 반드시 생방을 잡아야 해.'

'투자한 만큼 수익은 충분히 뽑히지. 우리 방송국에 광고를 넣는 기업들을 감안하면. 그런데 적절하게 써서 될까? 다

른 방송국에서 확 크게 지르는 게 문제인데.'

방송국 관계자들이 고민에 휩싸였을 때, 이현의 차분한 말이 이어졌다.

"참, 생방송과 중계방송의 광고 판매 금액의 15%도 저한테 주셔야 합니다."

"네?"

"중요한 부분은 아니지만 어느 정도 지분은 인정해 주셔야 될 것 같아서요."

"……."

방송국 관계자들은 고심하여, 쓸 수 있는 최대한의 금액을 작성했다.

시청자 숫자가 많은 중국과 미국, 일본의 방송국들은 기꺼이 거액을 지불했다. 평균 시청률이 높은 KMC미디어를 비롯해서 국내 방송국들도 현장에서 바로 결정되었다.

방송국 관계자들이 돌아가려고 할 때 이현은 명함도 나눠줬다.

보통 명함이라면 업체명과 직위가 적혀 있는 반면에 이현의 명함은 달랐다.

이현 : 10월 5일

서윤 : 4월 22일

이혜연 : 7월 9일

할머니 : 1월 7일

"이게 뭡니까?"

명함을 받아 든 OTS미디어의 최 부장이 의아하다는 듯이 물었다.

"가족 생일입니다. 좋은 날들은 알고 계셔야 할 것 같아서요."

"……."

방송국을 상대로 제대로 갑질을 하는 이현이었다.

위드는 자신이 만들고 있는 별에 임시로 이름을 붙였다.

"B612라고 할까?"

어린 왕자의 별!

어릴 때 유치원의 서가에서 읽었던 동화책에서 봤던 이름이 떠올랐다.

"음, 하지만 시대가 바뀌긴 했지. 조금 더 단순한 이름으로 아기별이라고 하자."

제대로 모습이 갖춰지지도 않은 둥그런 별이었다.

가까이에서 보면 한없이 거대하지만 멀리서 보면 우주의 수많은 별들 중 하나.

지구처럼 푸른 행성에 흰 구름이 존재하는 것도 아니고, 광물들 외의 특징을 알아보기는 힘들었다.

"슬슬 모습을 갖춰야지."

습관처럼 자하브의 조각칼을 꺼냈다가 행성의 거대한 크기로 인해 도저히 견적이 나오지 않는 걸 보고 다시 집어넣었다.

최소 대재앙은 일으켜야 작은 생채기라도 낼 수 있으리라.

"시원하게 해 보자."

위드는 우주에서 멀리 떨어진 후에 양손을 앞으로 내밀었다.

"신의 불꽃!"

두 손에서 화염 폭풍이 일어났다.

무엇이든지 녹여 버리는 헤스티아의 권능.

1만 킬로 이상 떨어진 우주에서 아기별을 향해 화염 폭풍을 적중시켰다.

처음에는 별 반응도 없던 아기별이지만 곧 표면이 붉게 달아오르면서 일부가 녹아내렸다.

"어릴 때 딱 이런 걸 원했었어."

위드는 지극히 만족스러웠다.

동네 아이들이 어디서 썩은 나뭇가지 몇 개에 불을 붙여서 감자나 고구마를 구워 먹으려고 애썼던 기억이 났다.

자고로 불장난이라면 행성 하나 정도는 통째로 태워야 제

맛!

게다가 몇 시간 정도로는 간에 기별이 가지 않을 정도로 훌륭한 노가다감이기도 했다.

"근데 도대체 뭘 만들어야 할까? 진짜 조각술 마스터를 위한 마지막 작품이 될 텐데."

위드는 불의 기운을 잠시 거두고 생각에 잠겼다.

조각품이란 다른 모든 분야처럼 한계를 가진 예술 분야다. 그 한계 속에서도 새로운 시도를 하며 생각을 담는 것이 조각술.

"우주에 만드는 별이란 부담감도 있어. 또 다른 새로운 영역에 대한 위험부담이 있단 말이지."

크기와 재질, 조각술이 가진 기존의 한계를 완전히 뛰어넘는 것이지만, 제약도 생긴 셈이었다. 너무 큰 무대를 주었기에 어지간한 작품으로는 양에 안 찬다고 할까.

"우주에 어울릴 만한 작품이라. 빛이나 배경을 이용해야 하는데, 주변과 어울리려면 확실히 쉬운 건 아니야. 도대체 어떤 별이 멋진 거지?"

우주 한복판은 소리 하나 들리지 않고 적막하고 외로웠다.

세상을 살다 보면 누구나 혼자라는 느낌을 가끔 받지만, 문을 열고 나가면 사람이 있다. 그러나 우주에서는 물리적인 거리만 하더라도 아주 멀리 떨어져 있었다.

"최소한 대작을 만들어야 하는데 말이야."

위드의 어깨도 무거웠다.

그러나 고민의 시간이 그렇게 길지는 않았다.

조각술 마스터 전에 만드는 마지막 작품.

그렇다면 가장 만들고 싶었던 조각품을 만들면 되는 게 아니겠는가.

"지금 이 순간 내가 가장 만들고 싶은 조각품은… 분명히 있지."

위드의 입가에 음흉한 미소가 그려졌다.

평소의 썩은 미소와 크게 다르진 않았지만 행복이 어려 있었다.

로또 1등에 당첨되어서 주식을 샀는데 100배 대박이 나고, 그 이후에는 금수저가 된 정도의 행복함이었다.

"쉬잇, 만드는 거 같다. 별의 모습이 약간 바뀌었어."

"도대체 어떤 차이가 있는 건데? 궁금해 미치겠네."

"정 궁금하면 텔레비전으로 봐. 캬아, 진짜 멋진 작품이 나오겠구나."

베르사 대륙의 도시마다, 사람들은 밤이 되면 하늘을 올려다보았다. 술을 마시거나 음식을 먹으면서도 하늘을 보는 사람들로 인하여 광장이 붐비고, 테라스에 유저들이 북적였다.

소수의 유저들은 호기심을 이기지 못해 궁수 길드로 가서 시력 스텟을 익히고 나서 레벨이 오르면 스텟 포인트를 분배할 정도였다.

마판 상회에서는 재빨리 망원경을 대량으로 제작하여 또 다시 떼돈을 벌 수 있었다.

베르사 대륙의 수많은 유저들이 지켜보는 가운데, 위드의 아기별 조각이 진행되었다.

며칠 동안 행성의 표면에서 큼지막한 덩어리가 잘려 나가더니 녹아 버렸다. 별의 오른쪽 상단부에 수박처럼 둥근 형태가 드러나는 모습을 보면서 유저들은 생각했다.

"사람이겠구나."

"마지막 조각품은 역시 사람이겠지."

"그러면 그 대상은 풀죽여신님?"

"가능성이 높아. 밤하늘의 별에 여신님의 모습을 조각한다면… 매일 밤마다 그 얼굴을 볼 수 있잖아. 캬하, 취한다."

"완벽해. 진짜 더 바랄 게 없어."

베르사 대륙에서는 프레야 여신, 헤스티아 여신이 유명했지만 대중의 인기도에서 그녀들은 이미 밀려난 후였다. 사람들이 그저 여신이라고 부른다면 그것은 오로지 풀죽신교의 여신을 뜻한다.

얼음 미녀상은 매일 수십만 명의 성지순례자들이 돈다는 유명 관광지였다.

문화와 예술이 발달한 아르펜 왕국에서는 수많은 그림과 조각품이 거래된다. 초보 조각사나 화가 들이 흉내 내어 만든 위드의 조각 생명체들도 많았지만, 여신 서윤의 조각상은 꿈과 환상의 작품이었다.

신성불가침!

서윤을 조각하려 한 수많은 조각사들이 그 시도만큼 좌절을 겪었다.

"아, 안 돼. 도저히 그 아름다움을 십분의 일도 표현할 수가 없어."

"외모는 대충 비슷한 거 같은데… 왜 이렇게 그 느낌이 안 나지? 감성이 부족해. 내가 만든 조각품은 그냥 기계로 찍어 낸 것이나 마찬가지야."

풀죽신교의 교도들은 밤하늘의 별을 보면서 기대에 부풀었다.

"여신님께서 별이 되어 지켜 준다면 아르펜 왕국은 절대 망하지 않지. 매일 밤을 기다릴 것이다."

"크으, 기꺼이 순교다, 순교."

밤하늘의 별은 유저들이 보는 오른쪽 부분만 계속 조각되고 있었다. 어깨는 좁고, 아마도 머리가 될 둥그런 부분은 비율상으로 커다란 형태로 다듬어졌다.

"말도 안 되잖아. 여신님께서는 저렇게 머리가 크지 않은데."

"조각을 위해 간단한 형태만 일단 갖춰 놓았을 거야. 그 후에 정교하게 다듬지 않겠어? 눈, 코, 입만 하더라도 그건 미의 시작과 끝이지."

"처음부터 완벽한 모습을 조각하기란 불가능해. 지금까지 여신님의 조각품을 아무리 자주 만들었던 위드 님이라고 할지라도 말이야."

"위드 님이 마스터 퀘스트를 하려면 여신님의 매력을 최대한 살려 봐야지. 그래야만 본래의 미를 표현할 수 있어."

"암, 이미 예술의 범주를 넘어섰으니까. 여신님의 실물을 본 나로서는… 그날 전과 그날 후의 영혼이 달라졌다고 감히 말할 수 있어."

그러나 두툼한 목선과 머리 크기에 비해 좁고 둥그런 어깨라인, 짧은 다리와 통통한 상체까지 이어서 만들어지자 베르사 대륙의 유저들은 혼란에 빠졌다.

"여신님이 아닌가?"

"어떻게 그럴 수가? 위드 님이 지금 이렇게 중요한 순간에 배신을 때리는 거야?"

풀죽신교의 교도들은 물론이고, 이미 1억 명을 돌파한 위드의 안티 카페도 들끓었다.

제목 : 위드의 조각품 반대 청원 운동입니다.

위드가 풀죽여신님을 조각하지 않는 것 같습니다. 얼마나 경박

하고 무엄한 행동이란 말입니까? 대륙을 비춰 주는 여신님의 존재를 탄생시킬 수 있는 기회인데요.

인생은 짧습니다. 풀죽여신님을 보는 순간만이 완전한 행복이고 평안한 시간입니다. 여신님의 조각상은 그 어떠한 가치로도 대체할 수 없으며 수많은 사람들에게 기쁨과 행복을 잔뜩 안겨 줄 것입니다.

위드는 지금까지의 성공에 취해서 배은망덕하게도 우리와 풀죽여신님을 배반하였을 것입니다. 이 파렴치한 행위에 대해서는 분명히 단죄해야 마땅합니다.

하지만 우리는 그가 아무리 밉더라도 다시 기회를 주어야 합니다. 당장 지금의 조각상 제작을 중단하고 풀죽여신님을 조각한다면 위드를 용서해 줄 것입니다.

베르사 대륙의 유저들은 밤하늘에서 전설적인 아름다움을 자랑하는 서윤의 모습을 보지 못하는 것이 너무도 안타까웠다.

위드는 조각품을 만들면서 많은 생각을 했다.

"순수한 느낌을 살릴까? 활짝 웃는 모습으로? 음… 그보다도 성별부터 결정을 해야 하는데. 더 조각하면 되돌릴 수가 없어.”

어떤 조각품이든 순식간에 형태를 계획했던 위드지만 이번 조각품은 변수가 너무 크고 많았다. 대략적인 형태는 잡았지만 구체적으로 어떻게 조각해야 할지 쉽게 손이 가지 않는다고 할까.

“서윤의 외모를 어느 정도 닮긴 해야 해. 그렇다고 너무 비슷하게만 하면 느낌이 단순할 거야.”

통통한 작은 손, 짧은 다리, 상대적으로 큰 상체와 머리.

조각품의 대상이 될 일반적인 형태만이 만들어졌다.

“에라, 모르겠다. 그냥 느낌이 가는 대로 따르자. 내 머릿속에 떠오르는 이미지대로……. 어느 하나를 결정할 수는 없잖아. 마지막에는 결국 이게 정답이야.”

화염으로 행성을 녹이면서 조각을 계속해 갔다.

세상의 예쁘고 아름다운 모습들을 다 집어넣는다고 해도 성에 차질 않는다.

그러나 막상 서윤의 모습을 떠올리면서 조각을 하고 나니 모든 모습들에 애정이 넘쳤고 귀여웠다. 두툼한 볼이나 앙증맞은 턱살까지도 한없이 사랑스러웠다.

“성별은 여자로 하자. 딸이나 아들이나 어느 한쪽을 택하기는 힘들어. 그래도 딸이 예쁜 짓을 더 많이 할 것 같으니까.”

위드가 만드는 조각상은 돌이 갓 지난 아기였다.

생명의 탄생만큼 아름답고 거룩한 것이 또 있겠는가. 여자

아이냐 남자아이냐에 따라서 조각품의 느낌은 완전히 달라질 수 있었지만, 일단 딸을 선택했다.

"맏딸은 집안 재산이라는 얘기도 있으니까 말이야."

사람은 태어나서 성장하고, 인연을 맺고, 자식을 낳고 살아간다.

대부분의 인간이 100세를 넘겨서 살기는 힘들다. 그동안 주어진 시간을 소모하면서 공부도 하고, 일도 하고, 사랑도 하면서 세상을 살아간다. 기뻐하고, 슬퍼하고, 화를 내고, 감사해하기도 하면서 인생을 겪는다.

그 삶에서 다시없을 소중한 가치가 있다면 바로 아기가 아니겠는가.

아기가 꼬물거리면서 태어나 하루가 다르게 자란다. 몸을 뒤집는 법을 배우고, 방에서 기어 다니고, 말을 하는 법을 엄마와 아빠의 품에서 배운다.

위드는 가난하던 시절에 어린 여동생을 업고 돌보면서 미래를 상상해 봤다.

'나 같은 놈이 결혼을 하고 가정을 이룰 수 있을까?'

집을 돌아보면 한숨만 푹푹 나왔다. 기저귓값, 분윳값조차도 너무 비싸 보이던 시절이었다.

'돈 한 푼 없이 사랑을 하고 싶진 않아. 이건 너무 힘든 일이잖아. 차라리 평생 혼자 살면 누군가에게 피해를 줄 일은 없겠지.'

사랑을 돈 때문에 못 하는 건 비참한 일이었지만 위드에게는 당연한 현실이었다.

'돈 때문에 난 사람을 좋아해서도 안 되는구나. 애도 못 낳겠군.'

위드는 길거리에서 부모의 손을 잡고 환하게 웃는 아이들을 보면 부러웠다.

남자와 여자가 만나서 사랑을 하면 결혼해서 아이를 낳고 함께 늙어 가게 된다. 평범한 일상이나 다름없는 일이었지만, 아기야말로 사랑과 행복의 결정체라고 할 수 있었다.

'분윳값과 기저귓값을 극복해야 돼. 그건 정말 단단히 각오해야 하는 일이야.'

위드는 사랑하는 사람과 아기를 키우면서 살아가는 미래를 꿈꿨다. 돈을 많이 버는 것만이 아니라, 함께하고 싶은 사람과 행복하게 살고 싶었다.

'정말 마지막으로 멋지게 조각하고 싶은 건 내 마음에서 쭉 정해져 있었어.'

"……."

서윤은 아르펜 왕국을 관리하는 일로 바빴다.

북부 대륙 전역으로 상업이 발달하고 문화적 영향으로 국경이 넓어지고 있다 보니 신경 써야 할 사소한 일들이 정말 많이 생겼다.

돈은 아무리 아껴서 쓰더라도 모자랐고, 왕국치고는 영토가 넓은 데다 인구는 기하급수적으로 증가하고 있다. 정책을 어떻게 펼치느냐에 따라서 발전 양상이 확 달라졌다.

서윤은 이현에게 국왕 대리를 받아 낼 때의 일을 떠올렸다.

"아르펜 왕국에 대한 권한을 좀 주세요."

"뭘 얼마나?"

"행정, 사법, 예산, 군사에 대한 전권요."

"그건 내가 가진 통치권 전부나 마찬가지잖아."

"일을 잘하기 위해서 필요해요."

"설마 아르펜 왕국에 모인 돈을 전부 들고 튈 생각은 아니겠지?"

이현이 의심스러운 눈초리로 그녀를 보았다.

"……."

대꾸할 가치도 없는 말이라서 서윤은 가만히 있었다. 그러자 이현의 상상의 나래는 더욱 커졌다.

"하벤 제국과 뒷거래를 해서 왕국을 팔아먹거나, 아니면 모라타나 새벽의 도시, 푸홀 워터파크를 사람들에게 팔아도 되지. 기획 부동산처럼 50평씩 나눠서 팔아 버리는 거야. 그 돈으로 부자가 되어서……."

이현의 상상력은 딱 거기까지였다.

바로 옆집에 사는 서윤이었고, 또 그녀가 그런 짓을 하지 않을 만한 이유도 충분했다.

가지고 있는 재산이 이미 꽤 된다는 것 외에도, 그녀 정도의 외모라면 돈은 의미가 없었다. 방송 출연 계약서 몇 장 정도만 써 주면 돈이야 얼마든지 벌 수 있었다.

"알았어. 맘대로 해."

서윤은 국왕의 자리를 실질적으로 대행하며 작은 마을의 영주들을 임명하는 일에서부터 모든 업무를 진행했다. 사냥터로 가서 레벨을 올리지는 않았지만 아르펜 왕국의 발전에는 그녀의 공헌이 지대했다.

로열 로드에서 바쁘게 많은 일을 하고 있었지만 서윤은 이현을 좋아하기 때문에 일상생활에도 관심을 가졌다.

과거에 새벽에 신문 배달을 하면서 딸기 우유 하나가 그렇게 먹고 싶었는데 먹지 못한 게 한이 되었다는 이야기를 들은 이후부터는 냉장고에 꼭 3개씩 사 놓았다. 하나만 놔두면 아깝다고 못 먹는 게 까다로운 이현의 성격이었으니까.

몸보신과 새끼들의 사료는 비싼 걸 먹이더라도 일부러 싸구려 마대 자루에 담아 놓아야 했다. 안 그러면 강아지들을 구박하는 경우가 부쩍 늘어났다.

서윤에게 이현이 로열 로드에서 조각품을 만드는 것은 특히 관심의 대상이었다.

자신의 조각품을 만들어 주었던 추억이 그대로 생생했다.

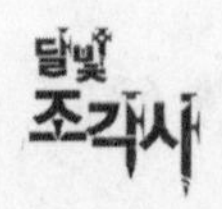

여러 번 조각품을 만들면서 그 모습과 형태가 갈수록 마음에 들었다.

이현이 그녀에게 주는 최고의 선물이었다.

'조각술 마스터로 만드는 이번 조각품도 나에 대한 것일까?'

은근히 작품이 완성되는 날이 기다려졌다.

밤하늘의 별까지 그녀의 모습으로 조각한다면 이보다 낭만적이고 멋진 선물이 없으리라.

'직접 물어보진 않을 거야. 기다려야지. 하지만…….'

서윤은 캡슐로 들어가서 로열 로드에 접속했다.

-마판 님.

-네.

서윤의 부름에, 마판은 밀무역을 하다가 중단하고 귓속말에 전념했다. 마판에게도 서윤은 여신이었다.

-하늘을 볼 수 있는 대형 망원경이 필요해요.

-아… 네, 알겠습니다. 최고의 대장장이들을 섭외해서 제작해 보겠습니다.

-빨리 부탁해요.

-네. 근데 예산은 어느 정도나 하실 생각입니까? 일단 제 돈으로 만들어도 상관은 없긴 합니다만.

-200만 골드요.

-네?

-제가 가지고 있는 돈을 다 낼게요. 200만 골드로 먼 곳까지 선명하게 볼 수 있는 대형 천체망원경을 설치해 주세요.

말을 하는 서윤의 얼굴은 붉게 달아올라 있었다.

대형 망원경 제작 의뢰까지 넣고 기다리고 있던 서윤. 그녀는 매일 꼼짝도 하지 않고 밤하늘을 올려다봤다.

임시로 작은 망원경을 사서 위드가 조각하는 별을 보던 그녀.

별의 모습이 조금씩 드러나자 자신이 아니라는 게 느껴졌다.

"……."

서윤은 조용히 묵혀 놨던 검을 챙겨 들고 던전으로 향했다.

아무도 없는 고급 던전에서 오랜만에 몬스터들을 쓸어버렸다. 광전사의 직업 특성답게 밤샘 사냥으로 지치지 않고 강한 적들을 맞이해서 전부 날려 버렸다.

예전이었다면 이 정도면 기분을 풀고 사냥을 끝냈으리라.

"…아직 부족해."

서윤은 일곱 곳의 던전을 몽땅 쓸어버렸다.

그 여파는 현실에도 미쳤다.

서윤은 언제부터인가 이현과 이혜연의 음식까지 챙겨 주고 있었다. 이현이 차릴 때도 있지만 아무 말이 없거나 하면 그녀가 항상 시장에서 장을 봐서 요리를 했다.

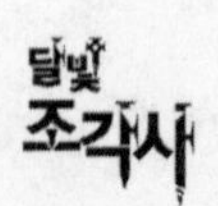

김치찌개에 돼지고기가 없어졌고, 떡볶이에 하이라이트인 삶은 계란이 사라졌다. 냉장고의 딸기 우유를 혼자 다 마셔 버렸고, 심지어 몸보신에게도 간식을 챙겨 주지 않았다.

"오빠, 뭐 잘못한 거 있어?"

"잘 모르겠는데."

"분명 있을 거야. 정말 중요한 것 같아."

집에 있을 때는 그나마 나았지만, 시장에 가서는 고개를 숙인 채로 말도 거의 하지 않았다. 서윤이 지나가고 난 자리에 시장 상인들이 몰려들어서 쑥덕거리면서 대화를 나눴다.

"이현 그 미친놈이 무슨 짓을 한 거야?"

"무슨 일인지는 몰라도 파렴치한 짓을 저질렀을 겁니다. 틀림없어요."

"역시 여자가 생긴 거 아니겠습니까?"

"설마… 저런 아가씨를 놔두고?"

"사람 일은 모르는 거 아닙니까!"

동네 전체에서 이현에 대한 비난 여론이 고조되고 있었다. 평소에 보여 주었던 건실한 이미지 같은 것은 서윤의 침울한 표정 한번에 전부 사라지고 말았다.

그러면서도 서윤은 로열 로드에서 여전히 밤하늘을 올려다봤다. 그래도 어떤 조각품을 만드는지는 상당히 궁금했던 것이다.

조각품이 다른 여자의 모습은 절대 아니기를 바랐다.

'저 모습은… 아기?'

머리 부분부터 조각되어서 처음에는 비율이 이상했었다. 하지만 몸의 형태가 만들어지자 귀여운 아기의 느낌이 또렷해졌다.

아기의 얼굴은 아직 조각 중이었지만 눈, 코, 입은 활짝 웃고 있었다.

장난기가 담겨 있기도 하지만, 한없이 귀엽고 사랑스러운 아기의 표정.

'그리고… 날 닮았어. 눈매와 입이…….'

서윤은 오랫동안 망원경에서 눈을 떼지 못했다.

그리고 다음 날, 이현의 밥상은 장어, 전복, 낙지, 삼계탕으로 상다리가 휘어질 정도였다.

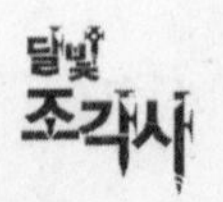

최고의 노가다 장인

위드는 아기의 형태를 기본적으로 조각했지만 그걸로 끝은 아니었다. 행성을 정교하게 다듬는 작업은 가히 노가다의 끝이라고 할 수 있겠지만 전체적인 구도가 먼저였다.

"애 혼자 있으면 너무 외롭지. 그건 아동 학대야."

아기를 안고 있는 엄마를 조각해야 더 잘 어울릴 것이다.

위드는 잠시 고민을 했다.

'조각을 해도 괜찮을까?'

로열 로드의 밤하늘에 서윤이 아기를 안고 있는 모습으로 조각한다면 멀쩡한 여자의 혼삿길을 막는 것이 되리라.

'그래도 내 곁에서 떠나보내진 않을 거야. 아무리 힘들고 어려운 일이 있더라도.'

위드는 다시 조각을 시작했다.

아기와 눈을 마주치면서 밝게 웃고 있는 여성의 모습.

물론 그 사람은 눈을 감고도 선명하게 떠오를 정도로 익숙한 서윤이었다.

서윤의 아름다운 얼굴이 행성의 왼쪽에 조각되어 갔다.

정교하게 가다듬지 않은 상태였음에도 불구하고 벌써부터 눈을 떼기 어려울 정도의 작품이 나타났다.

'얼굴이 더 예뻐진 거 같은데. 아름다움이 그냥 막 묻어난다. 그래도 예전보다는 지금의 모습대로 조각을 해야지.'

매일 보는 그녀를 정성스럽게 하나하나 조각했다. 익숙해서 나태해질 수도 있었지만 조금도 그러지 못했다.

서윤의 조각품은 조금이라도 부족한 부분이 있으면 티가 크게 나기 마련이라서 손가락 마디의 길이 하나까지도 정교하게 했다.

'결혼을 하고, 아기를 낳고 같이 산다라……. 그렇게 되면 좋을 것 같긴 한데. 나중에 말이야. 흠, 너무 늦지 않고 좀 빨라져도 상관없을지도.'

위드는 땀을 뻘뻘 흘리면서 조각품을 만들었다.

우주라서 행성들의 이동을 보며 대략적인 시간을 가늠했다.

열흘 정도의 시간이 꼬박 흐른 후에 서윤과 아기가 전체의 6할 정도 만들어졌다.

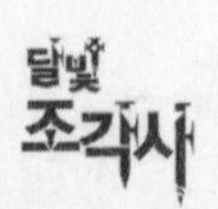

'외모가 더없이 아름답지만 그게 전부는 아니야. 엄마의 느낌을 살리자.'

아쉽게도 위드에게 엄마의 따스한 품은 기억에 거의 남아 있지 않았다.

제대로 기억하고 있는 건 이혜연을 등에 업고 빈병을 주우러 다니던 어린 시절이었다. 추운 겨울에 포대기로 여동생을 업고 다닐 때는 몰래 울기도 자주 울었다.

정말 심하게 고생하던 시절에는 힘든 줄도 몰랐다. 그냥 하루하루를 견뎌 내는 것에만 모든 힘을 다 쏟았다.

'엄마라… 그래, 여기서부터는 내가 조각하고 싶은 대로 해야지. 똑같은 판박이가 아니라 내가 느끼는 대로, 느낌으로 가는 거야.'

서윤이 아기를 안고 있는 자세에서부터 눈빛과 표정까지, 모든 것을 느낌에 맡겼다.

그녀의 아름다움이란 강력한 무기였지만 거기에만 의존하지 않았다.

아기를 안고 있는 예쁜 엄마를 조각하려던 목적은 아니었다. 조각을 하면서 잊고 있었던 엄마의 따스한 품을 떠올렸고, 애정으로 가득 차 있던 눈빛과 목소리를 되새겼다.

'엄마가 아기를 돌보고 있는 거야. 난 아빠가 될 거고. 그래, 그거면 됐다. 다른 소소한 건 아무래도 좋은 거야.'

황금 비율, 구도 같은 부분은 그리 신경 쓰지 않았다. 그저 어머니의 따스한 품을 떠올리면서 서윤과 그녀의 딸, 미래에 그 모습을 지켜보는 행복한 위드 자신만이 마음에 가득했다.

'조각술 마스터? 좀 돌아가면 어때. 정말 내가 하고 싶은 걸 하는데. 이 조각품만큼은 설혹 예술적 가치가 낮거나 실패하더라도… 별을 만드는 기회를 날려 버리더라도 후회하지 않아.'

별을 조각하는 건 평생에 단 한 번 있을 기회인지도 모른다. 하지만 후회하지 않기 위해서, 좋은 결과를 위해 억지로 이것저것 가져다 붙이는 게 아니라 가장 하고 싶은 것을 찾았다.

'그래, 진짜 하고 싶은 작품이었어.'

위드는 작품을 만드는 내내 후회하지 않았고, 잘못 만들었다거나 더 나은 게 있을지 모른다는 고민에 빠지지도 않았다.

'정말 내가 만들고 싶은 조각품이야. 그리고 이건 내 인생에서 최고의 작품이다.'

헬리움을 가지고 대륙 최고의 명검을 만들고 있던 파비오.

베르사 대륙 최초의 마스터!

헬리움은 과연 소문만큼 대단해서, 헤르만과의 대결을 통해서 날려 버린 시간 따위는 아무래도 좋았다.

불꽃 속에서 살아 움직이는 헬리움을 제련하고 담금질하여 검을 만든다.

파비오는 자신의 손에서 최고의 명검이 탄생하고 있다는 걸 확신했다.

"조만간 작업이 끝난다. 이 검이야말로 당분간 깨어지지 않을 전설의 명검이 될 것이다."

검사만이 아니라 수많은 직업인들에게 모두 존중을 받는 명장 파비오.

그의 높은 자부심을 충족시킬 만한 검이었다.

헤르만과의 대결을 통해서 부족한 부분을 깨닫고 채우기까지 했으니 마스터가 되리라는 것에 대해서는 의심할 여지가 없다.

낮과 밤을 가리지 않고 검에 심혈을 기울이던 파비오에게도 듣는 귀는 있었다.

'위드도 조각술 마스터 퀘스트에 도전한다라……. 퀘스트를 놓고 보면 나보다 빨리 끝내겠군.'

그를 북부 대륙으로 끌어들이고 시간을 지체하게 만든 꼼수에 대해서 원망은 하지 않았다. 좋은 거래였고, 스킬 마스터를 위한 기회가 되었다.

'승부를 해서 이겼고 실력으로 최초의 마스터를 먼저 할 뿐이다. 내 검이 더 먼저 만들어져. 대장장이가 모든 직업 중

에서 처음이 될 것이다.'

파비오는 늦은 밤, 위드가 만들고 있는 행성을 봤다.

'마지막 작품. 과연 괜찮은 걸 만들고 있을까? 대장장이 마스터를 위해서 그렇게 헤매고 다녔던 나는 정말 어려웠는데 말이야.'

뜨거운 불길 속에서도 검을 다루는 대장장이 직업의 특성상 높은 시력을 가지고 있어서 선명하게 별의 형상을 알아볼 수 있었다.

파비오의 입이 크게 벌어졌다.

"저것은… 으음! 완성되려면 아직 시간이 필요하기는 하겠지만……."

오랫동안 별의 조각품을 올려다보던 그의 입가에 씁쓸한 웃음이 그려졌다.

"그렇구먼. 역시 내게 좀 부족한 부분이 있었어."

파비오는 대장간으로 돌아와서 날카로운 예기를 번뜩이는 검을 봤다.

무엇이든 베어 버릴 것 같은 강한 검!

신의 금속인 헬리움으로 가공하여 검신에서는 찬란한 광채가 뿜어져 나왔다. 위드가 봤다면 진짜 최고의 검을 만들었다고 박수를 쳤을 테지만 파비오에게는 다른 아쉬운 면이 보였다.

"더 따뜻한 검. 강하고 날카로운 검으로 그치는 것이 아니

라 위대한 검을……."

별의 조각품을 보기 전에는 알 수 없었던 더 나은 형태가 보였다.

파비오는 여기서 심하게 갈등했다.

'이대로 그냥 검을 완성시킬까? 스킬 마스터가 정말 눈앞이야. 이 정도의 검만 완성이 되더라도……. 위드의 조각품을 보기 전에는 이걸로 충분하다고 생각하지 않았던가.'

대장장이 스킬 마스터까지, 정말 마지막에 다다랐다.

파비오는 대장간을 서성이면서 수없이 검을 봤다.

강하고 날카롭게 번뜩이는 헬리움 검.

'완성된 검으로 스킬 마스터가 될지 안 될지는 모른다. 그러나… 과연 이걸로 좋을까? 만약 마스터를 하더라도 아쉬움은 남을 것 같다.'

파비오는 최초의 마스터라는 욕심 때문에라도 검의 완성을 포기하기 어려웠다.

지금까지 쭉 만들어 왔던 검의 제작이 아니라 역사적인 명검을 탄생시키고 싶은 대장장이의 욕구 역시 강렬했다.

"이건… 후."

파비오는 결국 대장장이다운 선택을 하기로 했다.

스킬의 마스터가 아니라, 다시 처음부터 역사에 남을 만한 명검을 만들기로 한 것이다.

"대장장이 마스터라……. 다시 하자. 방법이 잘못되었다는 걸 늦게나마 깨달았으니 제대로 된 길을 가야지."

로열 로드가 시작되고 나서 대장간에서의 작업을 멈춰 본 적이 없는 파비오였다. 그간 그렇게 열심히 달려왔던 일이지만 뒤늦게 새로운 가치가 느껴졌다.

"대장장이가 조각사보다 못하다고는 생각하지 않아. 다만 별의 조각품을 보면서 느낀 부족함까지 담아… 진짜 걸작을 만들어야지."

꿈에 그리던 재료 헬리움으로 대륙 최고의 명검을 완성해내기 직전이던 파비오는 작업을 새로 하기로 했다.

"대장장이 마스터를 하고 나면 조각사나 되어 볼까? 진지하게 고려해 봐야겠어."

노가다에 최적화된 위드라고 해도 행성을 통째로 조각하는 건 정말 쉬운 일이 아니었다.

밤샘 작업은 기본이었고, 굶주림에 시달렸다.

행성의 면적은 너무나도 방대했으며, 산이나 강, 호수를 표현하며 조각품을 장식하는 일도 필요했다.

서윤과 아기는 수수하게 표현해도 예뻤지만 커다란 별을 조각하며 대상만 밋밋하게 만들어 놓을 수는 없었다. 넘쳐나는 광물인 금과 루비, 다이아, 백금, 사파이어를 가지고 화려하게 주변부를 장식했다.

망원경으로 별을 관찰하면 서윤과 아기의 주변에 반짝이는 별들이 내리는 것과 같은 효과가 났다.

"그래도 뭔가 좀 아쉬운데……."

위드는 행성에 있는 황금의 강이나 다이아몬드 산, 백금 호수를 보면서 모자람을 느꼈다.

"물론 고급스럽고 비싸 보이기는 하지만 말이야. 이대로는 정성이 부족하다는 느낌도 들고, 조각품의 품격을 떨어뜨리는 것 같기도 해."

가족과 지극한 모성애를 표현하는 작품에 귀금속이 어마어마하게 사용되었다. 보석과 금으로 장식된 다채로운 색상들은 화려하고 예뻤지만 작품과 어울린다는 측면에서는 다소 부족했다.

위드는 잠시 고민을 하다가 작품의 질을 높이기 위해 서윤과 아기가 있는 곳을 제외하고는 전부 갈아엎었다.

"그래, 역시 귀금속이 모자랐어."

더 크고 넓은 황금의 강, 다이아몬드 산맥, 댐으로 물을 가둬 놓은 것 같은 광활한 백금 호수를 만들었다.

"보석을 쓰려면 아예 제대로 써야 어설픈 느낌이 들지 않아."

위드는 우주에서도 관찰될 수 있도록 거대한 규모의 조각품들을 더 만들었다.

황금 유모차, 다이아몬드 장난감, 사파이어 인형, 루비 카시트, 백금 분유와 기저귀!

태어날 때부터 부유한 집안의 아이들에게 금수저를 물었다고 하지만 그런 차원을 뛰어넘는 장식품들이었다.

"이게 좀 낫네. 작품의 질이 훨씬 향상된 느낌이야."

위드는 서윤과 아기의 조각품을 계속 정교하게 다듬었다.

우주에서 본다면 대략적인 형태는 만들어졌지만, 땅에서 가까이 보면 부족한 곳들이 많았다. 평생을 바쳐도 다 할 수 없는 작업이었지만 적당히 할 수 있는 만큼만 하기로 했다.

"완벽한 작품을 만들려고 한다면 끝이 없지. 이 작품은 느낌이 중요하니까."

서윤과 아기의 조각상이 처음 생각했던 것보다도 너무나도 마음에 드는 모습으로 조각되었기에 감히 더 이상 손대고 싶은 생각도 들지 않았다.

자칫 잘못 건드려서 지금의 모습이 훼손되기라도 한다면 그보다 더 아쉬운 것이 없기에.

—만드신 조각품의 이름을 정해 주십시오.

"조각품의 이름은……."

막상 지으려니 말문이 탁 막히고 마땅한 이름이 잘 생각이 나질 않았다.

"금성, 수성, 목성, 뭐 이런 걸로 해야 되나?"

별에 붙이는 이름이었기 때문에 왠지 모르게 뒤에 '성' 자가 들어가야 될 것 같았다.

"처자식으로 하자."

-처자식이 맞습니까?

위드는 지금 느끼는 감정으로 이름을 정했다.

사랑을 하고 아기를 낳는 일.

남들에게는 지극히 평범한 과정일지라도 본인 자신에게는 최고의 예술이 아니겠는가.

'인생이 예술이구나.'

살다 보면 힘든 일들이 이어지더라도 가족들과 느끼는 감정은 모두 소중할 것이다.

위드에게 처자식은 사랑과 행복을 의미했다.

"맞아."

조각품의 이름을 정하고, 그에 대해 가치가 나오는 아주 짧은 시간.

'후회는 없다. 망하더라도… 그건 작품이 모자란 게 아니라 내 실력이 부족한 탓이야.'

위드는 지금의 작품에 후회가 없었다.

스스로 느끼는 감정만큼은 지금까지 조각한 작품 중에 가장 훌륭했다.

대작! 처자식상을 완성하셨습니다.

신이 인정한 궁극의 경지에 다다른 조각사의 작품!
갓 태어난 아기와 어머니의 모습을 가장 아름답게 표현한 작품입니다.
헤스티아 여신마저도 감탄하게 만든 이 작품은 두 가지의 새로운 기록을 만들었습니다.
별의 탄생.
사상 최대 규모의 조각품.
찬란한 별이 된 이 작품은 대륙의 모든 주민들이 볼 수 있게 되었습니다.
인간의 한계를 넘어 궁극의 경지에 다다른 조각사 위드는 베르사 대륙이 존재하는 한 영원히 추앙받는 이름이 될 것입니다.

예술적 가치 : 58,492.

옵션 : 처자식상은 베르사 대륙에 발생하는 자연재해의 피해를 감소시킵니다.
베르사 대륙의 아직 캐내지 않은 광물과 귀금속의 매장량을 28%까지 높입니다.
희귀 광물이 매장된 광산과 온천을 무작위로 생성합니다.
천문학에 대한 지식 발전으로 인해 별을 관찰하는 이들은 영구적으로 지력 스텟이 2 오릅니다.
사제와 성기사의 회복과 축복에 관한 신성 마법의 효과가 영구적으로 5% 향상됩니다.
행운을 하루 동안 7%만큼 증가시킵니다.
질병의 회복을 빠르게 합니다.
조각술 퀘스트에 대한 주민들의 보상이 높아집니다.
생명력과 마나의 최대치가 하루 동안 23% 커집니다.
전 스텟 50 상승.
장거리 이동속도 35% 증가.
영구적으로 모든 스텟이 1씩 증가.

지금까지 완성한 대작의 숫자 : 20

―명성이 5,381 올랐습니다.

—예술 스텟이 91 상승하셨습니다.

—인내가 15 상승하셨습니다.

—지구력이 4 상승하셨습니다.

—지혜가 7 상승하셨습니다.

—매력이 115 상승하셨습니다.

—우주 공간에 최초로 진출하였습니다.
첫 번째 발자취를 남긴 인간으로 생명력과 마나의 최대치가 5,000씩 높아집니다.

—처자식상의 소유권은 위드 님에게 있습니다. 조각품이 부여하는 효과가 위드 님에게는 1.5배로 적용됩니다.

—대작 조각품을 만든 대가로 전 스텟이 3씩 추가로 상승합니다.

대작 조각품!

위드는 담담하게 받아들였다.

조각품의 규모나 업적으로 판단했을 때 대작 조각품이 나올 가능성은 어느 때보다도 높다고 판단하고 있었으니까.

그리고…….

띠링!

—조각술 스킬의 숙련도가 정점에 달했습니다.
조각술의 마스터가 되었습니다.
바위를 깎고 나무의 결을 이해한 끝에 조각의 표현법을 완전히 이해했습니다. 지고한 조각술의 끝에 도달하여 이제는 더 이상 나아갈 곳이 없는 상태가 되었습니다.
조각품의 예술적 가치가 200%가 됩니다.
조각술과 관련된 스킬들의 마나 소모가 감소하고, 효과도 증가합니다.
조각품 감상 효과를 200%로 받습니다.
모든 스텟 40 증가.
예술 퀘스트를 제한 없이 받을 수 있습니다.
동시에 수행할 수 있는 퀘스트의 숫자가 5개로 늘어납니다.
뛰어난 통찰력을 얻어 모든 스킬의 숙련도가 6%만큼 빠르게 높아질 것입니다.
다른 생산 스킬과 예술 스킬의 숙련도가 10%만큼 빠르게 높아질 것입니다.
물품의 잠재적인 능력을 끌어내어 원래의 특성을 15%만큼 늘립니다.
완성된 조각품은 한 가지씩의 특수한 영향력을 지역에 퍼뜨립니다.
조각 생명체들의 체력과 힘이 30%씩 늘어납니다.

—호칭 '조각술의 마스터'를 획득하셨습니다.
명성과 관계없이 왕을 만날 수 있습니다.
예술가와 학자, 상인의 존중을 받을 것입니다.
화술과 카리스마, 기품의 효과가 늘어납니다.
특정 NPC들 중에서는 절대적인 충성을 다짐하는 이들이 나타날 것입니다.

위드의 온몸이 떨려 왔다.

"조각술을 마스터했다. 최초의 직업 스킬 마스터가 나라니!"

다른 스킬도 아닌 극악의 난이도를 자랑하는 조각술의 마스터.

"역시 이 세계 최고의 노가다 장인은 나였어!"

베르사 대륙의 유저들은 밤을 기다리게 되었다.

해가 지고 어둠이 내리고 나면 밤하늘에 유난히 빛나는 별을 볼 수 있다.

"크으윽, 위드 님은 우릴 배신하지 않았어."

"보라, 얼마나 아름다운가. 세상은 더욱 살 만한 곳이 되어 가고 있다."

"예뻐. 진짜 가까이 있으면 빠져들 정도로……."

아기를 안고 있는 서윤의 모습이 조각되어 갈수록 밤이 아름다워졌다.

일찍이 사람들이 별로 관심을 갖지 않는 것이 밤하늘의 별이었다. 현대사회에서는 미세 먼지로 밤에 별을 볼 수 없게 된 지도 오래되었다. 어두운 하늘에 반짝거리고 빛나는 건 인공위성이거나 비행기인 경우가 대부분이었다.

하지만 먼 곳에 있는 별이야말로 인간 사회를 넘어선 미지의 영역이고 무궁무진한 가능성이다.

꿈과 희망, 낭만이 공존하는 끝없는 영토.

신문이나 방송에서도 위드의 별 조각품이 기사화되었다.

로열 로드에 탄생한 '어머니와 아기' 별

별의 생성과 우주에 대한 이야기

조각사 마스터의 마지막, 별의 의미

가상현실의 한계는?

우리가 잊고 사는 넓은 세계

사람들이 흥미를 가질 만한 사건이라 뉴스나 라디오에서도 보도되었다.

어린이 방송에서 천문학, 지질학에 대한 교육용으로도 좋았다.

아기의 행복

사랑의 시작과 그 결실

새 생명 프로젝트

사회적인 분위기로도, 낮은 출산율로 인해 고민하는 국가가 한둘이 아니었다.

선진국이나 개발도상국 대부분이 어느 정도 먹고살 만해지면 출산율이 감소한다. 결혼을 하지 않거나 아이를 낳지 않으면 인구를 유지하는 데 도움이 되지 않는 것은 물론이었다.

국가적으로 출산을 장려하기는 하지만 근본적으로 아기를 잉태하고 낳는 일은 힘들기는 해도 당사자들에게 대단한 기뽐을 안겨 준다.

수많은 일들 대부분이 그렇지만 막상 해 보지 않고서는 절대 알지 못하는 행복.

위드가 아기와 엄마의 모습을 조각하면서 각국 정부에서는 출산장려 프로젝트들까지 다시 점검하게 되었다.

세계의 방송국들은 어린아이들이 출연하는 예능 프로그램의 비율을 부쩍 늘릴 정도였다.

조각술 마스터가 되자 위드는 한껏 씩은 미소를 지었다.

"음, 역시 순전히 내 실력이 뛰어나서 여기까지 오게 되었군."

험난했던 과거를 돌이켜보며 게슴츠레 눈을 감았다.

"운 따위는 없었어. 내 노력과 재능이 있었던 거지."

자화자찬!

스스로에 대해서 만족스러운 기분을 만끽했다.

"조각술도 마스터했고, 스텟도 많이 얻었고… 별 의미 없지만 명성도 꽤나 늘었지. 명성은 진짜 의미 없긴 하네."

생명력과 마나의 증가는 그동안 몇 대 맞으면 허덕이던 자신에게 크게 도움이 되는 것이기도 했다.

드디어 대망의 조각술 마스터!

솔직히 검술이나 궁술, 하다못해 워리어 마스터로 맷집이라도 크게 높아졌다면 그 효과야말로 막대했겠지만 어쨌든 최초의 마스터였다.

"그동안 서윤의 미모가 조금 도움이 되긴 했지만 순전히 내 실력이지."

조각술을 하면서 이따금씩 드는 의혹.

'내 조각술이 좋은 게 아니라 그냥 모델 덕 아냐?'

서윤을 조각하면 대부분 결과가 매우 훌륭했다.

조각술 분야만이 아니라, 만약에 서윤을 대상으로 사진을 찍는다 해도 국제인물사진대회에서의 1등 수상은 아침 굶고 저녁에 양념 반 프라이드 반 먹기였다.

싸구려 똑딱이 카메라라도 부족한 사진 기술이나 성능은 모델이 전부 극복해 줄 것이다. 오히려 기존의 한계를 뛰어넘었다는 극찬이 뒤따르더라도 이상하지 않다.

그냥 대충 발로 버튼을 눌러도 서윤의 구석구석 숨겨진 미모가 어떻게든 나올 테니까.

화가가 되어 그림을 그려도 마찬가지다.

열심히 아름다운 그림을 그리려고 할 필요가 전혀 없다. 그냥 서윤을 있는 그대로 그리면 된다.

세기의 명화가 그냥 나올 것이며, 여성의 아름다움에 대한 최상의 표현이 되어 줄 것이다.

"아니라고 말하고 싶지만… 왠지 설득력이 있어. 이유가

충분해."

위드가 잠시 멍하니 있는 사이에 화려한 빛무리와 함께 여신 헤스티아가 나타났다.

베르사 대륙에서의 모습과는 달리 헤스티아의 형태는 수천 미터에 달할 정도로 커진 채 물결처럼 일렁거렸다.

'드디어 퀘스트의 끝.'

위드의 심장이 가볍게 쿵덕댔다.

'양념 치킨 닭 다리를 잡을 때의 기분일까. 아냐, 좀 약해. 로또 번호가 4개 정도 연속으로 맞아떨어지던 때의 감동에 가깝겠지.'

헤스티아의 맑은 목소리가 전달되었다.

-조각사여, 그대는 나의 부탁을 위해 이곳에 별을 만들어 주었군요.

위드는 우주에서 정중하게 한쪽 무릎을 꿇고 고개까지 숙였다.

"헤스티아 여신님을 실망시키지 않기 위해 최선을 다했습니다. 부족한 실력이지만 여신님을 위해서 노력했습니다."

-조각사여, 조금 더 긍지를 가지세요. 그대의 예술은 사람들을 행복하고 풍요롭게 만들어 왔습니다.

"제가 한 게 뭐 있겠습니까. 사람들은 고마움의 대상을 잘못 대하고 있습니다. 저의 조각품은 전부 헤스티아 여신님의 은총 덕분입니다."

커피 믹스 하나에도 굶을 수 있는, 정말 저렴한 무릎!

아부만큼 쉽고 빠른 효과를 가지며 또 공짜인 것도 없다.

물론 돈이 걸려 있기라도 하다면 헤스티아의 머리끄덩이라도 잡고 싸울 준비 또한 완료되어 있었다.

－그대의 작품을 평가해 봐야겠군요.

조각술 마스터 퀘스트의 마지막으로 작품 평가의 시간.

위드는 느긋하게 기다렸다.

처자식 조각상은 본인이 할 수 있는 최선이었을 뿐 아니라 높은 예술적 가치를 얻은 대작의 조각품이었다.

잠시 후, 처자식상을 살펴본 헤스티아의 말문이 열렸다.

－그대의 작품은 정말 훌륭하군요. 놀라워요. 기대를 완전히 뛰어넘었어요.

"고맙습니다."

－사람들은 그대의 별을 보면서 밤을 보내고 새벽을 기다리게 되겠지요. 사람들은 그대의 별을 보며 아름다움에 경탄할 거예요.

위드는 그저 자기 자신의 행복이나 염원을 담아서 만든 조각상이었다. 매일 밤마다 하늘을 보면서 처자식 조각상을 확인한다면 스스로도 얼마나 뿌듯할 것인가.

'관람료도 못 받는데. 그래도 뭐… 다들 좋아한다면 나쁘진 않겠지.'

－그대의 별에 감동했어요. 작은 답례로 베르사 대륙의 모든

생명체들에게 신의 축복을 전달하겠습니다.

헤스티아가 모든 생명체들에게 일주일간의 축복을 내렸습니다.

모든 유저들의 신앙 스텟이 영구적으로 2 증가합니다.
기간 동안 경험치 획득률이 6% 증가합니다.
행운이 증가합니다. 사냥을 통해 희귀 아이템이나 전리품을 획득할 가능성이 높아집니다.
추위로 인해 고통받지 않습니다.
처자식 조각상을 본 이들은 하루에 한 번씩 즉각적으로 체력과 생명력이 8%까지 회복됩니다.
동물의 번식과 식물의 성장 속도가 빨라집니다.
특정 도시들은 기술적인 번영을 이룩하게 됩니다.

"으음."

위드의 아랫배가 살살 아파 오려 했다.

좋은 일이 있다면 나누기보단 혼자 독차지해야 기쁘지 않겠는가. 사람들에게 1천만 원씩 나눠 주기보다는 혼자 1억을 받는 편이 더 나은 이치!

헤스티아의 목소리가 정중해졌다.

-태초의 조각술을 알아낸 것에서부터 지금까지, 그대는 누구도 걸어 본 적이 없는 길을 따라서 이곳까지 왔습니다. 조각술의 정점에 도달한 이여.

"예, 여신님."

-영광스러운 조각술의 마스터에 오른 이로서 베르사 대륙의 예술계를 위해 앞으로도 꾸준히 헌신을 다하겠습니까?

"……."

위드의 머릿속에서 선뜻 그러겠노라는 생각은 들지 않았다.

'지금까지도 지겨운데……. 앞으로도 계속? 됐어, 그냥 사냥이나 열심히 할래.'

하지만 이미 영업용으로 전환된 입은 알아서 대답했다.

"예술에 몸과 마음을 다 바쳤습니다. 조각술은 그 아름다움을 보는 이들의 마음까지 감싸 주는 예술. 조각사로서 살아온 삶에 한 점의 후회도 없고, 앞으로도 쭉 그 긍지를 지킬 것입니다."

조각술 찬양!

위드는 2단 아부를 위해 입술에 침을 촉촉이 발랐다.

"조각술을 통해 배운 건 많습니다. 땅에 떨어져 있는 돌멩이 하나, 나무 한 조각도 조각사의 노력과 상상력이 더해지면 새로운 마음을 얻습니다. 아직도 예술이 무엇인지는 알지 못합니다만, 조각을 통해 제 마음을 표현하면서 살고 싶습니다. 이것이 저의 행복입니다."

-과연… 조각술을 마스터하여 수많은 어려움들을 이겨 내고 이곳까지 온 이답군요.

거짓말탐지기가 있었다면 시끄럽게 삑삑 울렸을 테지만 위드의 대답은 헤스티아를 만족시켰다.

로자임 왕국에서부터 온갖 NPC들을 감언이설로 꼬여 냈던 위드의 아부성 발언!

-조각술 마스터로서 나의 부탁을 들어준 보답을 해 주어야겠지요.

위드는 그저 프레야 교단의 신검 가르고 같은 것이라도 하나 내려 주기를 바랐다.

'최강의 검이나 방패. 그거면 된다. 헬리움으로는 헤스티아에게서 얻어 내지 못한 다른 걸 만들면 돼.'

머릿속에서 분주히 견적을 내리고 있을 때였다.

-그대에게는 불을 내리겠어요.

"불요?"

-제가 가진 기운의 일부. 그대는 이 불을 어디서라도 피울 수 있을 것입니다.

띠링!

여신의 선물!

헤스티아는 자신의 일부인 신성한 불을 당신에게 선물했습니다.
신성한 불은 예술과 생산, 전투를 위해 모두 활용할 수 있습니다.
모든 가치를 드높이며, 때때로 기적을 일으킬 것입니다.

신성한 불 스킬이 생성되었습니다.

-신앙이 30 증가했습니다.

아마도 세상이 험하기 때문이었으리라.

위드는 0.1초 만에 반응했다.

"스킬 확인! 신성한 불!"

신성한 불 : 헤스티아의 상징입니다.

신성한 불은 스킬 레벨과 신앙심, 지혜로 위력이 결정됩니다.
일정량의 마나를 소모하여 물질을 녹이거나 태우고, 무기에 덧씌워서 적을 공격할 수 있습니다.

예술 작품의 창조에 도움을 얻습니다. 종교적인 작품을 만들 수 있으며 아주 높은 확률로 신앙이 부여됩니다.

생산을 위한 제련에 2배의 효과가 추가됩니다.
광물에서 순수한 결정체를 얻을 수 있으며 이를 가공한 장비에는 헤스티아의 축복이 적용됩니다.

신성한 불을 일으켜서 전투 중에 공격과 방어에 사용할 수 있습니다.

모든 공격 스킬에 화염 계열의 피해가 7% 적용됩니다. 스킬 레벨이 오를수록 2%씩 피해가 늘어납니다.
화염 스킬은 2배씩 적용됩니다.

마족, 언데드 계열에는 5배의 추가적인 피해를 입힙니다.

"오오오."

위드의 눈가가 파르르 떨렸다.

'조각술 최후의 비기를 얻고 여신의 퀘스트까지 마무리한 보상이 높을 거라고는 예상했지만, 이번엔 뒤통수를 맞지 않았어.'

뒤통수 조심!

행성을 조각했는데 기념품 하나 던져 주고 끝나는 것까지도 예상했었다. 명예나 명성처럼 먹고사는 데 하등 도움도 안 되는 수치나 높여 주고 끝나는 것이 상상했던 최악의 결과였는데, 생각보다 대단한 스킬을 얻어 냈다.

'전투에도 좋고, 생산 스킬에도 좋고… 다용도네.'

위드는 벌써부터 미래까지 생각하고 있었다.

조각사의 길이 마지막에 도달했으니 그다음 계열의 직업도 얻어야 한다. 수많은 직업들이 물망에 올랐다.

'이번에는 엉뚱하게 달빛 조각사 따위의 직업만 얻지 않으면 된다. 로열 로드에 대한 방대한 지식과 경험이 있으니까. 그리고 신성한 불은 어떤 직업에도 정말 큰 도움이 되겠지.'

성기사들처럼 신성력에 의해서 강화되는 힘!

위드의 쓸데없이 높기만 했던 신성력 1,200 스텟을 써먹을 수 있는 날이 온 것이다.

'물컹꿈틀이에게 날개가 달린 격이군.'

띠링!

조각술의 마스터 도전 완료

장대한 여정이 끝났다.
조각사 위드는 불가능으로 여겨지던 수많은 업적들을 베르사 대륙에 남겼다. 여신 헤스티아의 부탁에 따라 별을 조각함으로써 그의 존재는 조각술의 역사에 다시없을 전설이 되었다.
대자연을 변화시키며, 조각품에 생명을 불어 넣고, 조각품의 본질을 이해하고, 정령의 존재를 되새기며, 빛의 검을 깨달은 자!
이제 꿈을 꾸는 청년들이 그가 남긴 위대한 발자취를 좇아 걷게 될 것이다.

—레벨이 오르셨습니다.

—레벨이 오르셨습니다.

—레벨이 오르셨습니다.

—조각술 마스터 퀘스트를 완료하여 명성이 50,000 올랐습니다.

—생명력이 8,000 증가하였습니다.

—마나가 10,000 증가하였습니다.

—예술 스텟이 80 상승하셨습니다.

—전 스텟이 20 늘어납니다.

—자연과의 친화력이 25 늘어납니다.

메시지 창의 홍수!

지금까지 누구도 이룬 적이 없는 업적이고, 기나긴 시간 동안 노력해서 조각술 마스터 퀘스트까지 마쳤다.

위드의 입가에 만족스러운 미소가 그려졌다.

두 번째 직업

The Legendary Moonlight Sculptor

거인족의 세계.

"공격해요, 공격!"

"3마리입니다. 우린 할 수 있어요."

"풀죽, 풀죽, 풀죽!"

북부의 고레벨 유저들을 주축으로 한 원정대가 거인들의 땅에 진출했다.

진홍의날개 길드가 주축이 되어서 개척한 새로운 영토를 모험했다.

"으쿠와아아아아!"

-거인 발데스카가 포효했습니다.

투지가 꺾입니다.
이동속도 감소.
모든 스킬의 숙련도가 일시적으로 25%만큼 감소합니다.
최대 생명력이 절반으로 줄어듭니다.
10초 동안 당한 모든 공격은 치명적인 피해를 줍니다.

거인들은 강했지만 그만큼 승리하면 얻는 것도 많았다.

베르사 대륙에서 구경하기 힘든 무기와 방어구, 마법 재료, 광물 등을 대량으로 확보할 수 있는 기회였다.

엘프들에게는 거대 식물과 씨앗을 얻는 퀘스트가 대량으로 발생하여, 거인들의 땅까지 진출한 것이다.

"대장님, 공격 준비가 되었습니다."

유저들이 다가와서 말하자 페일은 턱을 슬쩍 들어 올렸다.

"네, 그럼 생강죽 공격대도 전진 공격에 나서도록 하죠."

"출동이다!"

거인들은 맷집과 생명력이 높아서 최소 100명 이상의 유저들이 한꺼번에 공격해야 잡을 수 있기에 공격대가 필수!

페일은 만장일치로 원정대장을 맡았다.

"여러분, 어째서 부족한 저를 믿고 대장으로 삼으십니까?"

"당신은 위드 님의 전투 노예입니다."

"……."

위드의 전투 노예라는 수식어는 로열 로드 어디에서나 통했다.

메이런, 로뮤나, 이리엔, 수르카, 벨로트, 화령, 제피도 저마다 크고 작은 무리를 이끌었다.

테로스와 진홍의날개 길드에서는 기꺼이 주도권을 넘겨줬다.

"저희를 원정대의 대표로 삼아도 됩니까? 여기까지 개척해 오신 건 진홍의날개 길드의 고된 노력이 있어서인데요."

원정대를 맡으라는 제안에, 제피는 의심부터 했다.

지금까지 탐험에 결정적인 공적을 세웠고 원정대를 이끌면서 상당한 이득을 취할 수 있는데도 뒤로 빠진다는 게 납득이 되지 않았다.

'무슨 의도가 있지 않고서야…….'

제피의 의혹에 테로스가 힘없이 웃었다.

"여러분이 나서 주셔야 됩니다. 우리의 힘만으로는 무리였죠. 북부 유저들이 주축이 된 이상 제가 이끌 자리가 아닙니다."

"과거에 진홍의날개와 관련된 사건을 사람들도 잊을 때가 되었는데요?"

"모험으로 조금의 공을 세웠으니 그럴 수도 있겠죠. 하지만 여기서 원정대를 이끄는 것보다는 안정적으로 살고 싶습니다. 위드 님께 잘 말해 주셔서 아르펜 왕국에 작은 땅이라도 얻을 수 있었으면 좋겠네요."

기나긴 떠돌이 생활을 하던 진홍의날개 길드는 내부 회의 끝에 아르펜 왕국에 정착하기로 결심했다. 아르펜 왕국에서 북부 유저들과 함께 마을을 발전시키면서 사는 재미가 있을 것 같았다.

"그렇다면… 무슨 말인지 잘 알겠습니다. 위드 님께는 좋게 말씀해 드리겠습니다."

"잘 부탁드립니다."

페일과 제피는 서로 눈을 마주쳤지만 곧 슬그머니 외면하고 말았다.

'믿을 사람을 믿어야지. 그래도 후환이 두려우니 내가 알려 주진 말자.'

'세상의 인식과 실제는… 정말 큰 차이가 있어.'

페일은 위드에 의해 아르펜 왕국의 영주가 되었다.

드넓은 평야와 곡창지대, 아름다운 강이 있는 북부 대륙이었지만 그가 맡은 땅은 산맥이 우거진 곳이었다.

"왜 하필이면……."

"궁수니까요. 궁수에게는 산맥이 잘 어울리죠. 그리고 이 땅에는 비밀이 숨겨져 있습니다."

"비밀요?"

"저 산맥에 잠자고 있을 광대한 자원! 그것을 파내면 대륙 최고의 부자가 될 수 있는 거죠."

말은 좋았지만 결국 걸어서 들어가기도 힘든 산골 마을의 영주가 된 것이었다. 자원을 확인하기 위해서는 산맥을 파

봐야 알 텐데, 그것도 전부 다 노동과 돈이 필요했다.

"여, 영주님, 배가 고픕니다."

"먹고 잘 곳이 없어요."

막상 페일은 다스리고 있는 주민을 무시할 성격도 아니었다. 빈곤한 산골 마을의 주민들을 위해 가진 돈을 털어 넣어야 했다.

제피에게는 강가에 있는 인구 200명의 어촌 마을이 주어졌다.

"경치가 멋진 곳이네요."

산골 마을이 아니라는 점에서는 다행이었고, 무엇보다 위드의 여동생인 유린을 좋아하는 처지라서 따질 입장도 아니었다.

그런데 위드의 요구 사항이 뒤따랐다.

"항구를 개발해서 무역의 중심지로 만드세요."

"무, 무역요? 여긴 특산품은 물론이고 시장이나 교역소도 없는데요."

"이대로 멈춰 있으려고 하지 말고 발전을 해야죠. 주변 도로망도 연결하면 충분히 가능한 일입니다. 고급 주택과 별장도 지어서 휴양도시로 개발하고, 생산 기반 시설도 좀 있으면 좋겠군요. 이렇게 좋은 땅을 놀리면 안 되니까요."

"저, 그럼 아르펜 왕국에서 자금 지원이라도……."

"크고 예쁜 강이 있잖아요. 강이 있는데 돈이 따로 왜 필요합니까?"

"……."

"도시를 발전시키면 유린이랑 같이 구경 오도록 하죠. 6개월이면 항구도시가 만들어질 수 있겠죠?"

제피는 속으로만 생각했다.

'악마다, 악마.'

유린을 포기할 수는 없어서 가진 돈을 다 마을에 털어 넣었다.

낚시꾼으로 유유자적 지내던 그였기에 가진 재물은 꽤 많았으나, 그 돈을 다 투자한 후에 빈털터리가 되어 거인들의 땅에 사냥하러 와야 했다. 그가 벌어야만 매달 도시에서 적자 나는 금액을 메울 수 있었으니까.

'크흑.'

'아이고.'

페일과 제피는 곡소리 나는 걸 참으면서 테로스의 예정된 불행을 내버려 뒀다.

'어쩌면 자유로운 떠돌이 생활이 나을 수도.'

'아르펜 왕국의 영주가 되는 건 탈탈 털리는 위험을 감수해야 하는 일이지.'

페일은 거인들의 땅에서 모험가 유저들의 도움을 받아 지도부터 만들었다.

"여기에도 꽤 넓은 대륙이 있네요. 이곳의 산들은 감히 올

라가지 못할 정도로 높고, 연못은 바다 정도의 면적이고."

레벨이 400대 후반에서 500을 넘는 북부의 유저들도 회의에 끼었다.

"거인들의 집과 성채도 있습니다. 여긴 웬만한 병력으로는 어림도 없겠네요."

"거인 1마리가 레벨 700대 정도니까 지금으로서는 엄두도 못 낸다고 봐야죠."

"불가능입니다, 확실히."

이름만 대면 알 만한 고레벨 유저들 100여 명이 자리했으나, 모두가 페일의 지휘만 얌전히 기다렸다.

전사 파이톤.

일대일의 승부로는 누구도 이길 자신이 없는 강자도 페일의 말을 듣고 있었다.

'위드와 사냥을 쭉 해 왔다니 인정해 줘야 돼. 와, 이건 역사서에 따로 기록이라도 해 놔야 할 인물이 아닌가?'

페일과 양념게장, 파이톤은 위드라는 대악마에 의해 단단히 결속되었다.

그들의 우정은 어지간해서는 깨어지지 않을 정도였다.

거인들의 땅 원정대.

모험가 체이스가 며칠 만에 원정대로 복귀하며 정보를 가져왔다.

“포로들이 있답니다.”

“포로요?”

“거인의 성채 안에 사람들이 갇혀 있답니다. 요정과 엘프도 있고요. 그 외에 다양한 종족들이 있습니다.”

모험가 체이스의 말에 원정대가 들썩였다.

“정말입니까?”

“예, 자세히 설명하기보다는… 그냥 퀘스트를 보시는 편이 빠를 것 같네요.”

모험가 체이스는 원정대원들에게 자신의 퀘스트를 공유했다.

띠링!

감금된 노예

놀랍게도 거인들에게 갇혀 있는 포로들에 대한 소식을 들었다.
비참한 생활을 하며 사는 포로들을 구출하라!
구원을 받은 그들은 진심으로 고마워하며 모든 일에 협력할 것이다.

난이도 : S

보상 : 포로들의 협력과 거인들의 보물.

퀘스트 제한 : 거인들의 땅.

“오오, S급 난이도의 퀘스트.”

원정대원들은 눈치만 봤다.

과거에 S급 퀘스트는 절대 불가능한 난이도였다.

방송으로 위드가 퀘스트를 해결하는 걸 보며 얼마나 혀를 내둘렀던가. 그렇지만 진홍의날개 길드가 거인들의 땅을 밝혀낸 자체도 S급 난이도의 퀘스트였다.

'전투 퀘스트라면… 위드 님처럼 복잡하게 생고생할 일은 없겠는데.'

'여기 북부 최고 수준의 유저들만 모였다. 머릿수로 밀더라도 할 수 있지 않을까?'

'매번은 힘들겠지만 한 번 정도라면.'

북부 유저들만 1,000여 명.

진홍의날개 길드에서 시작해서 거인들의 땅으로 넘어온 최상위권 유저들이 계속 늘어난 덕분이었다.

심지어는 헤르메스 길드 소속이 아닌 중앙 대륙의 유저들도 거인들의 땅에 탐험을 왔다.

"한번 가 보죠. 이런 퀘스트가 존재하니까 로열 로드가 멋진 거 아니겠습니까?"

"위험부담이 너무 큽니다. 수백 명이 죽을 수 있어요. 거인들이 지키고 있는 성채에서 포로를 구하는 퀘스트는 실패할 가능성이 높고요."

"방법을 찾아야죠, 방법을. 무조건 안 되는 퀘스트는 아닙니다."

"현실적으로 인원 숫자가 많다고 유리하지도 않죠. 거인들이 일제 돌격이라도 하면 큰일인데요. 죄다 밟혀 죽을 겁니다."

"거인들의 성채의 방어 시설은요?"

"성벽 외에는 딱히 없어 보였습니다. 그들 하나하나가 공성 병기니까요."

"성채를 함락시키진 못하더라도 우리 정도의 전력으로 해 볼 만은 할 것 같은데요."

격렬한 토론을 벌이던 사람들은 결국 원정대장인 페일의 선택을 기다렸다.

"어떻게 하는 게 좋을까요?"

"저야 뭐……."

페일은 선뜻 결정을 내리지 못하고 우물쭈물했다.

이럴 때 화끈하게 퀘스트를 받자고 했다가 자칫 그 뒷감당을 어찌하겠는가.

'거인들과 싸우다가 망해서 다 죽으면…….'

실패했을 때의 사태를 고려하니 도저히 내키지가 않았다.

'하지 말자고 해야 하나? 너무 중요한 결정이야.'

페일은 별의 조각품을 완성해 낸 위드에게 귓속말을 보내기로 했다.

위드는 조각술 마스터를 하고 친한 사람들로부터 칭찬과 선물을 받기 위해 귓속말을 잠시 열어 둔 상태였다.

-…사정이 이렇습니다. 퀘스트를 받을까요, 말까요?

—좋네요. 퀘스트 받으세요.

—알겠습니다.

페일은 위드의 확인을 거치고 나서 원정대원들에게 말했다.

"퀘스트를 하도록 하죠."

"와아! 난이도 S급 퀘스트다!"

최고 수준의 유저들일수록 죽음으로 잃는 페널티는 막대했다. 그렇다고 해서 언제까지나 수준이 낮은 전투나 퀘스트만 한다면 무슨 재미가 있겠는가.

믿음직스러운 원정대원들과 같이 거인들과 싸우며 퀘스트할 생각을 하니 북부 유저들의 분위기는 매우 밝았다.

"퀘스트 공유해 드리겠습니다."

모험가 체이스는 북부 유저들에게 자신의 퀘스트를 나눠주었다.

결정을 내리고 나서 한결 가벼워진 기분으로 페일은 위드에게 귓속말을 보냈다.

—조언 고맙습니다.

—뭘요.

—위드 님이 보시기에는 이 퀘스트의 승산이 충분했기 때문에 받으라고 하신 거겠죠?

페일은 믿는 구석이 단단히 있었다.

불가해의 난이도로 여겨지던 퀘스트를 공략하고, 엄청난

끈기로 조각술 마스터까지 마친 위드라면 페일이나 다른 동료들이 못 본 측면까지 봤으리라.

'상상도 못 할 공략법이나 승리에 대한 확신이 있었을 거야. 그 길을 따르면 퀘스트는 어렵지 않다.'

페일은 스스로도 합리적인 판단을 내렸다고 생각하면서 위드의 설명을 듣고자 기다렸다.

-승산요? 모르겠는데요.

-예?

-그걸 제가 어떻게 알아요?

-저기… 우리도 충분히 성공할 수 있다고 봐서 퀘스트 받으라고 한 거 아닌가요?

-성공할 수도 있고 못 할 수도 있고, 다 하기 나름이죠. 인생이 그런 것처럼.

-그럼 왜 퀘스트 받으라고 하셨는데요?

-어차피 제 일 아니라서 대충 대답한 건데요.

-헉!

페일의 안색이 하얗게 질렸다.

이현은 오랜만에 집 청소도 하고 요리도 준비했다.

"전복 삼계탕이나 해 볼까? 든든하게 보신도 하고 말이야."

조각술 마스터 퀘스트 방송으로 인해 돈과 명예, 인기를 얻었다.

인생에서 중요한 건 두둑한 현금뿐!

죽을 때는 재물이 하나도 필요 없다지만 죽기 전까지는 가장 소중한 게 아니던가.

"특별히 너희도 호강을 좀 해 봐라."

이현은 키우던 닭과 강아지에게도 며칠 전에 먹다 남긴 새우깡을 던져 줬다.

푸드득.

닭들은 경쟁하며 새우깡을 쪼아 먹었지만 강아지들은 하품을 하면서 먼 곳으로 달려가 버렸다.

장난치며 뛰어노는 강아지들의 털에서 좌르르 흐르는 윤기!

서윤이 고급 음식을 듬뿍 먹여서 키우다 보니 강아지들에게는 매일이 천국이었다.

"저런 배부른 녀석들."

이현은 인상을 쓰면서 새우깡을 잘 숨겨 놨다.

"다음에는 하루 굶기고 먹여야지."

오랜만에 시간이 조금 남았다.

대학을 휴학하고 하루 종일 시간이 날 때마다 로열 로드를 하는 일상에는 변함이 없었다. 이틀에 한 번씩 할머니에게 병문안을 다녀오고, 이혜연에게 뭔가 트집을 잡아서 잔소리를 했다.

“너, 치마가 너무 짧아.”

“오빠, 무슨 말이야? 무릎 아래까지 내려오는 치마인데?”

“음, 요즘 머리 매일 감는 것 같던데, 연애하는 거 아냐?”

“그냥 감는 거야. 이틀째 아무 데도 안 나가고 집에만 있잖아.”

이현이나 이혜연이나 서로 그러려니 하고 대화를 나눴다.

이현이 괜한 트집을 잡을 때야말로 기분이 최고라는 사실을 여동생도 알고 있었다.

정말 먹고살기 힘들 때는 멍하니 벽만 보고 있던 오빠를 기억하고 있는 이혜연이라 이현의 잔소리를 대충 넘겼다.

‘그래도 여자 친구한테는 잔소리하지 않겠지. 저렇게 예쁜 언니니까.’

이혜연은 강아지들과 놀고 있는 서윤을 보면서 가끔 놀랐다. 햇살에 비치는 장면이 그렇게 아름다울 수가 없었다.

‘예뻐서 부럽다.’

여자들도 예쁜 여자는 좋아한다. 편한 반바지를 입어서 드러난 매끈한 다리에 잠시 시선을 뺏길 정도였다.

그리고 이현이 등장했다.

두둥!

대악당처럼 나타난 이현이 서윤에게 눈을 찌푸렸다.

“밥?”

"먹었어요."

"반찬은?"

"냉장고에 있는 걸로 대충 챙겨 먹었어요."

마당에 앉아 있던 이혜연은 살며시 미소를 지었다.

오빠가 서윤을 챙기는 광경이 그렇게 아기자기하고 행복해 보일 수 없었다.

"바지가 그게 뭐야?"

"집에서만 입는 거예요."

"오래 쪼그려 앉아 있으면 다리에 피 안 통해."

"병원에서 혈관 건강하다고 했어요. 그리고 몇 분 안 됐어요."

"강아지 알레르기가……."

"없어요."

"오늘도 머리 감은 거 같은데?"

"내일은 안 감을 거예요."

이현은 서윤과 이혜연과 같이 든든하게 삼계탕을 먹었다.

과거에는 시장에서 닭을 조금 사서 며칠에 나눠서 먹었지만 이제는 당당하게 1인 1닭!

"꺼억!"

이현은 길게 트림을 하며 거실에 드러누웠다.

'실컷 먹고 배부르다. 이게 행복이지.'

이현이 슬며시 눈을 감고 졸자, 서윤이 다가와서 조심스럽게 무릎으로 머리를 받쳐 줬다.

이혜연이 보고 있어서 빰이 붉게 달아오른 모습이었지만 이현을 바라보는 눈가에는 사랑이 가득했다.

이혜연은 혀를 찼다.

'저런 언니가 뭐가 아쉬워서… 우리 오빠가 정말 전생에 우주를 구했나?'

이혜연은 심술이 나서 잠든 이현과 서윤만 놔두고 방으로 들어가기 싫었다.

'부럽다, 정말.'

거실에서 버티기 위해 텔레비전을 켰다.

방송국에서 선물로 받은 곡선 대형 텔레비전!

이혜연이 평소에 드라마를 좋아하긴 했지만 요즘에는 잘 보지 않았다. 여자 주인공들의 외모가 서윤보다 훨씬 못해서 몰입이 안 되는 까닭이었다.

태양 앞에 반딧불 정도라고 할까.

남자 주인공과 여자 주인공이 좋아하면서도 오해하고 싸워 봐야 서윤이 등장한다면 대번에 초토화가 되어 버릴 상황이었다.

'음악 방송도, 효린 언니도 활동을 잘 안 하고.'

여기저기 채널을 돌리다가 도착한 곳은 KMC미디어!

"어! 혜민 언니다."

로열 로드와 관련된 방송인 중에서 가장 유명한 사람 중 하나인 신혜민.

베르사 대륙 이야기의 MC인 그녀가 오주완과 같이 특집 프로그램을 진행하고 있었다.

거인들의 땅.

난이도 S급 퀘스트.

"혜민 씨도 저곳에서 함께 모험을 하고 있다고요?"

"네. 조금 전까지만 해도 동료분들과 같이 있었답니다."

"생방송을 진행해야 해서 퀘스트를 못 하다니 정말 아쉽겠습니다."

"어쩔 수 없죠. 그래도 시청자분들께 현장의 모습을 더 잘 설명해 드릴 수 있어서 다행이라고 생각해요."

이혜연은 금방 텔레비전에 집중했다.

'참, 오빠 동료들이 모험을 하고 있었지, 북부 유저들과 같이.'

북부 유저들에 대해서는 항상 관심을 두고 있었다. 이현의 표현대로라면 북부 유저들은 '풀어서 기르는 닭'이라고 할까.

'나도 빨리 강해지면 같이 다닐 수 있을 텐데.'

이혜연은 아쉬워하면서 텔레비전을 봤다.

서윤은 방송에 어떤 이야기가 나오거나 상관하지 않고 이현의 잠든 모습만 보고 있었다.

“거인들의 땅까지 진출하시다니, 혜민 씨의 모험도 나중에 방송으로 중계해야 할 것 같습니다.”

“에이, 거기까지는 아니에요. 동료들이 워낙 뛰어나셔서 저는 그저 끼어 있는 정도랍니다.”

“동료분들이라면 구체적으로 누굴 말씀하시는 건가요?”

“그게… 너무 많은 분들이 계셔서요.”

“굳이 꼭 집어서 한 분의 이름을 댄다면? 역시 위드 님의 전투 노예라고 할 수 있는 그분이겠지요?”

“네. 잡담은 이 정도로 하고 방송 계속 진행하겠습니다. 이제 북부 유저들이 거인의 성채에 도착했습니다.”

신혜민이 페일과 사귀는 건 이미 로열 로드 내에서는 파다하게 소문이 퍼져서 방송을 위한 소재가 되어 있었다.

그녀가 짓궂은 농담을 받아넘기면서 타이밍 좋게 화면이 로열 로드로 전환되었다.

페일을 비롯한 1,000여 명의 북부 유저들.

뒤늦게 소식을 듣고 부랴부랴 달려온 북부 유저들과 중앙 대륙의 유저들까지 합세해서 200여 명 정도가 더 불어나 있었다.

거인들의 성채는 큰 산처럼 보일 정도로 거대했다. 성벽의 높이만 100미터를 넘었다.

“실제로 보니 더 기가 막힌 광경입니다. 안개가 조금 끼어서 성벽의 높은 부분이 제대로 안 보일 정도네요. 혜민 씨, 저길 대체 어떻게 공략한다는 말씀이죠?"

"일반적인 공성 무기는 당연히 통하지 않을 거예요. 거인의 성채에 대해 지금까지 모은 정보로는 부실한 곳이 꽤 있다고 해요."

"부실한 곳이라면… 혹시 개구멍을 말씀하십니까?"

"네. 거인들의 기준으로 성벽의 틈새 같은 개구멍을 통해 잠입이 가능하다고 보고 있어요."

"성채로의 잠입이라, 듣기만 해도 위험할 것 같습니다. 그럼 밤까지 기다리게 되나요?"

"밤에는 거인들의 시각과 청각이 더 예민해진답니다. 그래서 아마 곧 잠입이 시작될 예정일 거예요."

페일과 북부 유저들이 장비를 챙기는 광경이 나왔다.

밝고 화려한 색상의 갑옷을 입고, 밧줄이나 갈고리 같은 장비도 챙겼다. 유난히 어두운 것에 반발하는 거인들의 특성을 노린 것이었다.

"지금 북부 유저들이 거인의 성채로 들어가고 있습니다."

KMC미디어에서는 장중한 배경음악을 깔았다.

1,000명이 훌쩍 넘는 고레벨 유저들이 몸을 낮추고 거인들의 성채로 다가갔다.

성채의 높은 곳에서 경계를 서는 거인들이 꾸벅꾸벅 졸고 있었다.

"진입합니다. 모두 들키지 않도록 조심하세요."

"살아서 만납시다. 파이팅!"

북부 유저들은 제각각 흩어져서 벽의 틈새로 들어갔다.

그때부터는 화면이 전환되어서 각 유저들의 시각을 바탕으로 한 것들이 나왔다.

거인의 성채 내부의 광활한 광장과 큰 건물들.

잠을 자는 시간이기 때문인지 길거리를 돌아다니는 거인은 없었다.

"지역 안전부터 확보합시다. 레인저와 암살자 부대는 정찰을 해 주세요."

"예, 알겠습니다."

북부 유저들은 그간 같이 사냥을 하기도 했지만, 레벨들이 높아서 자기 밥값은 스스로 할 정도가 되었다.

사방으로 흩어져서 정찰 업무를 하는 북부 유저들.

그들은 성채의 각 건물들에서 감금되어 있는 포로들을 찾아냈다.

모험가 체이스가 잠금장치를 풀어냈다.

"이리 나오세요."

"쉿! 조용히. 여러분을 구하러 왔습니다."

—노예 82명을 해방하셨습니다.

금속 기술자 7명, 마법사 4명, 예술가 3명이 포함되어 있습니다.

인간과 엘프, 드워프, 요정을 구출해서 성채 외부로 이끌었다.

"갇혀 있는 이들이 더 많습니까?"

"네. 지하까지 적어도 1,000명은 될 거예요."

"인원이 그렇게 많아요?"

"여긴 금광이 있는 장소라서요. 성채 지하에서는 가끔 단단한 금속도 나와요."

"그걸로 뭘 하죠?"

"거인들이 쓰는 물건을 만들어요. 정말 단단해서 쉽게 부서지지 않죠."

북부 유저들은 포로들을 구출하고 정보를 입수하면서 이 퀘스트의 규모나 보상이 크다는 걸 짐작했다.

그리고 계속 이루어진 구출 작전!

다수의 포로들을 구하면서 시간이 지체되었다.

잠든 거인들의 옆을 북부 유저들과 포로들이 발소리를 죽여 가면서 이동했다.

"크르릉."

"푸에취!"

하지만 경계를 서던 거인 중에서 잠에서 깨어난 놈이 있었다.

"어디서 싱싱한 인간 냄새가 나는데……."

거인의 눈에 성벽의 틈새로 빠져나가는 포로들이 보였다.

"크와아아아아! 포로들이 도망친다아!"

경비를 서던 거인은 날벼락과도 같은 외침을 터트렸다.

"끌, 뭐라고? 포로들이 도망쳐?"

"일어나라! 모두 일어나!"

거인의 성채 곳곳에서 포효가 들리면서 잠든 거인들이 깨어났다.

거인들은 움직임이 느렸지만 쿵쾅대며 뛰어다니자 땅이 흔들렸다.

"도망치긴 틀렸어요. 거인들이 성벽으로 모이고 있습니다."

"젠장! 이렇게 된 이상 싸웁시다."

"그냥 싸우면 다 죽어요."

"숨고 싸우고 해야죠. 퀘스트를 받을 때부터 이런 일이 벌어질 것은 짐작했을 거 아닙니까? 도망치려고 하면 추격당해서 몰살입니다."

북부 유저들은 힘을 합쳐서 싸우기로 했다.

페일이 통신 채널로 유저들을 지휘했다.

페일 : 걸렸습니다. 길게 설명할 것도 없지만 아직 퀘스트는 실패한 게 아닙니다. 도망칠 수 있는 상황에 있는 유저들은 포로들을 데리고 가십시오. 성채 내부에 갇혀 있는 분들은 동료들과 함께 싸울 준비를 하세요. 죽더라도 버티면서 시간을 끌어야 합니다. 한 번의 죽음을 겪더라도 퀘스트는 성공시킬 수 있습니다.

퀘스트 성공에 대한 희망!

처음부터 어려움을 알고 있던 북부 유저들이었기에 당황은 했지만 자기 할 일을 찾았다.

“한두 번 죽어 본 것도 아니고.”

“생방송까지 타고 있을 텐데, 도망치다가 죽는 건 싫어. 멋지게 싸워 보자.”

“갇혀 있던 분들은 어서 나오세요! 저희가 안전한 곳으로 안내하겠습니다.”

북부 유저들의 움직임이 재빨라졌다.

포로들을 구출하고, 일부는 거인들과 싸우고 저지할 준비를 갖춰 갔다.

KMC미디어를 비롯한 각 방송국에서는 거인들에게 발각된 순간부터 상승하는 시청률 곡선을 보며 환호성을 터트렸다.

“7%입니다. 5분 만에 2%가 더 치솟았어요.”

“다른 방송국들은?”

“2%씩은 찍고 있습니다.”

“편집 팀 더 투입하고… 동시 영상 중계 시스템 더 확보해!”

생중계로 방송되는 화려한 영상들.

북부 유저들 중에서도 정예들만 모여 있다 보니 거인들을 상대로 높은 수준의 전투가 벌어졌다. 과거 명문 길드들이 경쟁을 위해 무리하게 보스급 몬스터를 사냥하던 것처럼 박진감이 넘쳤다.

"벌레들아, 너희는 평생 벗어나지 못할 운명이다."

거인들이 땅을 짓밟고, 북부 유저들을 쳐서 성벽으로 날려 버렸다.

포로들을 데리고 도망쳤던 북부 유저들까지 다시 돌아와서 용감하게 싸웠다.

"해낼 수 있습니다. 거인을 전부 쓰러뜨려요!"

유저들 중 일부는 성채 내의 건물들을 파괴했다.

거대한 건물이 무너지면 장애물들이 생긴다. 거인들이 자유롭게 뛰어다니는 걸 막아 주는 효과가 있었다.

물론 유저들에게도 불편하겠지만, 상대적으로 몸집이 작은 덕에 훌륭한 은폐물이 된다.

"풀죽, 풀죽, 풀죽!"

북부 유저들은 마약과도 같은 단어를 외치면서 덤벼들었다.

풀죽신교!

이젠 그 기원을 떠나서, 여럿이서 싸우는 전투가 벌어지면 풀죽이라는 단어를 외치면 된다.

불가능을 가능으로 바꾸는 힘은 없다.

막강한 적이 약해지지도 않는다.

그러나 적어도 그 단어가 있는 한 동료들이 자신을 버리고 도망가지 않으리라는 확신이 있기에!

"풀죽, 풀죽, 풀죽!"

북부 유저들은 가진 모든 스킬을 퍼부으며 거인을 향해 높이 뛰어올랐다.

"굉장합니다. 쉽게 밀리지 않아요. 모두가 놀라운 전투력을 발휘하고 있습니다. 1명이 죽었지만, 그 틈을 타서 거인의 머리로 누군가가 뛰어올랐습니다."

"네, 기회를 놓치지 않네요."

"대단한 집중력입니다. 신혜민 씨가 보기에 퀘스트가 성공할 것 같습니까?"

"북부 유저들이 주축이 된 원정대잖아요. 퀘스트 성공을 떠나, 끝까지 버틸 것 같아요."

"최후의 1인까지요?"

"절대 물러서지 않을 것 같아요."

오주완과 신혜민은 흥분을 감추지 않고 진행을 했다.

그만큼 화면에 잡히는 영상은 치열하고 박진감이 넘쳤다.

거인의 성채는 동료들을 버리고 도망친다면 충분히 살 수 있는 틈이 보였다. 그럼에도 북부 유저들 중 누구도 개구멍으로 빠져나가지 않고 거인들을 향해 돌격한다.

사제나 성기사는 거인들이 땅을 뒤흔들며 달려오는데도 꿈쩍하지 않고 동료들을 치유했다.

거인의 성채에서 부서지는 큰 건물들과, 작렬하는 마법과 공격 기술!

"음."

이현이 어느새 눈을 뜨고 텔레비전을 보고 있었다.

"오빠, 소리 좀 줄일까?"

"아냐. 그냥 놔둬 봐."

이현은 거인들과 북부 유저들의 전투를 잠시 구경했다.

마음으로는 당연히 북부 유저들의 승리를 원했다.

'집에서 키우는 닭들이 몰려 나가서 싸우는 기분이야.'

실제로 거인들의 땅에서 얻는 재물과 마법 재료는 아르펜 왕국에서 가공과 판매의 과정을 거친다. 생산 직업들만 경제력을 향상시키는 게 아니라 원정대에서 확보하는 재물들도 아르펜 왕국에 소중했다.

이현의 눈이 날카롭게 빛났다.

'저 모습을 보니… 다음 직업은 확실히 결정이 되네.'

어쩌다 잘못 선택한 직업이었지만 중간에 바꾸지 않고 조각사의 끝을 봤다.

다음에 선택할 직업도 확실히 중요했다.

대장장이나 재봉사는 조각사만큼이나 극악의 난이도를 자랑하지만 관련 스킬을 중급 이상 익혀 놓았다.

조각술을 마스터하는 과정에서 얻은 손재주와 습득력을 고려한다면 생산 계열 직업을 마스터하는 것도 가능했다.

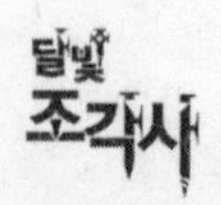

전투 계열처럼 화끈하진 않지만 조각사처럼 은근히 뒷받침이 되는 직업!

먼 미래를 감안한다면 생산 계열 직업을 한번 거치는 것도 좋았다.

'사막 전사나 검사 중 어떤 것으로 할지 갈등돼서 고민이었지.'

검술이 고급 6레벨.

검술 역시 끝이 머지않았기 때문에 구미가 당겼다.

부족한 생명력과 공격력을 높이고 다양한 원거리 공격 기술, 대규모 광역 스킬을 익히면 전투력이 확실히 강해질 테니까.

고요의 사막에서 조각품을 만들며 헤스티거가 남긴 스킬인 용암의 강과 대파멸의 모래 폭풍도 쓸 수 있었다.

그동안은 조각사라서 반쪽짜리였지만 전투 계열로 직업을 바꾸면 완전해진다.

이현의 고민은 앞으로 어떤 직업을 얻느냐였는데, 북부 유저들이 싸우는 장면을 보니 대충 마음의 결정이 섰다.

'전투에서 가장 강한 직업. 사실 그런 건 없지. 어떤 직업이라도 상황이나 활용하기에 따라서 달라. 그래, 퀘스트를 한다고 올리지 못했던 레벨도 따라잡을 때가 되었지.'

스텟과 스킬 숙련도.

실속을 지독하게 챙겼기에 로열 로드의 상위권 랭커들에

게도 밀리지 않았다.

하지만 이 정도로 마법의 대륙을 제패했던 이현의 성에 찰 리가 만무했다.

'레벨을 올려서 다 때려잡아야지. 지금까지 기초를 다져 놨으니까 조금 빨리 달려도 괜찮아.'

이현은 잠시 더 서윤의 다리를 베고 누워 있다가 일어났다.

"좀 다녀올게."

위드가 다시 로열 로드에 접속했을 때에는 어두운 밤이었다.

아우우우우!

어디선가 늑대 울음소리가 들리고 빛의 탑이 번쩍이는 모라타의 뒷산.

조각품을 만들고 나서 헤스티아의 권능에 의해 베르사 대륙으로 돌아왔다.

"흠흠, 뭐 별로 중요하진 않지만 일단 만들어 놓긴 했으니 봐 보기나 할까?"

위드가 영 귀찮은 듯이 밤하늘을 올려다봤다.

북쪽 하늘에 떡하니 큼지막하게 반짝이는 별이 있었다.

대작! 처자식 조각상을 감상하셨습니다.

밤하늘에서 반짝이는 처자식 조각상!
조각술의 역사를 새로 쓴 본인이 만든 조각품을 봤습니다.
조각술 마스터의 효과로 작품의 감상 효과를 2배로 받습니다.

영구적으로 지력이 5 오릅니다.
행운이 하루 동안 17.5% 늘어납니다.
생명력과 마나의 최대치가 하루 동안 57.5%만큼 증가합니다.
전 스텟 125 상승.
장거리 이동속도 87.5% 증가.
영구적으로 모든 스텟이 3씩 늘어납니다.

조각술 마스터 퀘스트의 달성으로 처자식 조각상은 다른 조각품 감상 효과와 중복됩니다.

역시 대작 조각품!

"조각품의 효과가 무시무시하구나."

위드는 처자식 조각상으로부터 조각술 마스터로서 2배의 효과를, 그리고 본인의 조각품이라서 50%의 효과를 더 받았다.

추가적인 효과들을 전부 뺀다면 대작 조각품치고는 조금 약하다고 생각할 수도 있으리라. 그렇지만 밤하늘에 떠 있는 별은 누구나 볼 수 있기에 모든 이들이 쉽게 조각술의 혜택을 누릴 수 있었다.

"헤르메스 길드 놈들, 그리고 아르펜 왕국에 세금 안 내는 녀석들은 못 보게 해야 하는데……."

조각술 마스터 퀘스트, 그것도 최후의 비기를 얻고 난 이후의 작품이라 베르사 대륙 전역에 영향을 미치게 되었으리라.

"그래도 역시 조각사를 하길 잘했지."

달빛 조각사에 대한 아쉬움이 후련할 정도로 사라졌다.

드디어 조각사로서 불이익을 받을 게 하나도 없고 그동안 얻은 혜택을 입을 차례였으니까.

솔직히 조각사를 하면서도 검사, 대장장이, 재봉사, 요리사, 낚시꾼, 선박 제작사, 광부, 약초꾼과 관련된 다양한 스킬들을 올려놨다. 이미 잡캐의 정점에 있었기 때문에 2차 직업을 어떤 것을 얻더라도 상관없을 정도였다.

"자, 그러면 새로운 직업을 얻으러 가 볼까?"

위드의 발걸음은 무척이나 가벼웠다. 물론 시간을 아껴야 했기에 그 속도는 대단히 빨랐다.

샤샤샤샥!

모라타의 뒷골목에서 지하로 이어지는 음습한 터널.

어두운 로브를 뒤집어쓴 수많은 자들이 해골 지팡이를 들고 들락거리고 있었다.

"이번에 뼛가루 시세가 너무 오른 거 같지 않아요?"

"아, 죽겠어요. 두꺼비 눈알은 돈을 주고도 사기가 힘들어요."

"좀비 살점 사실 분? 떨어져 나온 지 얼마 안 된 신선한 살점이 5킬로 정도 있어요."

네크로맨서 유저들!

초보 유저들은 시체를 데리고 사냥하기보다 마법 연구와 언데드 소환을 통해 스킬 레벨을 올리고 있었다.

위드는 평소처럼 초보자 복장을 입고 뒷골목으로 들어왔다. 그에게도 조각사 마스터 퀘스트를 끝내면서 대대적으로 방송에 출연했다는 부담감이 눈곱만큼은 존재했다.

"음… 간단하게 입어야지. 국왕이라고 사람들이 특별하게 여기면 안 되잖아."

제법 연예인들의 공항 패션을 의식한 셈이었다.

예상(?)대로, 네크로맨서 유저들은 그를 힐끗 쳐다보더니 계속 할 일을 했다.

"귤껍질 사세요."

"썩은 계란요. 1실버에 한 바구니 드립니다."

지나치게 평범한 외모에 어두운 뒷골목!

위드에게 신경 쓰는 유저는 아무도 없었다.

"흠흠, 영웅에게는 함부로 다가가기 힘든 구석이 있지. 카리스마에 몸이 떨린다고 할까."

스스로 납득하면서 음습한 네크로맨서 길드로 들어갔다.

"그대, 고귀한 분이여, 마나의 원리를 탐구하여 죽음과 어둠을 지배하는 길을 걸어가겠습니까?"

"응."

"삶과 죽음을 탐구하는 네크로맨서에 대해서 너무 쉽게 생각하시는 것 같습니다."

"다 알고 왔어."

"단단한 심장과 냉철한 두뇌, 그리고 사람들의 질시 어린 시선을……."

"알았으니까 빨리해."

위드는 오랜만에 네크로맨서 바라볼을 만나서 전직을 의뢰했다.

'또 생고생을 하면서 직업을 얻을 필요는 없겠지.'

아르펜 왕국의 국왕.

게다가 바라볼은 모험을 하면서 만난 인연도 있어서 대화를 나눌 수 있었다.

네크로맨서는 마법사의 상위 직업!

지혜와 지식, 마법을 다루는 능력을 시험하고 복잡한 전직 퀘스트까지 통과해야만 얻을 수 있는 귀한 직업이었다.

위드의 경우에는 바르칸의 마법서로 인해서 언제든 네크로맨서로 전직이 가능했다.

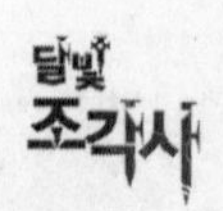

"알겠습니다. 부디 죽음을 지배하여 불멸의 생명을 얻으시길."

바라볼은 비쩍 마른 손을 위드의 머리 위에 올렸다.

띠링!

—네크로맨서로 전직합니다.

흑마법과 언데드 소환 마법을 익힐 수 있습니다.
생명력의 최대치가 10% 증가합니다.
마나의 최대치가 150%로 증가합니다.
명성의 영향력이 20% 감소합니다.
신앙심의 효과가 35% 줄어듭니다.

조각사를 마스터하고 새로운 직업을 얻는 것이기에 조각술 스킬에 페널티는 부여되지 않습니다.

마법사들은 생명력이 낮았지만 조각사는 그보다도 못했기 때문에 약간이지만 오르는 효과가 있었다.

전사에서 마법사 계열로 바꾸면 힘이나 민첩이 떨어지기도 하는데, 원래 직업이 전투와 관련이 먼 조각사라서 그런 약점도 없었다.

'조각사가 진짜 허접한 직업이긴 해. 이럴 땐 오히려 낫군.'

위드는 전직에 대한 고민을 며칠 동안 했다.

조각사의 경우에는 마지막 단계를 넘기까지 수많은 극복을 해 왔는데 또다시 엉뚱한 직업을 얻을 수는 없다. 요리사와 같은 비전투 계열 직업으로 사냥터에서 코스 요리나 만들고 있을 수는 없으니까!

다만 그렇게 된다면 국왕의 직업 효과를 받아 아르펜 왕국은 풍성한 맛집들이 있는 미식 왕국으로의 발전을 꾀할 수 있었으리라.

푸홀 워터파크 음식점들의 바가지가 더욱 심해졌을지도 모를 일!

바라볼이 손으로 기초 교관들을 가리켰다.

"죽음을 다스리는 마법을 익히려면……."

"됐어."

용건이 끝났기에 위드는 그를 무시하고 배낭에서 책을 꺼냈다.

바르칸이 직접 저술한 네크로맨서의 마법서 : 내구력 30/30.
흑마법의 두 번째로 어려운 학문인 언데드의 제조에 대해 적혀 있는 마법서. 기초 수준에서부터 고급 단계에 이르기까지 언데드에 대한 모든 제조법이 적혀 있다.
천재적인 마법사 바르칸 데모프가 직접 저술하여 이해하기는 어렵지 않다. 다만 언데드를 생성하고 다루는 데에는 막대한 마나가 필요하므로 함부로 사용할 수는 없을 것 같다.
제한 : 직업 마법사. 레벨 300. 지혜 500. 마나 8,000.
네크로맨서로의 전직이 가능함.
옵션 : 흑마법에 대한 저항력 +25.
언데드를 제조하는 능력 +2.
지성을 갖춘 보스 언데드를 만들 수 있다.
언데드의 생명력이 향상되며, 신성력에 대한 저항력이 생긴다.

'사전 준비는 확실해.'

이미 확보하고 있던 네크로맨서 바르칸의 풀 세트!

바르칸의 마법서는 네크로맨서 전직이 가능하게 만들어 주는 기능을 가지고 있었다. 하지만 진정한 가치는 언데드의 소환과 제조에 대한 마법들에 있다.

'온갖 마법들이 다 있지.'

위드는 마법서로 언데드 소환 마법부터 습득했다.

띠링!

—스킬, 언데드 소환을 습득하셨습니다.

언데드 소환 초급 1(0%) : 시체를 활용해서 언데드로 만들 수 있다.

"음, 드디어 본격적인 네크로맨서군."

예전에 조각 변신술로 리치가 되어 언데드 소환 스킬을 썼던 적도 있지만 임시로 얻었던 스킬이라 처음부터 다시 배워야 했다. 그럼에도 불구하고 걱정되는 마음은 전혀 없었다.

'조각술만큼 안 오르는 스킬은 거의 없어. 네크로맨서가 어려워 봐야 조각사에 비하면 아무것도 아니지.'

초반에 피나는 고생을 하는 걸로 유명한 네크로맨서들이다. 사냥은 어렵고, 마나는 부족하고, 기껏 일으킨 시체는 약해서 금방 쓰러져 버리거나 지배력을 상실한다.

언데드들을 바탕으로 큰 규모의 전투를 유지할 수 있게 되면 그때부터는 빠르게 성장할 수 있지만, 그 전까지는 고행의 길을 걸어야 한다.

그렇지만 위드의 레벨은 이미 454였다.

'초반의 어려움은 빠르게 극복한다. 그리고 네크로맨서로 지내면서도 검술이나 생산 스킬을 올릴 수 있고 말이야.'

네크로맨서를 마스터할 때쯤에는 상황을 봐서 검사나 무예인, 사막 전사 혹은 대장장이 쪽의 생산 스킬을 다음 목표로 삼을 수 있을 것이다.

2차, 3차, 4차 노가다까지 계산이 이미 끝난 상태!

'이 정도는 되어야 드래곤 1마리를 때려잡을 수 있지 않을까.'

헤르메스 길드도 목표였지만 역시 결국은 드래곤!

장비로는 악마 투구, 타락한 성자의 지팡이, 바르칸의 풀세트를 보유하고 있었으며, 조각사로서 가지고 있던 스킬도 여전히 활용이 가능했다.

-스킬, 시체 폭발을 습득하셨습니다.

시체 폭발 초급 1(0%) : 시체를 폭발시켜서 주변을 파괴하는 매우 강력한 마법. 시체의 크기와 품질에 따라 위력이 달라진다.

골렘 제작, 저주, 뼈 방어 마법까지 차례로 다 습득했다.

위드의 네크로맨서 스킬이 향상되면 익힐 수 있는 기술은 더욱 많았다.

'초보 네크로맨서지만 무서울 게 없어.'

모든 면에서 초급 네크로맨서와는 차이가 나리라. 네크로맨서 스킬도 스텟이나 장비가 뛰어나서 초반에는 굉장히 빨리 상승시킬 수 있을 것이다.

편의점 알바와 대기업 회장 정도의 격차!

위드는 느긋하게 말했다.

"스텟 창."

캐릭터 이름 : 위드	**성향** : 신이 인정한 정의로움
레벨 : 454	
직업 : 전설의 달빛 조각사 마스터, 네크로맨서	
칭호 : 세상을 바꾸는 조각사	**직위** : 아르펜 왕국의 국왕
명성 : 305,399	
생명력 : 97,845	**마나** : 69,141
힘 : 1,847	**민첩** : 1,255
체력 : 322	
지혜 : 440	**지력** : 517
투지 : 634	**지구력** : 449
인내력 : 1,315	
예술 : 3,513	**카리스마** : 723
통솔력 : 956	**행운** : 304
신앙 : 764+435	**매력** : 954+30
맷집 : 631	**기품** : 556
정신력 : 322	**용기** : 414
명예 : 887	**통찰력** : 101
자연과의 친화력 : 2,288	
공격력 : 9,502	**방어력** : 2,693
마법 저항 불 : 49%	**물** : 46%
대지 : 43%	**흑마법** : 44%

+모든 스텟에 20개의 포인트가 추가됩니다.
+예술에 추가로 80개의 포인트가 부여됩니다.
+달이 뜨는 밤에는 30%의 능력치의 향상이 있습니다.
+아이템과 특화됨.
+모든 생산 스킬을 마스터의 경지까지 배울 수 있게 됩니다. 모든 아이템 제조와 제련의 스킬에 우대 적용. 최고급 스킬들을 배울 수 있습니다.
+특이하거나, 예술적 가치가 높은 조각품을 만들면 명성이 상승합니다.
+조각품과 생산 스킬, 전투 경험, 퀘스트로 인하여 전 스텟이 381 증가합니다.
+모든 스킬의 숙련도가 6% 빠르게 향상됨.
+착용하고 있는 바하란의 팔찌로 인하여 전 스텟이 15 증가합니다.

어마어마한 내용이 담긴 스텟 창!

'이제 빨리할 일이 많군. 거인들의 땅에 노다지가 사라지기 전에 말이야.'

로열 로드에 접속하고 나서 불과 20분 정도가 흐른 후였다.

거인들의 땅에서는 아직 북부 유저들의 피가 튀는 혈투가 벌어지고 있으리라.

그들 대부분이 죽기를 바라진 않았지만, 또 그렇더라도 크게 상관은 없었다. 맛있는 음식은 나눠 먹을 입이 줄어들수록 좋았으니까.

"더러운 진흙을 산다고 하셨습니까?"

"응. 열 뭉치만 줘."

"한 뭉치에 3실버입니다만… 국왕 폐하께서 직접 구입을 원하시니 2실버만 받겠습니다."

"1실버만 낼게."

"그렇게는 도저히 안 됩니다."

"어허, 나 국왕이야."

"안 됩니다. 2실버 주세요."

―흥정이 실패했습니다.
네크로맨서 상인 그렉과의 친밀도가 하락하였습니다.
명성이 1 감소했습니다.

위드는 네크로맨서 길드에서 간단한 마법 재료 몇 가지를 구입했다.

골렘 제작의 경우에는 재료가 꼭 필요했다. 현장에서 대충 쓰면 좋은 품질의 골렘을 만들기 어려웠다.

'이제 슬슬 가 볼까.'

그때 네크로맨서 바라볼이 다가와서 말했다.

"네크로맨서 길드에는 좋은 영혼이 부족합니다."

"영혼?"

"크고 강대한 힘을 가진 영혼은 언데드로 만들기도 좋고, 생명의 근원에 대해 연구하기 적합하죠. 어려운 부탁이 되겠지만 영혼을 모아 오시면 그에 대한 보상을 하고 싶습니다."

띠링!

강한 영혼 포획

네크로맨서 길드에서는 영혼을 원하고 있다.
강력한 힘을 가진 영혼을 모아 오면 그만한 보상을 해 줄 것이다.

난이도 : B

퀘스트 제한 : 스킬 영혼 갈취 보유.
한 달 내로 완수.

'난이도 B급이라.'

위드는 오랜만에 미소가 흘러나올 지경이었다.

난이도 S급! 혹은 그 이상의, 대륙 전체에 영향력을 퍼뜨리는 퀘스트만 하다가 B급 정도의 난이도라니 반가웠다.

조금 과장해서, 서울대에 수석으로 입학한 학생에게 구구단을 물어보는 격!

'단순한 재료 확보 퀘스트야. 전투 계열의 퀘스트란 말이지.'

예술이란 노력을 하더라도 결과를 짐작하기 어렵다.

하지만 이것은 복잡하고 까다로운 조각술 퀘스트가 아니었다. 전투 계열 길드에서 흔히 볼 수 있는 전리품 획득 퀘스트.

전투를 해서 승리를 거두고 퀘스트로도 경험치와 추가 보상을 받을 수 있는 일석이조의 의뢰.

'이렇게 단순하고 좋은 걸 주네.'

영혼 갈취는 네크로맨서에게는 필수 스킬이었다. 언데드와는 상관이 적지만, 중급 이상의 보호 마법을 발휘하거나 저주를 퍼부을 때 주로 사용된다.

바르칸의 마법서에 당연히 적혀 있는 스킬이었다.

"뭐, 어렵지 않지. 기꺼이 모아 오마."

-퀘스트를 수락하셨습니다.

"방어 진형을 버려요!"

"꺄아악!"

"제자리에 있지 말고 움직여요. 위치를 바꾸면서 흩어지세요!"

북부 유저들은 집요하게 항전했지만 1,200명을 넘어가던 숫자는 절반 정도로 줄어든 상태였다.

"풀죽, 풀죽!"

그럼에도 도망치는 유저는 없었다.

끝까지 거인들을 향해 공격을 할 뿐!

"빨리 갑시다."

"이쪽 방향으로 거인들이 모여들고 있어요. 도주로를 바꾸세요."

"포로 구출은요?"

"4팀이 아직 안 왔습니다. 거인들을 따돌릴 미끼가 더 필요해요."

페일은 원정대의 대장으로서 무모한 죽음을 원하지 않았다.

'이렇게 된 이상 희생자들을 위해서라도 퀘스트는 완수한다.'

북부 유저들과 협력하여 거인의 성채에서 포로들을 구출하고 빼돌리고 있었다.

'지금까지 구한 사람이 400여 명. 아직도 포로는 많이 남았는데.'

페일은 거인들이 지어 놓은 큰 집의 지붕에 뛰어올랐다.

등 뒤에 메고 있던 화살통에서 화살을 꺼내 전광석화처럼 시위에 걸었다.

"다연발 관통 화살!"

페일이 쏜 화살이 빛과 함께 수십 갈래로 갈라지더니 주변의 거인들을 맞혔다.

"쿠어어!"

거인들은 조금 괴로워했지만, 100만이 넘는 생명력과 맷집 때문에 쓰러지지 않았다.

"벌레!"

거인이 페일을 발견하고는 득달같이 달려왔다.

페일은 날렵하게 공중제비를 돌면서 거대한 건물들 사이를 뛰어다녔다. 화살을 시위에 걸어서 쏠 여유도 없어서 그

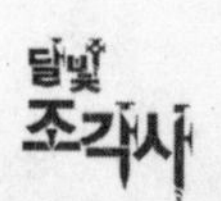

대로 던졌다.

—미약한 타격!
상대의 단단한 피부 탓에 3의 피해를 입힙니다.

화살 던지기.

궁수들이 비상용으로 쓰는 공격 보조 스킬이긴 했지만 그래도 대미지가 1,000~2,000은 나왔는데, 거인을 상대로는 어림도 없었다.

"간지럽구나, 벌레야!"

거인은 페일의 공격을 무시한 채로 달려와서 건물을 몸으로 들이받아 통째로 부숴 버렸다.

"큭!"

페일은 건물과 함께 부서지지 않기 위해 공중으로 뛰어올랐다. 민첩이 높은 궁수인 만큼 10여 미터를 높이 뛰어오를 수가 있었지만 그래 봐야 거인의 눈높이였다.

거인이 양손을 박수 치듯 겹칠 때에 페일에게 날아오는 한 줄기 얇은 낚싯줄.

"꽉 잡아요!"

페일은 낚싯줄을 단단히 잡았다. 그 순간 놀라운 탄력으로 끌어당겨져서 거인에게서 벗어날 수 있었다.

지켜보던 낚시꾼 제피가 페일의 생명을 구한 것이었다.

"고맙습니다."

"뭘요."

페일은 다른 건물에 착지해서 거인을 향해 화살을 쐈다.

거인들의 몸에는 화살뿐만 아니라 마법이나 스킬 등이 작렬하고 있었지만 약한 공격에는 끄떡도 하지 않았다.

북부 유저들은 거인 1마리에게 한참 동안 맹공을 퍼부어야 겨우 쓰러뜨릴 수 있었는데, 이미 성채에서 다수의 적에게 짓밟혔다.

"도저히……."

페일은 절망했다.

전투가 계속 이어질수록 목숨을 잃는 북부 유저들이 점점 늘어났다. 지치지 않는 체력과 맷집, 생명력을 가진 거인들에 비해 북부 유저들은 그나마 가지고 있던 마나까지 고갈되어 갔다.

거인들은 성벽에 기대 쉬면서 빠른 속도로 생명력을 보충했지만 북부 유저들은 사방에서 쫓기면서 사냥을 당했다. 간신히 무너진 건물 틈새로 숨는 것이 고작이었다.

"어렵다, 이건……."

페일이나 북부 유저들이나, 모두 힘과 체력이 떨어져 갔다.

도망치자니 죽어 간 동료들이 떠오르고, 그렇다고 싸움을 이어 나가기에는 승산이 보이지 않았다.

그때 성벽이 있는 방향에서 들리는 노랫소리.

오늘 날씨가 참 좋구나

딱 빨래가 빳빳하게 마르겠어

이불도 빨고, 속옷도 빨고

햇볕도 쨍쨍

내가 왔네. 내가 와

"커억!"

"이, 이건……."

음정, 박자를 기묘하게 비틀어 버린 노래 솜씨에 북부 유저들의 귀가 괴로웠다.

짓밟아 오는 거인들의 커다란 발을 간신히 피하는 와중에도 선명하게 들리는 노랫소리.

무슨 의미인지 모르겠고, 알아서도 안 될 것만 같은 가사!

"이것은?"

"이 소음이 익숙해요!"

"악! 귀가 썩을 것 같아."

간신히 버티고 있던 수르카.

다친 사람들에게 모든 마나를 퍼부어서 치료를 하고 있던 이리엔.

큰 집 안에서 마법을 시전하던 로뮤나.

그녀들이 먼저 노래의 주인공을 밝혀냈다.

"노래방을 수십 년 다녀도 절대 만나기 힘든 음치야."

"그건 위드 님인데?"

"비슷한 음치는 많아도 위드 님 같은 음치는 없어!"

북부 유저들은 노래가 들리는 성벽을 향해 고개를 돌렸다.

태양을 뒤로하고 나타난 초보 전용 마법사 로브.

전쟁의 신 위드의 등장이었다.

"위드 님이다!"

"위드 님이 오셨어!"

북부 유저들 중에서도 고레벨들로 구성된 이들은 위드의 얼굴을 알았다. 방송을 통해서나 하벤 제국과의 전쟁에서 멀리서라도 봤던 덕분이었다.

위드의 등장에 겨우 버티던 페일이 환호성을 올렸다.

"왔다!"

거인들에게 밀리고 있던 지금까지의 전황이란 더 이상 의미가 없게 느껴졌다.

불가능을 뒤집어 버리던 위드의 기적이 이곳에서도 벌어지리란 기대감으로 가득했다.

삐약삐약

병아리도 신이 나지

꼬끼오

살찐 양념반프라이드반이 울고 있네

오늘은 날씨가 좋은 날

위드는 노래를 마치고 3초 정도의 여운을 즐겼다.

음악이 주는 감동과 환희!

살아남은 북부 유저들이 저 얼마나 감격에 찬 눈동자로 자신을 보고 있는가.

'노래는 진짜 끝판왕이다.'

'직업이 조각사가 아니라 바드였다면 100% 망했다.'

위드는 함성을 터트렸다.

"전투 중지! 모두 알아서 숨어!"

―스킬 : 사자후를 사용하셨습니다.
사자후 스킬의 영향 범위에 있는 모든 아군의 사기가 200% 상승합니다.
존재하는 모든 혼란 상태가 해제됩니다.
5분간 통솔력이 300% 추가 적용됩니다.

오랜만에 터트린 사자후!

유저들을 상대로 통솔력이 발휘되진 않겠지만 거인의 성채에 있는 이들이 충분히 들을 수 있도록 커다란 소리였다.

"어라?"

"뭐라고요?"

"왜 숨으라는 거지? 이제 없던 힘까지 쥐어짜 내서 싸워야 하지 않나?"

북부 유저들은 갑자기 등장한 위드의 고함을 따르기 힘들었다.

아르펜 왕국의 국왕이라는 지위나 그동안의 업적을 감안한다면 존중해야 마땅하다. 그러나 지금까지 수많은 동료들의 희생을 바탕으로 억지로 힘을 쥐어짜 내서 버텨 오던 자신들이다. 등장하자마자 숨으라는 위드의 말에는 심한 거부감이 들려고 했다.

그때 원정대장인 페일이 따라서 소리를 질렀다.

"모두 숨으세요! 위드 님이 이 전투를 책임지실 겁니다."

위드의 충실한 전투 노예 페일!

원정대장의 말까지 듣고 나니 북부 유저들은 정신이 번쩍 들었다.

"우선 말을 따르고 보자."

"그래, 위드 님이잖아."

"무슨 짓을 저지를지 모르기도 하고."

대지의 궁전을 몽땅 무너뜨린 전적도 있는 위드라는 사실이 뒤늦게 떠올랐다.

북부 유저들은 급히 엄폐물을 찾아서 몸을 날렸다.

위드는 거인의 성채를 훑어보며 곧바로 견적을 뽑았다.

'거인들의 레벨은 700대. 기술은 거의 쓰지 않고 무지막지한 생명력으로 싸우는 단순한 녀석들. 그래도 숫자가 많으면 버겁긴 하겠지.'

전투 기술이 별로 없고 거대한 덩치를 가져 빈틈이 많다고 해도 레벨이 곧 깡패였다.

주먹에 맞거나 발에 밟힌 유저들은 거의 빈사지경에 이르렀고, 거인의 성채의 거대한 건물도 부딪치면 붕괴되었다.

힘과 크기에서 비교도 안 되는 전투를 치러 온 북부 유저들. 그들에게 전투 경험과 용기가 없었다면 지금까지 버티는 것도 불가능했으리라.

'사냥하기 어려운 녀석들이 널려 있어. 시체의 높은 레벨은 언데드의 훌륭한 재료가 되지.'

살아서 움직이는 거인이 55명.

이미 죽은 거인이 22명.

그 외에 북부 유저들이 600명이 넘게 죽었다.

'여긴 네크로맨서에게는 산삼밭이야. 캐내는 사람이 임자다.'

위드는 품에서 조각품을 꺼내 들고 첫 번째 스킬을 사용했다.

"조각 파괴술! 이 모든 것이 지혜가 되어라."

-조각 파괴술을 사용하셨습니다.

걸작 조각상이 파괴된 고통! 슬픔!
예술 스텟이 5 영구적으로 사라집니다. 명성이 100 줄어듭니다.
예술 스텟이 일 대 사의 비율로 하루 동안 지혜로 전환됩니다.
예술 스텟이 너무 높기 때문에 한꺼번에 전환이 이루어지지는 않습니다.

지혜 1,250이 고급 스킬 2레벨의 '정신 집중'으로 바뀝니다. 마법이나 기술의 효과가 220%로 늘어납니다.
지혜 620이 고급 스킬 1레벨의 '흐릿한 파괴의 영역'으로 바뀝니다. 마법 공격 스킬의 범위가 확대됩니다.
지혜 882가 고급 스킬 5레벨의 '진한 어둠'으로 바뀝니다. 흑마법과 네크로맨서 스킬을 강화합니다.
지혜 1,030이 고급 스킬 6레벨의 '마력 재생'으로 바뀝니다. 마나의 회복 속도를 높입니다.
지혜 1,600이 고급 스킬 1레벨의 '골렘 제작'으로 바뀝니다. 네크로맨서를 보호하는 골렘을 만들 수 있습니다.
지혜 1,000이 고급 스킬 1레벨의 '흔들리는 환영'으로 바뀝니다. 적들에게만 보이는 환영은 당신을 안전하게 지켜 줄 것입니다.

조각사로서 쌓아 온 3,508개의 무지막지한 예술 스텟이 지혜로 변환!

고작 440밖에 되지 않던 지혜 스텟에 스킬로 전환된 걸 감안하더라도 7,670개가 뻥튀기되었다.

위드가 원래 네크로맨서로 쭉 성장했다면 지혜 스텟이 적어도 3,000은 넘었을 것이고, 스킬들도 마스터에 임박했을 것은 틀림없었다.

그럼에도 조각 파괴술 스킬 하나로만 이루어 낸 놀라운 효과.

"대재앙부터 일으키면 좋았겠지만… 포로들이 다 죽어 버

릴 테니 좀 아쉽긴 하군."

명작 수준의 대재앙으로 전투의 문을 열었다면 완벽했으리라. 거인들에게 맞춤형 재앙을 일으켜서 북부 유저들과 협력할 수 있었을 테니까.

"뭐, 유저들도 많이 죽을 수 있었겠지만. 아무튼 이놈의 세상은 억지로라도 날 착하게 살도록 만들어 버리는 것 같아."

위드는 투덜거리면서도 장비를 갈아입었다.

초보자용 마법사 로브 따위는 조심스럽게 배낭에 집어넣고, 새로운 장비들을 꺼내서 몸에 걸쳤다.

"룰루루, 많기도 하네."

바르칸의 해골, 어둠 지배자의 부츠, 지옥 망토, 지옥 군주의 로브, 소멸과 영겁의 반지, 연옥의 목걸이.

불사의 군단을 지배하던 바르칸 데모프의 장비 일체, 풀세트!

기본 레벨 제한이 600을 넘어가고, 언데드 소환과 저주, 흑마법에 관련된 무시무시한 특수 옵션들이 주렁주렁 달려 있는 장비들.

위드는 지금까지 보자기에 꽁꽁 싸 놓기만 했던 장비들을 모조리 꺼내서 입었다.

-바르칸 데모프의 세트 아이템을 전부 착용하셨습니다.
세트 효과가 적용됩니다.

언데드 소환 마법의 스킬 효과가 강화됩니다.
언데드로부터 생명력과 마나를 1%씩 흡수합니다.
생명력의 한계가 사라집니다. 추가된 생명력이 음습한 구석에 보관되었습니다. 본체에 강대한 공격이나 신성력에 의한 타격을 입지 않는 한 피해를 입지 않습니다.
취약!
50미터 안으로 접근한 생명체들은 육체 능력이 30% 이상 저하되고, 매초마다 생명력의 일부를 갈취당합니다.
엄습하는 공포!
극심한 공포를 느끼게 됩니다.
투지가 낮은 생명체들은 곧바로 목숨을 잃고 언데드가 됩니다.

아이템의 효과!

그러나 장비의 상태를 확인하기도 전에 메시지 창이 연달아서 떴다.

-착용하고 있는 장비들의 페널티로 일시적으로 스텟들이 감소합니다.
신앙이 340 사라졌습니다.
행운이 106 사라졌습니다.
매력과 기품이 현재의 절반으로 적용됩니다.
명예로 인한 효과를 받지 못합니다.
베르사 대륙 주민들과의 친밀도가 감소합니다.
당신을 만난 주민들 중 일부는 극심한 공포와 억압을 느낄 것입니다.
흥정 스킬이 사용 불가 상태가 되었습니다.

엄청난 페널티!

위드는 막 네크로맨서로 전직했으니 직업에 따른 페널티

는 적었다.

그렇지만 바르칸 데모프의 장비는 역시 그 자체가 저주라고 할 정도로 위험한 것들이었다.

신앙심이나 정신력이 약하다면 그 순간 육체를 빼앗겨 버릴 만한 장비!

보통은 각종 제한들 때문에 착용하지도 못할 테지만 헤르만이나 파비오처럼 뛰어난 대장장이들은 쓸 수는 있다. 다만 입는 순간 육체의 지배력을 잃어버리고 바르칸 데모프의 현신이 되리라.

'무지막지하긴 하군.'

어쨌거나 전사나 기사 계열의 직업을 얻었다면 더 생각할 필요도 없이 깔끔했을 것이다. 위드는 조각사로 성장하면서도 사냥 중에는 일반 검사들처럼 몬스터들과 싸워 왔으니까.

사막의 대제왕 시절이 정점으로, 어느 정도 검사나 전사의 끝을 봤다고 할 수도 있었다.

노가다로 꾸준히 쌓은 스텟과 쓸 만한 장비들, 신성한 불, 사막 전사의 스킬!

여기에 조각술만 잘 이용하더라도 남들보다 유리하게 성장할 수도 있었을 것이다.

그러나 네크로맨서의 경우에는 신성력에 의한 거부 반응도 심하고, 여러 가지 제약이 존재했다.

사제들의 축복과 치유를 받지 못하는 것에서부터 명성 하락, 친밀도 감소. 언데드 소환 스킬의 레벨이 높아질수록 마음대로 활약하기 힘든 페널티들이 계속 추가된다.

대규모로 언데드를 끌고 다니면 이론상 사냥 속도야 10배나 20배 이상으로 늘릴 수 있지만 그에 못지않은 막대한 제약이 뒤따르는 것이다.

'이런 건 다 조각술 최후의 비기를 얻지 못했거나 조각사를 마스터하지 않은 네크로맨서에게나 해당되는 이야기들이지.'

위드는 길거리에 떨어진 지폐 뭉치를 보듯이 날카롭게 눈을 빛냈다.

남들보다 약간 더 나은 정도로 어중간하게 만족할 생각은 가지고 있지 않았다. 조각사로서 정점을 찍었으니 로열 로드에서 최고가 될 생각이었다.

신혜민과 오주완.

그들은 거인들의 땅 방송을 슬슬 마무리하려던 참이었다.

북부 유저들이 끈질기게 싸우고 있긴 하지만 그들의 몰살을 끝까지 방송할 필요는 없는 것이다.

퀘스트 실패로 어느 정도 결정이 난 이후부터는 방송을 끝내기 위한 멘트를 준비하고 있었다.

"북부 유저들의 저력이 굉장하네요."

"이번에는 실패했지만 자체적으로 어려운 퀘스트에 도전한 것만큼은 인정해 줄 수 있을 것 같습니다."

"다음번에는 더 나은 결과를……."

신혜민이 페일의 사망을 떠올리며 콧날이 시큰한 걸 참으며 말을 이어 나갈 때였다.

스튜디오의 PD와 제작진 사이에서 큰 소란이 일더니 작가가 손을 크게 흔들었다.

'뭐지, 이거?'

신혜민과 오주완의 이어폰으로 막내 작가의 떨리는 목소리가 들렸다.

—위드… 전쟁의 신 위드가 거인의 성채에 나타났어요!

'……!'

신혜민은 위드를 자주 만나서 익숙하긴 했지만 이 순간만은 달랐다.

'결과가… 달라진다.'

북부 유저 1,000여 명이 모인 거인의 성채 공략.

여기서 1명만이 새로 가세한 것뿐이지만 이후에 벌어질 일들은 엄청난 변화가 뒤따를 수밖에 없었다.

위드에 대해서 아는 사람들은 누구나 비슷한 말을 할 것이다.

"위드가 등장한 데는 이유가 있습니다. 심심해서 왔을 거란 건 말이 안 돼요. 견적이 뽑혔기 때문이죠."

저렴한 단어로 견적!

실제로는 더 큰 의미를 가지고 있었다.

전장의 모든 걸 파악하고 뒤집어 놓을 준비가 되었다는 뜻.

마법의 대륙에서부터 전쟁의 신으로 불렸던 것은 그가 나섰을 때 기존에 정해진 결과 따위는 의미가 없다는 것을 증명해 왔기 때문이다.

'위드가 왔구나!'

오주완은 더욱 놀랐다.

위드의 모험이나 사냥을 알고 준비하던 방송과, 갑자기 벌어지는 위드 출현 사태는 내용이나 시청률이 확 달랐으니까.

신혜민과 오주완이 빠르게 눈을 마주쳤다.

'계속?'

'고!'

거인들의 땅 생방송 연장에 대한 제작진의 결정이 전달되진 않은 시점이다. 그렇지만 위드가 나타났는데 방송을 중단한다는 건 방송국이 망할 작정이 아닌 이상에는 말도 안 된다.

특히 KMC미디어의 시청률 증가와 영역 확대에는 위드가 가장 큰 공을 세웠다.

"거인들의 땅, 거인들은 정말 대단한 것 같네요."

"저곳에서 끈질기게 싸우고 있는 유저들은 아직 포기하지 않았습니다. 기적을 만들기 위해서요."

신혜민과 오주완은 잠시 호흡을 고르면서 중계를 계속 이

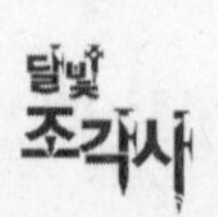

어 나갔다.

–방송에 위드 출현까지 남은 시간 3분. 더 짧아질 수도 있어요.

막내 작가의 목소리가 다시 들렸다.

아직 생방송 영상으로는 위드의 등장이 나오지 않았다.

로열 로드의 중계 시스템은 4배나 되는 현실과의 시간 차이가 발생했다. 불필요한 장면의 편집과 연출, 음악 작업을 입히면서 계속 몇 분 정도씩 지연이 벌어진다.

때때로 1시간 이상 차이가 생기기도 하지만, 최고의 연출자들이 달라붙은 이상 곧 진정한 생방송에 가깝게 진행이 될 것이다.

최선을 다하지 않으면 다른 방송국보다 영상이 밀려서 시청률을 빼앗길 테니까.

"아, 정말 안타깝네요."

"거인들은 단순하지만 강합니다. 너무 많은 거인들이 있고, 성채라는 구조가 그들에게 훨씬 유리하게 작용하는 것 같습니다."

위드의 등장을 알고는 있지만 극적인 효과를 극대화시키기 위해서 일상적인 대화를 나눴다.

'대충 텔레비전을 틀어 놓고 있던 시청자들도… 위드가 나왔다고 멘트를 하면 깜짝 놀라겠지?'

잠시 후 위드가 화면에 나타났다.

최악의 노래와 함께!

음악으로는 엉망진창이지만 묘한 기대감을 갖게 해 주는 꽥꽥거리는 박자의 노래.

"시청자 여러분, 놀라지 마세요. 전쟁의 신! 아르펜 왕국의 국왕이며 조각사 마스터, 위드가 나타났어요."

신혜민은 멘트를 하면서 가슴에 뿌듯하게 차오르는 행복을 느꼈다.

진행자로서 위드의 등장을 알릴 때의 기쁨, 시청률이 폭발할 것을 예감하고 있었기에 피로가 사라지며 활기까지 돌았다.

오주완도 목소리의 톤이 높아졌다.

"갑작스러운 등장입니다. 아무리 미화해도 결코 멋지다고는 할 수 없는… 그러나 수많은 마니아들을 거느린 노래와 함께 나타났습니다!"

오주완에게도 위드가 등장했는데 평소처럼 느긋하게 방송을 한다는 건 있을 수 없는 일.

하지만 잠시 후 진행자들이 경악한 것은 위드가 새로운 장비를 착용할 때였다.

"장비를 바꿔 입습니다. 로브에 해골과 갈비뼈가 그려져 있네요. 저건 네크로맨서 전용 장비예요. 일찍이 바르칸을 사냥하고 얻어서 입은 적이 있는……. 사람들 사이에서 바르칸 풀 세트라고 불리는 장비입니다!"

"네크로맨서 세트? 그러면 이건……. 시청자 여러분, 위드

가 조각술을 마스터하고 얻은 새 직업은 네크로맨서인 것 같습니다!"

그 순간 밀려오는 시청자들에 의해 게시판은 폭발할 지경이 되었다.

"으억……."

"갑자기 시청률이 계속 오르고 있습니다. 30%도 넘길 기세입니다."

"부장님, 로열 로드와 관련된 인터넷 게시판마다 위드가 등장했다는 글들이 올라오고 있어요."

"친구나 동료끼리 휴대폰으로 연락을 주고받으면서 텔레비전을 보는 모양입니다."

거인들의 땅 전투를 중계하던 방송국들은 갑작스러운 위드의 출현에 대박이 터진 기분이었다.

분 단위로 시청률이 올라가고, 발 빠르게 기업들로부터 광고 문의도 쇄도했다.

"비상 걸어. 모두 지금 이 프로그램에 집중한다. 다음 편성은 뭐지?"

"20분 후에 던전 공략 24시입니다."

"정규 방송 미루도록 통보해. 이 전투가 언제 끝날지 모르지만 끝까지 생중계한다.”

신혜민과 오주완은 위드가 바르칸의 풀 세트를 착용하는 모습을 보자마자 멘트를 하면서도 속으로는 중대한 의문이 들었다.

‘네크로맨서라…….’

‘근데 왜 네크로맨서지?’

위드의 새로운 직업에 대해 호기심이 있었다.

사실 방송가에서도 유저들이 직업을 마스터하고 그다음 직업을 얻는 부분에 대해서는 깊이 있는 분석을 아직 해 보지 못했다.

어떤 직업이라도 한 분야를 마스터하는 건 지극히 힘든 일이라서, 두 번째 직업을 갖는 의미까지는 미처 생각을 해 보지 못했기 때문이다.

‘더군다나 두 번째 직업도… 강해지고 익숙해지려면 시간이 꽤나 걸릴 테니까.’

검사를 마스터하고 그다음에 마법사를 하는 건 단점의 보완이 아니라 좋지 않은 선택이었다.

마법사로서 공격 마법을 쓰는 것보다도 마스터가 된 검술 스킬이 월등한 전투력을 보일 수밖에 없다.

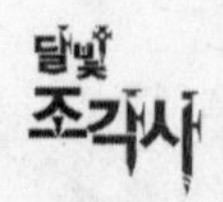

한 직업의 마스터까지 오를 정도로 성장의 방향이 맞춰진 상태에서 새로운 분야에서 처음부터 시작한다는 건 그만큼 어려운 일.

아예 생산이나 예술 계열의 직업으로 빠진다면 따져 볼 필요도 없다.

기사에서 전사나 워리어로 가는 정도의 변화야 애초에 비슷하기 때문에 스킬을 몇 가지 더 익히는 정도가 되리라.

위드처럼 조각사라는 예술 계열의 직업을 마스터한 이후로 새롭게 얻을 수 있는 직업의 가짓수는 무궁무진했다.

'하필이면 마법사 계열의, 그것도 네크로맨서를 해야 할 이유가 있었을까?'

오주완은 궁금증을 오랫동안 참는 성격이 아니었다. 시청자들의 의문을 해소해 줄 필요도 있었다.

"혜민 씨, 위드 님은 그동안 진행한 퀘스트와 본인의 경험 때문에 상당히 많은 직업 중에서 마음대로 고를 수가 있었을 것 같지 않습니까?"

"네, 그렇죠."

"기존 전투 방식으로만 봤을 때 검사나 무예인, 혹은 흑기사 같은 직업과 흡사하다고 할 수 있을 텐데요."

"검술을 중심으로 활용했죠. 조각사이기 때문에 다양한 기술을 익히고 사용하고 있었어요."

"정말 누구도 따라 하지 못할 잡캐의 전형이었죠. 온갖 대단한 스킬들, 조각술의 비기는 물론이고 검술로도 놀라운 장면들을 보여 줬는데… 대체 왜 네크로맨서를 두 번째 직업으로 얻은 겁니까?"

신혜민은 대답할 말이 없어서 조금 당황했다.

위드의 직업 결정에 대해서는 그녀도 따로 들은 것이 없다. 하지만 추측되는 건 있었다.

"아마도 일반적인 이유는 아닐 것 같아요."

"일반적이지 않다니요?"

"보통 네크로맨서를 선택하는 이유는 빠른 성장과 비슷한 수준에서는 적수가 없을 정도로 강하다는 것 때문이죠. 하지만 약점이 커서……. 지금까지 대단한 모험을 했던 위드 님이 이런 이유만으로 네크로맨서가 되진 않았을 거예요."

"맞습니다. 네크로맨서가 초창기에는 사냥과 전투력 부분에서 그 어떤 직업보다 좋다고 평가를 받았습니다만 이후로는 약점이 너무 많이 노출되었죠."

"지금은 오히려 네크로맨서를 선택하는 유저들이 별로 없을 정도로 인기가 줄어들었어요."

네크로맨서는 비슷한 레벨의 유저 100명과도 싸울 수 있다. 언데드가 충분히 준비되어 있다는 전제하에!

끝없이 부활하는 언데드의 물결.

사냥 속도 역시 던전을 순식간에 쓸어버릴 정도로 엄청났다.

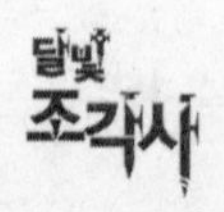

대부분의 네크로맨서 유저들이 레벨을 빨리 올렸었고, 다른 유저들이 껄끄러워했던 이유다.

그렇지만 후반으로 갈수록 신앙심의 하락이나 불행, 죽은 자의 힘으로 인한 페널티에 시달리게 된다는 점도 알려졌다. 네크로맨서가 다른 직업보다 성장이 빠른 편이긴 하지만 조화로운 성장의 측면으로만 보면 큰 결함을 가진 셈이었다.

더구나 신성 공격에 취약해서 사제들이 치유의 빛으로 언데드를 녹여 버리면 되살리지도 못한다.

공중으로 습격을 하거나 원거리에서 마법으로 직접 네크로맨서만을 노릴 수도 있었다.

불사의 군단처럼 언데드로 대륙을 제패한다는 건 굉장히 어려운 일.

신혜민이 조심스럽게 단언했다.

"제 생각에는요, 네크로맨서의 장점이라는 빠른 사냥, 이런 건 평범한 유저라면 모르겠지만 위드 님에게는 만족스럽지 않을 거예요. 원래 사냥 속도가 빠른 편이기도 했고, 경쟁자가 하벤 제국이나 무신 바드레이인데 네크로맨서가 되었다고만 해서 마냥 그들을 따라잡을 수는 없거든요."

"제 생각과 같네요. 하벤 제국은 중앙 대륙의 주요 사냥터와 고급 장비를 꽉 잡고 있죠. 헤르메스 길드의 지원까지 적극적으로 받습니다. 네크로맨서가 되어서 사냥 속도가 빨라진다고 해도… 혼자 힘으로 그들을 추월하기는 아주 힘들지 않을까 합니다."

위드의 레벨은 의외로 상당히 낮다고 많이 알려져 있었다.

오주완은 추측일 뿐이기는 해도 단지 네크로맨서가 되었다고 해서 바드레이를 힘으로 제압할 수 있다고는 생각할 수 없었다.

특히 헤르메스 길드에서 일대일로 싸워 줄 이유가 없었으니 애초부터 의미가 없다.

다수와 다수의 전투, 혹은 전쟁 규모로 일이 커졌을 때에는 위드에게는 풀죽신교나 북부 유저들의 지원이 있다. 굳이 언데드들을 직속 부하로 소환하여 전쟁을 치를 필요는 느껴지지 않았다.

"네, 거기에 직업 페널티까지 받게 되면… 성장에는 안 좋죠. 신앙심을 위주로 스텟이 감소한다고 하지만 명예와 정신력은 물론이고 힘이나 민첩, 체력 같은 스텟도 조금씩 떨어지게 되니까요."

"네크로맨서는 자주는 아니더라도 지식과 지혜를 제외하면 다른 대부분의 스텟이 하락하는 최악의 페널티를 가지고 있죠. 그 떨어지는 스텟만큼, 혹은 그 이상으로 지식과 지혜가 오르긴 하지만……."

"위드 님은 어떤 스텟이라도 떨어지는 걸 아까워할 분이에요. 예전에 제가 보리 빵을 항상 오른손으로만 드시는 이유를 물어본 적이 있거든요."

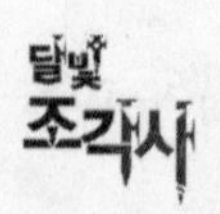

"그런데요?"

"왼손으로 바꿔 잡으면 오른손이 보리 빵을 뺏기는 기분이 든다고 하셨어요."

"…흠, 묘하게 설득력이 있군요. 어쨌든 균형 있는 성장이라는 측면에서 네크로맨서는 유리한 선택이 아닙니다."

오주완은 말을 하면서도 네크로맨서에 대해 미심쩍었고 의문만 잔뜩 커져 갔다.

방송 진행자로서 로열 로드에 대한 지식이야 대단히 많았지만 과연 위드가 그보다 모르고 했을까. 퀘스트의 이해도나 사냥에 있어서는 그 누구도 따라오지 못할 정도로 최고로 꼽는 유저인데?

'네크로맨서가 나쁘다는 건 아냐. 하지만 그걸 왜 했지?'

신혜민이 조심스럽게 입을 열었다.

"네크로맨서로는 그로비듄 님이나 쟌 님과 같은 유명한 유저들이 있지만 위드 님은 처음부터 네크로맨서의 직업을 공개하기까지 했죠."

"예. 수많은 업적 중의 하나였죠."

"다른 직업들도 마찬가지지만 네크로맨서는 이해도나 활용도에 따라서 많이 달라질 것 같아요. 위드 님이 대체 어떤 장점을 보고 네크로맨서를 했는지는… 앞으로 지켜봐야 할 것 같네요."

"새로운 모습을 보여 줄까요? 네크로맨서라면 언데드를

끌고 다니면서 사냥하는 것만 떠오르는데요."

"위드 님이 그렇게 평범하게 사냥할 것 같진 않아요. 어떤 기적을 보여 주더라도 놀랍진 않을 거예요."

로열 로드와 관련된 모든 게시판에도 폭주하듯이 글들이 올라왔다.

-네크로맨서!

-크으… 취한다. 로열 로드 단일 최강의 직업.

-네크로맨서가 좋은가요? 주변 사람들한테는 민폐인데. 던전에 네크로맨서 있으면 사냥하기 힘들어요.

-그건 그렇죠. 방송에도 이야기가 나오지만 단점도 많고 주변 사람들도 싫어하고.

-네크로맨서 했다가 복잡하고 어렵고 더럽다고 접은 제 친구도 있어요. 그때 레벨 410이었음.

-실망. 다음 직업으로는 정원사 할 줄 알았는데. 위드 님이 꽃꽂이하는 모습 보고 싶음.

-베르사 대륙이 멸망해도 그럴 일은 없을 듯.

-크흐흐, 위드 님이 리치로 변해서 퀘스트하는 거 못 봤어요? 그냥 다 쓸어버릴 듯.

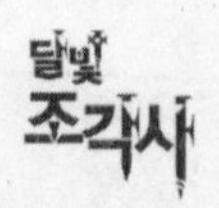

-그건 조각술로 변신해서 했던 거고요. 그런 식으로는 꾸준한 성장은 힘들 텐데. 아니, 애초에 왜 네크로맨서를 한 거죠?

-베르사 대륙은 앞으로 죽음과 시체, 공포로 물들 것입니다. 피의 네크로맨서 위드가 등장했으니까요.

-대마왕 위드를 처치하라!

-윗분들, 농담도 잘하시는 듯!

"좋아."

위드는 날아갈 것만 같은 산뜻한 착용감을 느꼈다.

몇백 년은 된 것 같은 로브와 망토, 해골에서는 썩은 악취가 뿜어져 나왔지만 아이템의 효과만큼은 명품이었다.

마법 아이템들의 경우에는 희귀하고, 부르는 게 값이다. 약간의 옵션 차이에도 발휘할 수 있는 마법력이 크게 달라졌다.

바르칸의 풀 세트처럼 네크로맨서에게 최고의 능력을 부여해 주는 장비는 현재로서는 유일했다.

대장장이 스킬 때문에 착용에 필요한 수치들이 낮아져서 입을 수는 있지만 온전한 위력은 나오지 않는 게 이 정도다.

바르칸의 풀 세트를 제대로 발동시키려면 네크로맨서 스스로가 언데드, 그것도 리치가 되어야만 했다.

"아직 끝나지 않았지."

따로 얻은 타락한 성자의 지팡이와 악마 투구까지 착용함으로써 정비 끝.

"지옥을 보여 줄 시간이군."

위드는 타락한 성자의 지팡이를 땅에 내리치며 주문을 외웠다.

"일어나라, 눈감지 못한, 잠들지 않은 원혼들이여. 여기 살아 있는, 그리고 너희를 죽인 자들에게 복수하라! 데드 라이즈."

1단계의 언데드 소환 마법!

위드를 중심으로 일대가 검게 물들었다.

"끄극!"

"후키에에엑!"

북부 유저의 시체들이 100여 마리의 좀비, 구울, 스켈레톤으로 바뀌어서 우글거리며 일어났다.

무지막지한 크기의 거인 좀비도 둘이나 되었다.

가까이 있는 시체들도 있는데 거인의 성채의 먼 곳에서부터 언데드를 소환했다.

"데드 라이즈!"

언데드 소환 스킬은 낮지만 마법을 빠르게 연속으로 캐스팅하면서 계속 언데드를 소환해 냈다.

-언데드 소환 스킬의 레벨이 2로 상승했습니다.
지배할 수 있는 언데드가 늘어나며 조금 더 많은 생명력을 보유합니다.

언데드 소환의 스킬 레벨 상승!

초급 1레벨의 언데드 소환이었기에 막강한 언데드를 일으키면서 쉽게 2레벨이 되었다.

북부 유저들은 물론이고 거인들의 시체까지, 언데드 소환 스킬에 많은 숙련도를 준 것이다.

조각사를 마스터하면서 스킬 숙련도가 빨리 오르는 효과도 작용!

어차피 대부분의 스킬들이 초반 3~4레벨까지는 금방 오르는 편이지만 빠른 성장은 언제나 기분 좋았다.

"훗, 한 단계씩 올라가는 행복. 이게 바로 노가다의 성취감이지."

위드는 거인 좀비의 능력이 궁금했다.

"언데드 상태 확인."

이름 : 크로바	**성향** : 무질서한 암흑
종족 : 하급 언데드	**레벨** : 301
직업 : 연약한 좀비	**명성** : 5
생명력 : 723,021	**마나** : 50
힘 : 310	**민첩** : 150
지혜 : 5	**지력** : 5
맷집 : 10	
행운 : -200	**신앙** : -200

언데드 소환에 의해 탄생한 거인 크로바의 좀비이다.
위대한 혈통을 가진 거인의 육체가 좀비가 되면서 신체 능력을 심하게 상실했다.

초급 1레벨 언데드 소환의 페널티로 인해 신체의 유지 시간이 3분 20초로 제한.
동족의 피와 살을 얻으면 신체 유지 시간이 약간 늘어나는 특성을 보임.
맹독 보유!

건물처럼 거대한 거인 좀비가 일어서긴 했지만 힘이 부족해서 기우뚱거리며 비틀거리고 있었다.

'이건 크기만 하고 불량품이구나. 좀비가 감히 나설 만한 전장이 아니긴 하지만.'

전투 능력에 대해 기대할 것은 없지만 그래도 생명력은 그런대로 쓸 만했다.

'시체 폭발을 시키면 끝내주겠어.'

거인을 온전한 레벨 700대의 몬스터로 볼 수도 없었다.

물론 덩치가 크고 힘이 세며 생명력이 많다는 특징을 가졌기 때문에 사냥하기 위해서는 적어도 수십 명의 인원을 필요로 한다. 그러나 만약 하늘을 날아다니고 브레스를 내뿜는 본 드래곤의 레벨이 700대였다면 고작 몇 마리라도 원정대를 전멸시켰을 정도로 끔찍했을 것이다.

마법사나 마녀, 혹은 그 외에 대규모 공격 스킬을 발휘할 수 있는 상대였더라도 전투력이 몇 배쯤은 늘어났을 것이다.

사막의 대제왕으로서 강해져 봤던 위드의 판단에 거인들의 전투력은 냉정하게 레벨 600대 초중반 정도.

무지막지하게 많은 생명력이나 회복력 때문에 대규모 인

원이 아니면 사냥하기가 부담스러울 뿐이었다.

"공격을 시작해라."

위드가 언데드들에게 명령을 내렸다.

"캬캬캿."

"낄낄, 죽음의 지배자께서 명령을 내렸다."

언데드들이 가까이 있는 거인을 향해 공격을 개시했다.

거인 좀비가 비틀거리면서 걸었고, 구울은 꽤 날렵하게 뛰었다. 스켈레톤 군단이 뒤를 따랐다.

"크와오오오오!"

"추악한 종자가 나타났다. 위대한 동족을 오염시킨 저놈의 영혼을 없애야 할 것이다!"

"더러운 힘을 쓰는 놈이 있구나!"

거인들의 적의가 일제히 위드에게로 향했다.

수많은 북부 유저들이 있었음에도 불구하고 거인들의 붉은 눈빛은 위드와 언데드들에게만 향했다.

'이런 건 역시… 예측했던 부작용이긴 하지만.'

네크로맨서!

그것도 동족을 언데드로 일으킨 네크로맨서에게는 극심한 혐오감을 갖게 된다.

로열 로드의 네크로맨서와 관련된 카페에서는 이에 대한 설움도 자주 나타났다.

–퀘스트를 완료했는데 친밀도가 하락했어요.

–사냥을 하면 할수록 사람들이 안 좋아합니다. 경비병이 절 쫓아내려고 해요.

–악명이 쌓입니다. 어디로 가야 할까요.

–밤이 아니면 도시 출입도 안 돼요, 흑흑.

전투 중에 최대의 적대도를 가져서 가장 위험한 직업이 되는 네크로맨서!

언데드들에게 공격 명령을 내린 위드는 재빨리 뒤로 물러났다.

"비겁한 벌레부터 처치한다."

거인들이 땅을 울리면서 달려왔다.

스켈레톤들이 뼈로 된 무기를 휘둘렀지만 거인들에 의해 코끼리 앞의 개미들처럼 사정없이 짓밟혔다.

일부 거인들은 조금 전까지 동족이었던 좀비 거인에게 덤벼들어서 힘을 겨뤘다.

"불쌍한 크로바, 편안한 안식을 얻어라."

좀비 거인은 잠시 버티다가 박살 나고 말았지만 다시 육체를 재구성하고 일어났다.

바르칸의 장비 중에 소멸과 영겁의 반지의 효과!

소멸과 영겁의 반지 : 내구력 30/30. 방어력 25.

바르칸 데모프의 반지.
그의 마력과 원한, 죽음의 기운이 오랜 시간 동안 깃들어 있다.
정신력이 약한 이는 반지에 의해 잡아먹힐 것이다.
언데드에 대한 불사의 연구가 일부 이루어져서 반지에 봉인되어 있다.

제한 : 레벨 650.
지혜 2,000.
정신력 200.

옵션 : 마력 흡수.
파괴된 언데드를 복원함.
마법 '대소멸'이 사용 가능.
지혜 +150.
지식 +100.
네크로맨서 마법에 소모되는 마나를 25% 감소시킴.
리치가 착용했을 시에는 주변 지역의 모든 살아 있는 생명체로부터 일정량의 생명력을 계속 흡수함.
잃어버리지 않음.
전투 명성 +8,000.

스켈레톤의 뼈다귀들은 산산조각 나서 쓰러졌다가도 곧 복원되곤 했지만 거인들을 막기에는 무리였다.

"일어나라, 눈감지 못한, 잠들지 않은 원혼들이여. 여기 살아 있는, 그리고 너희를 죽인 자들에게 복수하라! 데드 라이즈."

언데드 소환 마법을 다시 펼쳐서 거인 좀비 둘과 스켈레톤 100마리를 더 일으켰다.

이것으로 잠깐 언데드의 머릿수가 채워졌지만 순식간에 거인들에 의해 밟혀서 사라졌다.

1인 군단이라고 불리는 네크로맨서의 등장이었지만, 거인들에게는 언데드들이 거의 피해를 주지 못했다.

'최소 둠 나이트나 리치로 구성된 부대를 데리고 왔어야 해.'

산전수전을 다 겪은 위드는 물론 예상하고 있던 부분이었다.

최강 직업 중의 하나인 네크로맨서로 전직했다고는 하지만 초급 1레벨, 2레벨의 스킬로 무엇을 하겠는가.

스물이나 되는 거인들이 곳곳에 숨어 있는 북부 유저들을 무시한 채로 위드에게 일직선으로 달려왔다.

"숨어만 있지 말고 위드 님을 도웁시다."

분개해서 일어나려던 북부 유저들은 문득 큰 덩치에도 불구하고 쪼그려 앉아 있는 파이톤을 봤다. 그 옆에 하수구 구멍에는 페일도 몸을 숨기고 있었다.

"어이, 그쪽 분들."

파이톤이 손짓으로 앉으라는 신호를 보냈다.

페일이 낮은 목소리로 속삭였다.

"그냥 가만히 있어요. 계획이 뭔지는 몰라도 지금은 끼어드는 게 손해예요."

"예?"

"위드 님은 많이 알수록 걱정할 필요가 없는 분이거든요."

"친해질수록 걱정을 안 하게 된단 뜻인가요?"

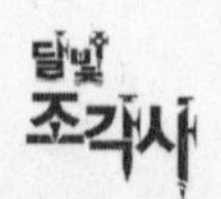

"그게 아니고… 시야가 넓다고 할까, 머릿속에 무궁무진한 꼼수가 있다고 표현을 해야 맞을까 잘 모르겠네요. 어쨌든 거인들의 행동은 위드 님의 예상대로일 겁니다."

"그럴 리가요?"

파이톤도 한마디 거들었다.

"모든 걸 파악하고 있다고 봐야겠지. 적들의 전력뿐만 아니라 아군까지도, 마지막 땀 한 방울까지도 쥐어짜 내서 사냥에 집중시키던 모습을 떠올리면……. 웬만하면 저 인간이 뒤통수를 맞는다는 상상이 안 떠올라."

북부 유저들은 통신 채널로도 일단 지켜보자는 의견을 내며 기다렸다.

엄청난 장비를 착용한 채로 언데드를 소환하며 물러나고 있는 위드가 쉽게 위기에 빠질 것 같진 않았던 것이다.

거인들이 대단하긴 하지만, 상대는 밟고 태워도 죽지 않는 바퀴벌레 대왕이라고 할까.

위드는 씩 웃었다.

"걸리적거리는 게 없어서 좋군."

거인들이 질풍노도처럼 언데드들을 물리치며 접근하고 있었다.

"죽어라, 잔악한 벌레야!"

3명의 거인이 위드를 붙잡기 위해 거대한 손을 펼치며 몸을 날렸다.

아찔한 순간!

위드는 착용하고 있던 지옥 망토를 넓게 펼쳤다.

"공간 왜곡!"

띠링!

-지옥 망토의 보호 스킬을 사용하셨습니다.
공간을 왜곡시켜서 적의 접근을 봉쇄합니다.
남은 스킬 사용 횟수 : 2

위드에게 가까이 접근했던 3명의 거인들이 사라지더니 5킬로미터 상공에 나타났다.

"벌레야아아!"

"죽여 버릴 테다아아아아아."

거인들의 억울한 고함 소리가 메아리치듯이 울렸다.

지옥 망토가 가진 방어 스킬 공간 왜곡은 상대방의 크기에 비례하여 하늘로 띄워 버리는 것!

마법 저항력이 강한 상대라면 이에 대항할 수도 있었지만 거인들은 속수무책이었다.

생명력이 엄청난 거인들이라 땅으로 떨어지더라도 꼭 죽는 건 아니다. 오히려 추락하는 거인을 보며 겁에 질린 건 유저들이었다.

"으아아아아!"

"이쪽이야, 이쪽?"

까마득한 높이에서 추락하는 거인을 바라보는 건 심장이 떨어질 것만 같은 두려움이었다.

가까이 있던 유저들은 피하기 바빴지만 거인들은 바람에 휩쓸려서 먼 곳에 추락했다.

쿠구구궁!

그들의 피해를 확인하기도 전이었다. 위드를 쫓아오던 거인들이 동족이 당하는 것을 보고 건물이나 바윗덩어리를 뽑아서 위드를 향해 집어 던졌다.

"깔려 죽어 버려라, 벌레야!"

"없어져라, 추악하고 사악한 종자!"

이렇다 할 공격 스킬을 사용하진 않아도 거인들이 원거리에서 던지는 바윗덩어리들은 무시무시한 파괴력을 가졌다.

어중간한 방어력이나 생명력을 가진 유저라면 즉사를 할 수 있을 정도의 공격.

위드를 향해 통째로 집어 던진 건물이 날아오면서 부서져 수많은 파편으로 변했다.

일반 유저들이라면 오금이 저릴 정도의 상황이었다.

"이 정도는 되어야 재미있지."

막상 위드에게 정확히 날아오는 파편은 얼마 되지 않았다.

고급 1레벨의 흔들리는 환영!

거인들의 시야에 위드는 여러 곳에 흩어져 있었던 것이다.

위드는 재빨리 뛰어올라 바윗덩어리들을 피했다.

네크로맨서는 보통 육체가 약하다는 인식이 보편적이다. 일반적으로는 보일 수 없는 몸놀림이었지만, 지금까지 힘과 민첩에만 스텟을 투자하며 몬스터와 근접전을 펼쳤으니 이 정도야 어려운 게 아니었다.

위드의 주변은 바위와 건물 파편들로 인해서 모조리 파괴되었지만 그는 멀쩡했다.

"으아, 저 움직임 봐."

"미쳤다. 저건 인간으로서 할 수 있는 게 아냐."

"판단력이나 시야 보소. 말이 되나?"

"환상 그 자체네."

북부 유저들은 입을 벌리고 감탄하기 바빴다.

위드의 움직임이 그 정도로 대단한 건 아니었지만 북부 유저들의 눈에는 단단히 콩깍지가 쓰여 있었다.

자신들이 힘겹게 상대하던 거인들을 혼자서 맞서고 있었으니까!

'위드 님이 저런 행동을?'

페일은 긴장한 채로 지켜봤다.

거인들이 던지는 엄청난 크기의 바위나 파편을 스치듯이 피하는 광경은 어려움을 떠나 아찔한 묘기라고 불러도 좋을 정도였다. 목숨이 10여 개쯤 있다고 해도 감히 해내기 어려운 행동.

'이 정도는 해내야지.'

위드는 단단히 믿는 구석이 있었다.

찰나의 조각술!

도저히 피할 수 없는 상황에서는 바위에 얻어맞기 직전에 시간을 멈추면 된다. 자주 쓸 수 있는 방법은 아니었지만 효과는 무엇보다 확실했다.

"크오오오!"

자신들의 장기인 건물이나 바위 던지기가 먹히지 않자 거인들이 다시 달려들었다.

위드는 거인들을 시체가 수북하게 쌓여 있는 지역으로 끌어들였다. 거인의 성채 곳곳에 흩어져 있던 시체들을 언데드 소환으로 모아 놓은 곳이었다.

거인들이 딱 적당한 지점에 도착했을 때!

"시체 폭발."

위드는 네크로맨서 최강의 공격력을 가진 마법을 사용했다.

쿠구구구궁!

시체의 생명력에 따라서 위력이 결정되는 스킬이 거인의 성채에서 작렬했다.

위드는 언데드로 소환하여 거인 좀비 6마리를 한자리에

모았다. 북부 유저들의 시체도 스켈레톤이 되어 차곡차곡 쌓였다. 이미 거인의 시체가 3구 있던 곳이 정해진 자리였다.

그 시체들이 마법의 영향으로 일제히 폭발했다.

—거인 알렉그로의 시체가 폭발했습니다.
반경 43미터의 영역에 생전의 생명력에 비례한 피해를 입힙니다.

—대규모 시체 폭발!
폭발의 영향력이 확대됩니다.
기절, 마비, 중독, 혼란의 추가 효과를 일으킵니다.

—시체 폭발 스킬의 레벨이 2로 상승했습니다.
시체의 파괴력이 6%만큼 커지며, 범위가 넓어집니다.

초급 1레벨의 상태에서 시전된 스킬이었음에도 불구하고 위력이 엄청났다.

북부 유저들은 땅이 뒤흔들리는 것을 온몸으로 느꼈다.

"이, 이게 무슨……."

"이게 마법이라고?"

"뭐든 잡고 버텨요!"

미증유의 거대한 폭발력!

지금까지 네크로맨서들이 시체 폭발을 시킨 역사상 이보다 더 화려하고 엄청난 사건은 없었으리라.

위드가 다시 시체 폭발 주문을 외울 때마다 뭉쳐 있던 시체가 엄청난 폭발을 일으키면서 터져 나갔다.

달려오던 거인들이 폭발에 휩쓸려서 사방으로 튕겨 나가며 큰 부상을 입었다. 지금까지 북부 유저들과 싸우면서 줄어든 생명력에 시체가 폭발하면서 입은 막중한 피해까지!

거인 4마리가 목숨을 잃고, 다른 녀석들도 커다란 타격을 받았다.

—전투 업적! '하늘을 뒤집고 땅을 뒤흔들다'를 달성하셨습니다.
한 지역을 초토화시켰습니다.
한꺼번에 700만이 넘는 마법 피해량을 달성했습니다.
모든 스텟이 1씩 증가합니다.
영구적으로 지식과 지혜가 3씩 오릅니다.
마나의 최대치가 1,300 늘어났습니다.

—레벨이 올랐습니다.

—위대한 전투 업적으로 인하여 명성이 3,784 올랐습니다.

레벨 증가와 업적 달성, 거인 4마리 사망!

시체 폭발은 생전 생명력의 10배까지의 피해를 주변에 입힌다. 위드의 스킬 레벨이 아직 낮기도 했지만 거인들이 서로 가까이 붙어 있던 건 아니라서 몰살시키기에는 무리였다.

거인들 중에 생명력이 없는 녀석들만 모아 놓고 마법을 터트렸다면 결과가 더 좋았겠지만, 그러자면 북부 유저들의 적극적인 협력이 필수적.

거인들을 한곳에 모으기도 힘들뿐더러, 체력과 생명력이 떨어진 북부 유저들을 지휘하기도 어렵다.

현실적으로 타협해서 이루어 낸 성과가 이 정도였다.

"일어나라, 눈감지 못한, 잠들지 않은 원혼들이여. 여기 살아 있는, 그리고 너희를 죽인 자들에게 복수하라! 데드 라이즈."

위드는 언데드 소환 마법을 다시 펼쳤다.

마나가 모이는 대로 계속 사용하는 언데드 소환!

남아 있는, 흩어져 있는 시체들을 언데드로 일으켰다.

하급 언데드들이지만 수백에 달하는 숫자가 거인들을 향해 질주했다.

로아의 명검

뒤집힌 판!

네크로맨서는 신앙심과 체력의 감소라는 극악의 페널티를 받지만, 시체를 부하로 일으키거나 폭발시키는 강력한 한 방이 존재했다.

"크르르르."

"끽끽!"

"살점을 씹고 싶어. 살점을 줘!"

스켈레톤들이 뼈마디를 달그닥거리며 끊임없이 거인들에게 덤벼들었다.

"후케에악!"

스켈레톤이 쓰러진 거인의 몸에 올라가서 뼈칼을 내려쳤

다.

우지직!

단숨에 부러진 뼈칼.

"쿠엣?"

스켈레톤이 해골을 갸웃하더니 자신의 다리뼈를 들고 거인을 마구 때렸다.

막강한 거인의 생명력!

스켈레톤에게 1시간 내내 맞아도 멀쩡할 정도였지만 그래도 어쨌든 피해를 주고는 있었다.

"싸워라, 뼈다귀들아!"

위드가 일으키는 스켈레톤 궁수와 스켈레톤 마법사 등은 어설프게라도 진형을 갖추고 원거리 공격을 했다.

푸슈슛!

뼈 화살을 쏘고, 거인들을 향해 푸른 불꽃을 던졌다.

"크으으으!"

위드가 일으키는 언데드들은 텅 빈 눈동자에서 푸른 광망을 일으켰다.

"크아아악!"

양손에 도끼를 하나씩 들고 포효하는 스켈레톤!

로열 로드의 각종 마법의 위력이나 효과에 대해, 할 일 없는 수많은 대학생들이나 학자들에 의해 연구가 이루어졌다.

전문적인 이론과 수학 공식.

일반인들은 전혀 알 수 없고 잠이 쏟아지게 만드는 수학 공식으로 가득한 논문까지 내놨다.

언데드 소환은 특히 까다로워서 몬스터와 네크로맨서의 스텟, 마법 스킬 등을 기본으로 하고 특수한 지리적인 환경이나 배경까지도 감안해야 했다. 각 시체들의 생전의 능력이나 성향, 과거도 언데드 소환에 크고 작은 영향을 준다.

하지만 대체로 언데드 소환은 스킬 레벨과 스텟이 75% 정도, 시체의 품질이 25% 정도라고 봤다.

물론 토끼의 시체를 일으킨다고 해서 어둠의 기사인 둠 나이트를 만들 수는 없다.

지고의 경지에 달한 네크로맨서 마스터라면 가능할지도 모르지만 그건 유저들 중에서는 아직 누구도 가 본 적이 없는 영역!

상황에 따라 한계는 있었지만 보통의 경우 시체의 품질이 사분의 일 정도는 영향을 주었다.

북부 유저의 시체들이 뛰어나서 높은 스텟을 가진 꽤나 튼튼한 스켈레톤이 되었고, 가끔씩은 보스급도 출현했다.

"육체의 주인! 나는 피와 살육을 원한다!"

보스급 스켈레톤이더라도 외모상으로나 위압감을 줄 뿐 거인에게 큰 피해를 입히지 못하는 건 마찬가지였지만!

"콜 데스 나이트 반 호크! 콜 뱀파이어 토리도!"

시커먼 연기를 일으키면서 반 호크와 토리도가 등장.

그들은 바람을 일으키면서 정중하게 무릎을 꿇었다.

"드디어 죽음의 힘을 얻기 위한 길을 걸어가는 것인가, 주인."

"위대한 군주의 소환에 응했다."

오랜만에 소환된 반 호크와 토리도의 태도는 정중했다. 네크로맨서로 전직을 하면서 언데드에 대한 지배력이 높아진 것이다.

위드는 부하들을 향해 당당하게 말했다.

"너희가 앞으로 해야 할 일이 많을 것이다. 자주 언데드 군단을 이끌어야 할 테니까."

암흑 군대의 총사령관이었던 반 호크는 기대감을 감추지 않았다.

"베르사 대륙을 모조리 죽음으로 물들이는 것인가? 죽음의 기사들이 말을 달릴 수 있는 건가?"

전쟁과 죽음의 광기!

데스 나이트 반 호크가 모처럼 활력을 찾으려고 하고 있었다.

바르칸 데모프의 강력한 불사의 군단은 대륙을 집어삼킬 뻔했다. 위드가 네크로맨서가 된 이상 거침없는 언데드들이 대륙을 휩쓸 수 있는 것이다.

"아니, 그런 귀찮고 힘든 짓을 왜 해. 그냥 나 혼자 잘 먹고 잘 살려고 네크로맨서 한 거야."

"……."

"사막 전사였을 때도 시원하고 기분은 좋았지만… 생각해 보니까 부하들 키워 봐야 배만 아프더라고."

대륙 최강자가 되었던 헤스티거만 떠올리면 아직도 라면 맛이 뚝 떨어졌다.

"대륙을 죽음으로 물들이기 위해 지고한 네크로맨서가 된 것 아닌가?"

"언데드 끌고 다니면서 혼자 다 해 먹으려고 네크로맨서 한 거야. 그리고 죽음으로 물들이기는 무슨. 베르사 대륙이 도살장이냐? 특히 아르펜 왕국에서 니들 데리고 사냥하면 악취 때문에 민원 들어와서 안 돼. 집값도 떨어져. 푸홀 워터 파크 반경 1,000킬로 부근에서는 절대 언데드 소환 금지다."

모라타에서도 네크로맨서 길드는 집값을 하락시키는 혐오 시설!

그런 측면에서는 조각사보다 더 무시받는 네크로맨서!

쓰러진 거인들이 일어나기 시작해서 길게 말할 시간이 없었기에 위드는 일단 스킬부터 사용했다.

"언데드 강화!"

-데스 나이트 반 호크의 생명력이 6% 증가합니다.
공격력이 4% 강해집니다.
움직임이 빨라집니다.

1레벨의 언데드 강화 스킬!

반 호크의 움푹 파인 눈가가 번뜩였다.

"이게 뭔가, 주인?"

"최선을 다한 거야."

"......"

"무기 부여나 방어구 생성 같은 스킬도 있긴 한데, 그냥 안 쓰는 게 낫겠다."

위드가 기본적인 언데드 강화나 장비 스킬을 쓸 수는 있지만 현시점에는 별 도움이 되지 않았다.

반 호크는 암흑 군대의 총사령관이라는 전직은 제쳐 두더라도 얼마 전에 어비스 나이트가 되기도 했던 보스급 언데드.

꾸준히 퀘스트와 사냥을 함께하며 레벨이 500을 넘었고, 토리도 역시 마찬가지였다.

'이 녀석들을 잘 부려 먹기만 해도 네크로맨서로 성장하는 건 쉽지.'

위드는 단단히 결심했다.

지금까지의 고난은 아무것도 아니었던 것처럼 부려 먹어 주리라!

목표는 오로지 혼자 잘 먹고 잘 살기!

"언데드들을 이끌어라."

"알겠다, 주인. 근데 언데드들의 상태가 그리 좋지 않은 것 같다."

반 호크는 스켈레톤들을 보면서 불만을 가졌다.

데스 나이트 반 호크는 스스로도 강한 기사였지만 부하들을 이끌면 그들의 능력을 더 크게 이끌어 낼 수 있었다.

"데스 나이트는 없는가?"

"어."

"…듀라한은?"

"아직 수준이 안 돼서."

"내가 지휘할 병력은 약하다. 그리고 적은 너무 강하다."

"싸워서 이길 생각은 하지 않아도 돼. 그냥 언데드들을 데리고 버텨라. 미끼 역할만 해 주면 된다."

"미끼라고?"

"시간만 오래 끌어 주면 된다. 언데드 계속 일으켜 줄 테니까 부서지면서라도 버텨."

"암흑 기사의 긍지를… 불사의 군단의 자부심을 버리라는 말인가."

"긍지나 자부심 같은 게 떠오르다니, 요즘 맞은 지 오래됐나? 해골 좀 단단해진 거 같다?"

"……."

위드가 네크로맨서가 되어 더욱 고통받게 된 반 호크!

"토리도, 너도 거인의 피를 빨면서 버텨라."

"알겠다, 주인."

토리도는 서둘러 명령을 받아들였다.

유서 깊은 뱀파이어 귀족으로서 기품을 지키기 위해서는, 눈치 빠르게 안 맞는 게 최선.

반 호크가 등장하면서 언데드의 생명력과 전투 능력은 더욱 향상되었다.

빨라지고, 생명력도 늘었다.

최소 한 등급씩은 강해졌다고 할 수 있었다.

"습격하라! 피에 흠뻑 취해라! 우린 불사의 존재들이다."

"키키킷!"

반 호크의 지휘에 따라 스켈레톤들이 날뛰면서 거인들을 공격했다.

두려움 따위는 모르는 해골 부대!

일반적인 사냥터에서는 언데드들이 꽤 도움이 되었을 테지만 막강한 거인들에게는 덤벼들어도 제압하기는 무리였다.

"온통 썩은 것들이구나!"

"비겁한 놈들. 으아아아아!"

기절이나 혼란 상태에서 점점 회복된 거인들이 분노하며 스켈레톤들을 짓밟았다. 높은 적대도로 인해 언데드들이 첫 번째 표적이 되고 있었다.

물론 눈에 띄기만 한다면 모든 거인들이 위드를 공격하게 될 것이다.

시체 폭발에 호되게 당한 거인들은 함부로 날뛰지 않았다. 생명력이 심하게 떨어진 녀석들은 후방으로 빠져서 동료들

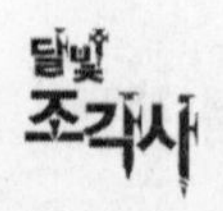

의 보호를 받았다.

언데드를 일으키기에도 부족해진 시체를 폭발시키면서 추가적으로 사냥할 기회는 거의 보이지 않았다.

그것은 곧 거인들의 활동 반경 역시 위축되었다는 의미.

위드는 페일에게 귓속말을 했다.

-언데드들이 시간을 끌어 줄 겁니다. 부상자들을 회복시키고, 빨리 포로들을 구출해요.

-예, 알겠습니다.

페일은 북부 유저들을 지휘하여 포로들을 구출하도록 했다.

벨로트, 화령, 제피, 수르카, 로뮤나.

모두 원정대의 한 무리를 이끌고 있었으니 움직임이 빨랐다.

"지금입니다. 빨리 움직이세요."

위드가 등장해서 유저들의 부담이 가벼워지기는 했다. 그렇다고 해도 북부 유저들은 크게 지쳐 있어서 전투적으로 사냥에 나서기에는 무리가 있었다.

거인들이 언데드와 싸우느라 정신이 팔려 있는 동안 북부 유저들은 포로를 구하기 위해 뛰어다녔다.

건물 사이로 뛰어들었고, 감옥으로 돌진했다.

이판사판이라 위험을 감수하는 일을 거리끼지 않았다.

위드는 무작정 언데드를 일으키고, 그들의 지휘는 반 호크에게 맡겼다.

—언데드 소환 스킬의 레벨이 3으로 상승했습니다.
스켈레톤의 뼈가 단단해집니다.
일정 확률로 소환되는 구울이 빨리 움직입니다.

시체의 품질 때문에 언데드 소환 스킬이 빠르게 늘었다.

신선한 해물이 있다면 라면 수프만 넣어도 최상의 맛을 낼 수 있는 것.

물론 지금의 전장에서 큰 의미는 없었지만, 스켈레톤이 조금 강해지긴 했다.

네크로맨서들에게는 스켈레톤의 생명력이 100, 200씩 높아지는 것을 보면서 뿌듯해하는 재미도 있긴 했다.

초보 유저들일수록 비록 스켈레톤이나 좀비라도 애착을 갖고 돌보기 마련이니까.

스켈레톤은 앞으로 영원히 부려 먹어야 할 부하들.

"조각 소환술!"

위드는 조각 소환술로 누렁이를 불러들였다.

—조각 소환술이 사용되었습니다.
마나가 53,203 소모되었습니다.

조각 생명체와의 거리로 인해서 엄청난 마나 소모가 있었다. 15만이 넘던 마나도 3만 이하로 줄어들었다.

"음머어어어어!"

붉은 기운까지 모락모락 뿜어내면서 등장한 성난 누렁이!

건장한 근육질의 몸에는 위엄까지 깃들어 있었다. 감히 황소라고 할 수도 없을 정도로 큰 소!

"주인, 좀 어두워진 것 같다. 음침한 기운이 느껴진다."

"인생이 다 그렇지. 누구도 앞일은 모르는 거야. 1달만 안 씻어도 간지럽고 그렇잖아."

"음머어어어, 1달 정도는 괜찮다."

"하긴 나도 그렇긴 해. 전투준비는 되었겠지?"

"싸움은 무섭다."

"처자식 먹여 살리려면 부지런히 벌어야 한다."

"알겠다, 주인!"

소심하기 짝이 없던 누렁이는 오랜만의 소환에 온몸에서 투지를 뿜어내며 뒷발로 땅을 긁었다.

위드가 조각술을 마스터하면서 조각 생명체들도 덩달아 강해졌다. 누렁이의 경우에는 평소에는 온순하기 짝이 없지만 분노 상태가 되면 무서운 전투력을 발휘한다.

"주인, 저놈들을 이길 수 있는가?"

"못 이겨. 그러니까 도망쳐."

위드는 누렁이의 등에 탄 채로 거인들의 시선을 끌었다.

"잔악한 벌레!"

"맛있는 소고기다."

거인들이 위드와 누렁이를 손으로 잡으려고 했지만 너무나도 날쌘 움직임 때문에 쉬운 게 아니었다.

재빠른 질주와 자유자재의 방향 전환.

위드와 누렁이를 쫓아오는 거인만 대여섯은 되었다.

쿵쿵쿵!

"벌레다. 고기다!"

"저놈들은 내 것이다!"

거인들이 무거운 몸으로 한 걸음 내달릴 때마다 지진이라도 난 것처럼 땅이 흔들렸다.

"저놈들에게 잡히면 어떻게 될지 알지?"

"죽는 건가?"

"난 죽겠지만 넌 정확히 말하자면 잡아먹힐 거야. 맛있는 부위의 살점들은 신선하게 육회를 뜨겠지. 그리고 부위마다 잘라서 굽고 삶으면서, 아마 꼬리도 남겨 놓지 않을 거야."

"음머어어어."

"울지 마. 자존심을 지켜. 넌 최상급 소고기니까."

장애물을 피하고 건물의 구조를 이용해 생쥐처럼 빠져나가는 누렁이!

'아쉽군. 거인들이 조금만 약했더라도 잡아 볼 수 있을 텐데.'

언데드 군대가 활동하면서 북부 유저들이 퀘스트를 하는 것이 훨씬 편해졌다.

거인들이 도망 다니는 언데드를 때려잡고 위드와 누렁이에게 신경 쓰는 동안에 북부 유저들은 바퀴벌레나 쥐처럼 샛길과 개구멍을 이용해서 포로들을 구출했다.

"틀림없이 난이도 S급의 대단한 퀘스트였는데, 이거 뭔가 모양새가 좀……."

"그러게요. 좀 전까지만 해도 결사 항전의 자세로 싸우고 있었는데……. 그래도 안 죽는 게 좋긴 한데."

북부 유저들은 고개를 갸웃했다.

무사히 퀘스트를 완료할 수 있을 것 같은데도 어딘가 드는 찝찝함!

위드는 땅에 쓰러져 있는 거인들의 시체에도 다가갔다.

"영혼 갈취!"

-거인 발로쓰의 영혼을 얻어 냈습니다.
포획한 영혼으로 언데드에 대한 연구나 스킬 강화를 할 수 있습니다.

네크로맨서 길드에서 받은 퀘스트 완료를 위해 거인이나 북부 유저들의 시체에서 영혼을 갈취했다.

어차피 획득한 영혼의 개수에 따라서 보상을 받는 것이기에 주변에 널려 있는 시체들을 알뜰히 챙겼다.

누렁이를 탄 목적도 그것에 있었으니까!

영혼을 얻어 내면서 구석에서 포로를 구출하고 있는 모험가 체이스도 만났다.

"위드 님, 반갑습니다."

"예, 저도 반가워요."

"여기까지 오셔서 우릴 도와주시다니……."

모험가 체이스의 눈이 글썽였다.

위드가 얼마나 바쁜 사람인데 이곳에 찾아왔단 말인가. 북부 유저들이 위급에 빠진 걸 보고 두 발 벗고 나섰다고 하니 진한 감동이 밀려들어 왔다.

위드가 마치 받을 돈이 있는 듯한 말투로 이야기했다.

"대화는 나중에 하고요."

"아, 제가 생각이 짧았습니다. 지금 언데드를 지휘하시느라 바쁠 텐데."

"그게 아니라 퀘스트 공유 좀요."

"예?"

"다 먹고살자고 하는 짓이잖아요. 저도 숟가락 하나만 올릴게요."

"……."

거인의 성채의 포로 구출 퀘스트!

위드는 북부 유저들과 같이 지하에 갇혀 있는 포로들까지 탈출시켜서 퀘스트를 완료할 수 있었다.

감금된 노예 완료

거인들에게 붙잡혀 있던 포로들 중 절반이 넘는 인원이 무사히 빠져나왔다. 그들은 기꺼이 가지고 있던 보물을 넘겨줄 것이며, 안전한 지역으로 안내해 줄 것이다.

―명성이 1,458 올랐습니다.

―경험치를 획득하였습니다.

―퀘스트에서 놀라운 공을 세웠습니다.
베르사 대륙인으로서 최초로 거인 4기를 한꺼번에 사냥했습니다.

―호칭! 거인 사냥꾼을 획득하셨습니다.
무자비한 거인을 사냥한 이에게 붙는 영광된 호칭!
거인을 공격할 때에 피해를 9%만큼 높입니다.
거인들의 땅 지역에서 명성의 효과를 크게 발생시킵니다.

북부 유저들 중에 총 800여 명이 죽었지만 퀘스트가 끝났다.

살아남은 유저들은 큰일을 해냈다는 감격과 함께 아쉬움을 나누었다.

"너무 많이 죽었어."

"후, 난이도 높은 퀘스트가 어렵긴 하구나."

"방송도 나오고… 우리도 유명해지는 건가?"

"당연하지. 어쨌든 위드 님과 같이했잖아. 전 세계 사람들이 우리에 대해서 알게 될걸."

북부 유저들이 차려 놓은 밥상을 당당히 떠먹은 위드!

"고맙습니다. 위드 님 덕분입니다."

"뭘요. 할 수 있었기에 했을 뿐입니다."

"크흑, 기왕이면 조금만 일찍 와 주셨으면……."

"그게, 바쁜 일이 좀 있어서요."

위드는 차마 서윤의 다리를 베고 누워서 낮잠을 자다가 늦었다는 고백은 할 수 없었다.

강력한 지지 단체인 풀죽신교!

수많은 유저들로 이루어진 그 단체가 그 말을 듣는 순간 마시던 풀죽을 뒤집어엎어 버리고 검을 뽑아 들 테니까!

'그녀에게 반찬 투정이라도 한번 하면… 혹시 큰일 나는 거 아닌지 모르겠어.'

생존한 북부 유저들은 어딘가 허전함을 느꼈다.

"그게… 에휴."

"아, 아쉽네. 이런 거까지 바라면 안 되지만."

"그러게. 그래도 1마리 사냥하기도 힘들던 거인인데."

"1마리 사냥할 때마다 대박이라고 했었잖아, 우리."

유저들은 포로들을 구출해서 간신히 목숨만 건져 거인의 성채를 벗어났다.

뒤늦게 돌아보니 거인들에게서 나온 전리품을 거의 아무것도 얻지 못했다는 사실을 깨달았다.

유저들이야 죽을 때마다 친한 이들끼리 유품을 챙겨 주긴 했지만, 거인들에게서 나왔을 게 틀림없는 아이템들!

"크으, 다 버려두고 나왔네."

"어쩔 수 없지."

승리를 거두었는데도 유저들의 어깨가 조금 처졌다.

"아이템을 챙길 기회가 없던 건 아니었는데, 위드 님이 숨어 있으라고 해서."

"그런 데까지 신경 쓸 정신이 어디 있었어? 싸우다 보면 어쩔 수 없지. 퀘스트 성공한 걸로 만족하자. 방송도 탔고 말이야."

"응."

북부 유저들은 지나간 옛일이라고 생각하고 말았다.

그들이 건물 잔해에 숨어서 돌아다니는 동안, 당당하게 거인의 성채를 활보했던 건 위드뿐이었다. 위드가 모든 위험을 무릅쓰지 않았다면 승리는커녕 몰살을 면치 못했을 테니 원망을 하기도 어려웠다.

루다라는 유저가 웃으면서 말했다.

"설마 위드 님이 다 챙긴 건 아니겠지?"

"에이, 무슨 말도 안 되는 소리를."

근처에 있던 유저들은 모두 웃어넘기고 말았다.

그들이 보기에도 거인들의 아슬아슬한 추격에 위드는 몇 번이고 목숨의 위기를 넘긴 것 같았으니까. 비록 도주하다가 몇 번 거인들의 시체 옆을 지나갔다고 해도, 쫓기다 보면 그럴 수도 있는 일이다.

한바탕 웃어 젖히던 유저들의 머릿속에 퍼뜩 비슷한 의혹이 스쳐 갔다.

'만약이긴 한데… 진짜 아니겠지?'

의심은 가지만 물증은 없는 상태!

훗날 거인의 성채로 다시 들어가서 확인을 하더라도 시체들은 사라지고 난 후일 것이다.

완벽하게 감춰진 진실.

다만 튼튼한 누렁이의 다리가 무거운 짐 때문에 후들거리고 있었다.

구출된 포로들은 가지고 있던 거인들의 광물 미그리윰을 내놓았다.

"가진 건 이것밖에 없습니다. 저희에게는 크게 중요하지 않은 것이니 받아 주세요."

황금처럼 반짝이는 미그리움.

퀘스트에 참여한 유저들은 각자 황금 20킬로그램과 다섯 덩이의 미그리움을 받았다.

위드는 물건의 상태부터 확인해 보기로 했다.

"감정!"

미그리움 : 내구력 230/230.
거인들의 땅에만 묻혀 있는 단단한 금속.
마나가 포함되어 있진 않지만 대단히 단단하다.
이것으로 무기나 방어구를 만든다면 매우 훌륭한 물품을 제작할 수 있다.
1등급 대장장이 아이템.
옵션 : 대장장이 숙련도 상승에 도움을 줌.
무기로 만들면 높은 내구도를 자랑하며, 날카롭게 연마할 수 있음.
물리 저항력에 특화된 방어구를 제작할 수 있음.
은은하게 빛나는 재질.

위드의 입꼬리가 살짝 말려 올라갔다.

"괜찮군."

미그리움을 무기나 방어구로 만들면 장비를 2개는 갖출 수 있어서 대단히 큰 소득이었다.

포로 구출 퀘스트의 특성상, 임무가 성공으로 끝났으니 도중에 죽은 이들도 나중에 받을 수 있다고 한다. 그렇지만 거인을 사냥한 경험치를 얻지 못했고 전투 업적을 달성하지 못했으니 상당히 아쉬운 일이었다.

"이건 나중에 시간 조각술을 늘리는 데 써야 되겠군."

위드는 미그리움을 아끼지 않고 조각술에 쓰기로 했다.

헤르만이나 파비오가 아니라면 직접 착용할 정도로 좋은 장비를 만들기는 힘들었다. 조각술 마스터로서 미그리움의 작품을 만든다면 부여되는 효과는 엄청날 것이다.

"예전이었다면 이렇게 아까운 재료를 고작 조각품을 만드는 데 쓰지 않았겠지."

거침없이 무시하는 조각술!

마스터를 했다고 조각사에 대한 평가가 달라진 건 눈곱만큼도 아니다.

네크로맨서라는 새로운 직업을 얻긴 했지만 조각사로서 가졌던 비기들도 그대로 쓸 수 있었다.

조각 검술, 정령 창조 조각술, 대재앙의 자연 조각술, 조각 변신술, 조각품에 생명 부여.

다섯 가지의 비기와 스스로 창조한 조각 부활술.

최후의 비기인 시간 조각술!

다양한 스킬들이 있긴 하지만 무작정 스킬만 많다고 해서 강한 건 아니다.

그냥 스킬들만 많이 익히고 싶다면 아예 로열 로드를 시작하고 50레벨까지는 검사, 100레벨까지는 마법사, 200레벨까지는 궁수, 이런 식으로 전직을 거듭하다가 이도저도 아닌 최악의 잡캐가 되어 버렸을 테니까.

'조각술의 비기들을 완벽히 익혀야 해. 이 스킬들이 내 기본기가 되어 줄 것이고, 가장 든든한 밑천이야.'

조각술의 비기들은 공격적으로 가장 탁월하지도 않고, 또 완벽하지도 않다.

어찌 보면 중대한 결함을 가진 스킬들.

조각 부활술과 생명 부여는 레벨이 하락하는 심각한 결함이 있었고, 대재앙의 자연 조각술 같은 경우에는 하루에 한 번밖에 쓰지 못한다.

그마저도 예술 스텟 20개를 영구적으로 잃어버리고, 사흘 동안 모든 스텟이 15%씩 하락한다.

대재앙의 효과야 넓은 지역 전체를 죽음의 땅으로 만들 수 있을 정도로 막강하다지만 몬스터들이 그 정도까지 뭉쳐 있는 경우는 드물었다. 더군다나 레벨 500대가 넘는 몬스터들은 대재앙으로 몰살당하지도 않는다.

하지만 조각술의 비기들은 특정 상황을 뒤집어 놓을 수 있을 정도로 효과가 탁월했다.

검술이나 궁술, 언데드 소환이 전투에서 성과를 보는 능력이라면 조각술은 전략 자체를 뒤집어 놓을 수 있는 무기들!

조각술의 비기에 다른 스킬이나 전투력이 결합되었을 때는 상상하기 힘든 위력을 만들어 낼 것이다.

'네크로맨서로 전직한 이유도… 네크로맨서의 단점을 최소화할 수 있는 몇 가지 꼼수가 조각술에 있기 때문이지.'

위드가 사악하게 웃을 때, 구출된 포로들이 말했다.

"가까운 곳에 거인들로부터 안전한 은신처가 있습니다. 우리가 살고 있는 마을이죠. 저희가 그곳으로 안내하겠습니다."

위드와 북부 유저들은 거인의 성채 부근을 떠나서 포로들의 안내를 따라 이동했다.

마을로 가는 동안에는 오랜 동료들과 이야기를 나누었다.

"위드 님, 조각술의 마스터 꼭 해내실 줄 알았어요! 역시 타고난 노가다꾼."

"축하드려요. 결국 해내다니… 집요하네요."

수르카와 로뮤나의 얄미운 축하!

위드는 여유롭게 받아넘겼다.

"뭘요. 다 제가 잘난 덕이죠."

이리엔은 보조개를 드러내며 웃었다.

"처자식 조각상 정말 예쁘게 잘 봤어요. 그렇게 가정적인 감성이라니……. 뭘 만들지는 정말 중요하잖아요. 저는 조각품으로 황금의 독재자나 네크로맨서상 같은 걸 만드실 줄 알았는데……."

"예?"

"기왕 네크로맨서가 될 거였다면 조각술의 효과를 보는 게 좋았잖아요. 언데드 같은 것도 조각해 놨으면 끝내줬을 텐데……."

미처 생각하지 못했던 부분!

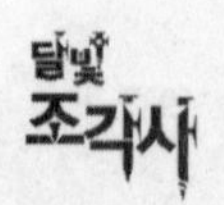

위드의 얼굴은 하얗게 질려 버렸다.

그러나 화령과 벨로트와도 인사를 나누는 걸 잊지는 않았다.

"잘 지내셨죠?"

"네. 위드 님도요?"

오랜만에 화령이 다정하게 웃어 주었다.

벨로트가 은근히 둘이 대화를 나누도록 사람들에게 눈치를 주려고 할 때였다. 페일이 사람들을 데리고 왔다.

"위드 님, 이쪽은 진홍의날개 길드의 대표인 테로스 님과 그 동료분들입니다."

"반갑습니다. 전쟁의 신 위드 님을 뵙게 되어 영광입니다. 북부 원정대에서 잠깐 함께했던 적도 있었습니다만… 거인들을 상대하는 모습은 정말 인상 깊었습니다."

한때는 명문 길드로서 대단한 힘과 영향력을 가졌던 테로스. 그가 먼저 고개를 숙이면서 인사를 해 왔다.

"뭘요. 그보다도 저를 찾아오신 용건은 뭔가요?"

위드는 웃으면서 물어봤다. 하지만 눈은 전혀 웃고 있지 않았다.

조각 생명체들 중에서도 누렁이의 갈비살을 볼 때처럼 날카로운 눈빛!

"그게 우리 길드가 통째로… 아르펜 왕국에 정착하고 싶습니다."

"예?"

"중앙 대륙에서 친하게 지내던 몇몇 길드와도 이야기를 나누어 놓았습니다."

"어떤 이야기를요?"

"전쟁에서 패배하고 해체된 길드가 하나둘이 아닙니다. 철저한 감시를 받으면서 헤르메스 길드의 힘에 눌려서 지낸 이들. 길드가 와해되어서 사람들도 흩어졌지만… 그래도 연락을 주고받고 있던 사람들이 아르펜 왕국으로 오고 싶어 합니다."

"몇 명이나 되죠?"

"구체적인 건 연락을 해 봐야 알겠지만 저와 친한 이들 그리고 그 지인들까지 포함하면 1,000여 명은 될 것 같습니다."

헤르메스 길드에 의해 격파된 명문 길드들.

중앙 대륙의 고레벨 유저들이 대거 넘어오겠다는 것이다.

"아르펜 왕국은 오는 사람을 막지 않습니다. 근데 왜 제 허락을 받으려고 하시죠?"

"그게… 욕심입니다만, 영주가 되어 작은 땅이라도 다스리고 싶어서요. 물론 세금은 꼬박꼬박 바칠 생각입니다."

위드는 주저하며 이야기하는 테로스의 손을 덥석 잡았다.

"아르펜 왕국에는 좋은 땅이 많이 있습니다. 물고기들이 헤엄치는 맑고 아름다운 강이 있고……."

"……."

멀리서 제피가 시선을 회피했다.

"산에는 풍부한 천연자원과 관광지가 있죠. 사냥터와도 가까울 거고, 아르펜 왕국에 숨어 있는 보물도 어딘가에 흩어져 있을 겁니다. 반드시요!"

페일이 양심의 가책을 느끼며 고개를 숙였다.

그런 그들의 행동이 갖는 의미도 모르고 테로스는 기뻐했다.

"그럼 정말 저희를 영주로 삼아 주시는 겁니까?"

"네. 자리는 얼마든지 있으니 아르펜 왕국에 정착하세요. 돈 많은… 능력 있는 분들이라면 언제든 환영입니다."

아르펜 왕국에는 주민들이 늘어 가고 있었지만 영주가 없는 마을이 많았다. 모라타에서 먼 곳일수록 영주가 될 정도의 공적치를 쌓은 직업이 모험가나 상인밖에 없는데 그들이 한곳에 정착하지 않기 때문이다.

비어 있는 마을들. 지금 이 순간에도 주민이 늘어나고 개척지가 생기고 있으니 영주 자리는 얼마든 줄 수 있었다.

'혼자 다 해 먹어야 하지만… 그러기 위해서도 영주나 귀족이 필요하긴 해.'

위드의 머릿속에 있는 아르펜 왕국의 정치체제는 다단계 피라미드 구조!

영주들이 마을을 확장시키면 결국 늘어나는 것은 세금이 될 것이다.

진홍의날개를 공식적으로 받아들이는 사이에 포로들이 안내하는 은신처에 도착했다.

―마을 데릭을 발견하였습니다.

비밀스럽고 불가사의한 발견!
거인들의 땅에서 살아가는 주민들의 마을을 발견했습니다.
위대한 모험의 여정에 새로운 발견을 추가합니다.
이 발견물을 세상에 알리면 크게 이름을 알릴 수 있을 것입니다.

지식이 2 높아집니다.
통찰력이 3 증가합니다.

인구 5,000명 정도의 마을이 숲 속에 숨어 있었다.

거인들의 눈에 띄지 않아야 해서 큰 건물들은 없었지만, 땅을 파서 지하에 집을 짓고 살아갔다.

"여보!"

"흑흑, 돌아오셨군요!"

포로들과 주민들이 서로를 알아보고 끌어안았다. 어린아이들까지 있어서 상당히 가슴 찡한 분위기였다.

"여기도 도시라고 봐야 할까요?"

"앞으로 이곳을 중심으로 활동하면 될 것 같네요."

북부 유저들은 그 광경을 잠시 지켜보다가 곧바로 흩어졌다.

거인들의 땅에 있는 새로운 도시!

조금이라도 빨리 구경을 하고 싶었던 것이다.

위드도 마을의 상점가를 향해 먼저 걸음을 옮겼다.

인간뿐만 아니라 수인족의 상인들이 있었고, 무기점, 방어구점, 농작물 상점, 잡화점, 보석 세공점, 교역소가 자리를 잡고 있었다.

교역소의 앞에는 마른고기들을 많이 늘어놓았다.

상인은 늑대를 닮은 인간.

두툼한 뱃살로만 보면 상인 마스터가 의심스러울 정도의 덩치였다.

"이게 뭔가요?"

"음, 인간들의 세상에서 온 여행자인가?"

"네."

"이곳까지 오는 인간은 아주 오랜만인데… 로드시커라는 여행자와……."

모험가 로드시커!

모험가로서는 불세출의 영웅이 가장 먼저 거인들의 땅을 밟았다.

위드는 헤스티거로부터 그와 관련된 퀘스트를 받기도 했지만 시치미를 뚝 떼기로 했다.

'어떻게 퀘스트의 홍수를 벗어났는데… 벌써 끌려 들어갈 수는 없지.'

위드가 천진난만한 미소를 지었다.

"네, 처음 듣는 이름이로군요. 그보다도 이 고기는 파는 건가요?"

"그렇지. 한번 살펴보게."

상인은 마른고기를 구경하라고 넘겨줬다.

"감정!"

말린 아그작 고기 : 사나운 맹수의 고기.
고소하며 탁월한 식감을 가지고 있다.
구워 먹는 요리법을 기본으로 한다.
아그작을 사냥할 때의 공격력을 3 높여 주는 효과를 가짐.
자주 먹다 보면 생명력의 최대치가 영구히 50 증가한다.
데릭 마을의 특산품.
음식 고기 재료 2등급.

"음, 훌륭한데."

요리로도 강해질 수 있다!

위드의 입가에 군침이 고였다.

사냥과 퀘스트 때문에 요리 스킬이 고급 2레벨에 머무른 지 꽤 오래되었다.

매번 비슷한 음식만을 해 먹어서는 요리 스킬은 잘 안 올랐다. 다양한 식재료와 조리법을 연구해야 했는데, 좋은 음식 재료는 스킬 향상에 큰 도움이 되었다.

그렇게 보면 요리사야말로 새로운 조리법과 재료를 찾아서 대륙을 떠돌아야 하는 운명!

'요리사를 하지 않길 천만다행이지. 매번 음식을 만들어서

팔려면 바가지를 씌우기도 힘들어.'

식당 장사만큼 쉽게 시작해서 손목뼈 빠지게 고생하고 망하기 간단한 업종도 없으리라.

교역소에서 판매하는 물고기나 과일, 그 외에 잡다한 물품들도 품질이 대단히 뛰어났다.

"얼마입니까?"

"55골드야."

"이 고기 한 덩어리에요?"

"아니, 한 점이다."

"헉……."

위드는 살인적인 물가에 침을 꿀꺽 삼켰다.

"저, 혹시 아르펜 왕국이라고 아십니까?"

"모르겠군."

"제가 그곳의 국왕인데요."

"안 살 거면 가게. 어설픈 수작은 하지 마. 한 푼도 깎아줄 수 없어."

마을 데릭은 흥정이 통하지 않는 지역이었다.

물건의 품질이 좋긴 하지만 거인들의 땅 특성상 수량이 넉넉하지 않았다. 그렇기 때문에 정해진 가격으로 사야 하며, 만약 유저들이 몰려오기라도 한다면 판매 가격은 더 오르게 될 것이다.

'안 살 수도 없겠군. 어쨌든 이 고기로 요리 스킬을 높여야

하고, 베르사 대륙으로 돌아가면 먹으려는 사람들이 줄을 설 테니 말이야.'

생명력의 최대치를 조금이나마 늘려 주었으니 비싼 가격에 팔더라도 먹지 않는 유저는 드물 것이다.

'그래도 바가지를 씌울 수는 없으니 마판 상회를 통해서 50배 정도만 남겨 먹을까? 아냐, 그래도 100배쯤은 되어야…….'

데릭 마을의 특산품으로는 고기와 과일, 무기와 방어구가 있었다.

거인들에게 붙잡혀 강제 노동을 하다 탈출한 대장장이들이 대장간에서 바위에서 추출한 신물질로 무기와 장비를 만들었다.

거인을 사냥하는 데 도움이 될 만한 덫과 기다란 창!

사냥에 도움은 되겠지만 레벨 500대 후반에서 600대 유저들이 쓸 수 있는 것들이었다.

"가격은 10만 골드, 20만 골드가 넘는 것도 있네. 소모품인 덫도 수천 골드씩 해."

"비싸도 파는 게 어디야. 소모품 중에서 몇 가지는 쓸 수 있겠네."

"그래도 흠… 운 좋으면 사냥이나 퀘스트로 얻는 게 편한데."

"돈을 모아도 구하기 힘든 것들은 어쨌든 살 수도 있는 거지."

먼저 무기점과 방어구점으로 달려갔던 유저들은 진지하게 이야기를 했다.

여러 상점에서는 베르사 대륙에는 없는 새로운 품목들을 판매했다. 거인들이 착용하는 비취반지 같은 것을 비롯하여 이 지역만의 예술품이나 공예품, 귀금속, 향신료, 광물, 주류 등을 취급하고 있었다.

가격은 비싸지만 상인들이 베르사 대륙을 오가면서 큰돈을 벌 수 있게 된 것이다.

심지어 농산물 상점에서는 퀘스트를 완료하면 100미터 높이까지 과일이 주렁주렁 열리는 나무의 씨앗도 판다고 한다.

"교역이란 좋은 거지."

위드는 만족스러웠다.

교역이 활발하게 이루어진다면 아르펜 왕국의 세금 수입이 크게 늘어날 테니까!

경제력이나 기술력이 향상되는 건 덤이라고 할 수 있었다.

'거인들의 땅이라. 여기도 언젠가는 전부 정복해야 할 텐데.'

장기적으로 아르펜 왕국군과 함께 쳐들어올 계획까지 수립!

마을 주민들과 구출한 포로들을 통해 수많은 퀘스트들이 발생했고, 몬스터를 퇴치해 달라거나 거인에 대한 복수와 관련된 의뢰들이 주를 이루었다.

북부 유저들은 거인의 성채 퀘스트를 마친 직후라 피곤함에 지쳐 휴식을 취하거나, 조심스럽게 마을에 대한 조사를 해 나갔다.

위드에게는 주민들이 알아서 찾아왔다.

"구해 주셔서 고맙습니다, 극악한 네크로맨서님."

"네크로맨서님 덕분에 거인들에게서 벗어날 수 있었습니다. 놈들에게 복수도 해 주셨고요. 언데드들이 혐오스럽긴 하지만 거인들보단 낫겠지요."

"인간 중에서 강한 힘을 가지고 있는 분이라고 하더군요. 정말일까요? 믿기진 않지만 그래도 조금은 신뢰가 가네요."

명성이 주는 효과!

위드의 30만에 달하는 명성은 베르사 대륙 전역에 자자했다. 그동안 교류가 없었던 마을 데릭이지만 유저들이 오면서 위드의 명성도 따라서 퍼지게 되었다.

"거인을 퇴치해 주세요. 네크로맨서님이라면 꼭 하실 수 있어요."

"복수를 꿈꾸고 있습니다. 저를 키워 주십시오. 저를 마법사로 만들어 주시면 집안에 내려오는 가보를 바치겠습니다."

"이 부근에서 알 수 없는 소리가 들려요. 조사를 해 봐야

알겠지만… 설마 몬스터들의 침략일까요? 거인들에 의해서 전부 먹혀 버린 줄로만 알고 있었는데……."

주민들의 말을 듣는 사이 쏟아지는 메시지 창!

'퀘스트에 함부로 휘말려서는 안 돼.'

위드에게는 난이도 A급 이상의 퀘스트를 가진 주민들이 계속 찾아왔다.

가끔 난이도 S급의 느낌을 주는 퀘스트들.

알 수 없는 어딘가를 조사하라는 의뢰 등은 곧바로 거절해야 할 대상이었다.

새로 발견된 거인들의 땅에서 무궁무진한 퀘스트가 발생하고 있는 것이다.

"으흐흠."

"엣헴."

"커험."

멀리서 파이톤과 양념게장, 페일과 이리엔, 로뮤나 등의 동료들이 위드를 지켜봤다.

"거인들의 땅까지 와서 위드를 만나다니, 무슨 수로 빠져나가지?"

"저는 은신술로 숨어야겠습니다."

큰 덩치의 파이톤도 떨었고, 양념게장은 그냥 어딘가로 사라지고 싶었다.

그 심정은 이리엔과 로뮤나, 수르카와 페일도 마찬가지였다.

"설마하니 오늘 바로 사냥하러 가자고 하진 않겠죠?"

"왜 아니겠어. 위드 님은 조각품을 만들 때를 제외하면 항상 사냥을 했지."

"조각술도 마스터를 했으니… 특별한 일이 없다면 사냥을 계속하겠군요."

제피는 침울하게 말했다.

"그것도 밤샘 사냥이 확정이죠."

오랜 동료라는 의리로 빠져나갈 수도 없는 그들!

그들이 큰 각오를 하고 먼저 위드에게 걸어왔다.

"사냥을 같이해 주긴 하겠지만 딱 하루만이네. 연장하더라도 최대 사흘이야!"

"4시간마다 10분씩 휴식 시간은 꼭 지켜 주셔야 됩니다."

파이톤과 양념게장이 먼저 자신의 요구를 이야기했다.

전투 노예인 페일은 기준을 조금 낮췄다.

"저야 언제든 혹사당할 각오가 되어 있지만 식사 시간이라도 지켜 주세요. 전투를 하면서 보리 빵을 먹을 수는 없습니다. 사람답게는 살아야 하지 않습니까?"

애절한 그들의 말.

다른 동료들은 옆에서 눈동자를 굴리면서 어떻게 빠져나갈까만 고민하고 있었다.

그런데 위드가 대번에 인상을 썼다.

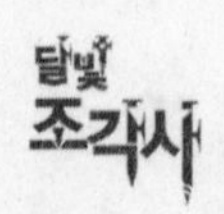

"같이 사냥하러 가려고요?"

"응? 안 갈 건가?"

"사냥은 하러 가겠지만 아직은 언데드 소환이 부족해서요. 스킬 노가다를 해야 하거든요."

위드는 마을 주민으로부터 기본적인 정보를 듣고 나서 간단한 B급 퀘스트를 받았다.

동료들과의 의리!

어쩔 수 없이 사냥에 끼겠다면 데려가겠지만 쉬어도 괜찮다고 했더니 오늘은 따라오는 사람은 없었다.

던전 탐험

마을 데릭에서는 가끔씩 사람들이 사라지곤 한다.
마을의 어딘가에 위험한 던전이 있다는 소문인데… 유일한 단서는 벌레의 더듬이다.
마을의 평화와 안정을 위해서는 반드시 던전을 찾아 토벌에 성공해야 할 것이다.

난이도 : B
퀘스트 제한 : 명성 10만 이상.
보상 : 주민들의 인정.
공적치에 따른 광물 보상.

위드는 퀘스트를 수락하며 시커먼 벌레의 더듬이를 받았다.

"전부 쓸어버리면 된다고요?"

"예. 모험가님의 실력은 잘 모르겠지만… 어렵다면 몬스터를 몇 마리라도 처리해 주시면 됩니다. 몬스터를 없애는 만큼 광물을 드리겠습니다."

"몇 마리나 전부나, 시작하면 다 마찬가지죠. 금방 끝날 테니 걱정하지 마세요."

위드는 언제 이렇게 자신 있는 말을 했었는지 까마득했다. 늘 전전긍긍했고, 어떻게든 퀘스트를 완료하기 위해서 있는 힘껏 발버둥 쳤다.

하지만 그런 고생들도 이제 안녕이다.

"초반에는 직업에 적응을 해야겠지만 나중으로 갈수록 네크로맨서의 장점이 살아나게 되겠지. 힘든 건 조각 생명체들에게 다 떠넘기면 돼."

위드는 마나를 모아서 조각 생명체 중에 켈베로스를 소환했다.

"크우워어어어!"

머리가 셋 달린 지옥의 파수꾼!

켈베로스의 포효는 투지가 약한 몬스터들을 얼어붙게 만든다.

위드는 퀘스트를 받으면서 얻은 벌레의 껍질을 켈베로스

에게 줬다.

"시끄러우니까 울지 말고 이 냄새가 나는 곳을 찾아봐."

"컹컹!"

켈베로스를 통해 마을 어딘가에 숨겨져 있을 던전 입구를 찾도록 했다. 3개의 머리가 열심히 냄새를 맡으면서 마을을 탐색했다.

위드는 그사이에 회복된 마나로 조각 생명체를 불러들였다.

"많이 올 필요도 없지. 조각 소환술!"

켈베로스 다음에 불러들인 생명체는 철혈의 워리어 바하모르그!

위드가 퀘스트를 하는 동안에도 계속 사냥과 전투를 했던 바하모르그의 레벨은 588이나 되었다.

'골렘 제작술이 형편없기는 하지만… 바하모르그를 쓰면 되지.'

네크로맨서로서 골렘 제작은 기본적으로 마스터해야 하는 필수 스킬이었다.

시체 폭발이 없으면 일반 마법사보다 훨씬 공격력도 약한 네크로맨서. 가까운 거리에서 사냥과 보호 역할을 해 주는 골렘이야말로 네크로맨서에게는 가장 소중한 부하였다.

다만 위드는 전투가 익숙했고 든든한 조각 생명체들까지 있었으니, 근접전의 약점이란 애초부터 존재하지 않는다.

위드는 누렁이와 바하모르그를 이끌고 냄새를 맡는 켈베로스를 뒤따랐다.

"컹컹!"

켈베로스는 우물 안의 통로에서 던전의 입구를 찾아냈다.

던전, 라보스 홀의 최초 발견자가 되셨습니다.

혜택 : 명성 1,000 증가.
일주일간 경험치, 아이템 드롭율 2배.
첫 번째 사냥에서 해당 몬스터에게 나올 수 있는 것 중에 가장 좋은 물건 아이템이 떨어집니다.

"좋군. 전군 진격."

위드는 소환 해제되지 않은 10마리의 스켈레톤 워리어들을 전진시켰다.

달그락달그락.

진흙에 죽음의 기운을 불어 넣어서 만든 진흙 골렘도 함께 앞으로 가도록 했다.

보잘것없는 10여 기의 언데드 군단!

'함정이나 기습에 당할 염려도 없단 말이야.'

언데드들을 뒤따라가니 마음이 편안했다.

거인의 성채에서부터 서두른 덕분에 조각 파괴술의 효과도 유지되고 있었다.

"크우와앙!"

던전의 몬스터들이 포효하며 나타났다.

베르사 대륙에서는 생전 처음 본 몬스터!

악어처럼 긴 주둥이를 가지고 있으며 두 발로 걸어 다닌다. 행동은 인간과 유사하지만 덩치는 4미터에 달할 정도로 키가 컸다.

"먹잇감! 다 썩어서 먹지 못할 먹이들이 있구나!"

라보스.

2마리의 몬스터들은 단단한 팔을 휘둘러서 스켈레톤을 가볍게 박살 냈다.

위드는 그 모습을 보면서 판단을 내렸다.

'거인들의 레벨이 700대. 기본적으로 이 지역은 레벨대가 높은 지역이지만 은신처인 마을은 좀 더 낮으리라고 짐작했다. 지금의 전투력을 보면… 600이 안 될 것 같아. 특성은 좀 더 연구를 해 봐야 되겠지만.'

수많은 몬스터들을 상대한 덕분에 정보가 없더라도 파악이 빨리 이루어졌다.

위드는 바하모르그에게 명령했다.

"나가서 싸워라."

"알겠다, 주인."

바하모르그는 누렁이를 타고 도끼와 철퇴를 휘두르며 라보스들을 향해 돌진했다.

"콜 데스 나이트 반 호크! 콜 뱀파이어 토리도!"

데스 나이트 반 호크와 토리도 역시 소환!

"바하모르그를 도와서 싸워. 너도 놀지 마라."

냄새로 던전을 찾아낸 켈베로스까지 전투에 참여시켰다.

"크우오오오오!"

전장의 울부짖음!

바하모르그는 워리어 스킬로 방어력과 생명력을 높인 채 싸웠다.

라보스 2마리를 쉽게 제압할 수는 없지만 튼튼한 방어력 덕에 밀리지도 않는다.

"크르릉!"

켈베로스가 기회를 노리다가 라보스를 물어뜯었다. 그러나 곧 발길질에 걷어차였다.

"켕!"

라보스의 피부는 굉장히 단단했지만 바하모르그의 철퇴와 도끼질에 의해 조금씩 부서졌다.

오랫동안 싸운다면, 힘들긴 하지만 바하모르그가 충분히 이길 수는 있는 몬스터.

'과연 바하모르그는 최강의 조각 생명체로군. 이 정도 던전에서 거뜬히 버티다니 말이야.'

위드가 조각술을 마스터하면서 조각 생명체들의 힘과 체력이 늘어났기 때문에 바하모르그의 안정감은 더욱 향상되었다.

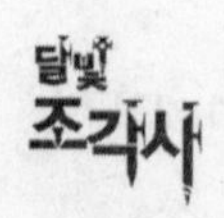

반 호크와 토리도가 옆에서 거든 덕에 라보스들의 생명력이 30% 이하로 줄어들었을 때였다.

"반 호크!"

"말하라, 주인."

"최선을 다해서 싸우고 있지?"

"그렇다."

"이제부터는 천천히 해."

위드는 날카롭게 눈을 빛내며 라보스의 생명력이 20% 이하로 줄어들 때까지 기다렸다.

그리고 마침내 10%로 체력이 떨어졌을 때에 반 호크와 토리도에게 물러서라고 지시했다.

"바하모르그, 날 지켜라."

"알겠다, 주인."

위드는 주변을 둘러보고 나서 허리에서 천천히 검을 뽑았다.

콜드림의 데몬 소드를 꺼낼 때는 이렇게 신중했던 적이 없었다.

드래곤의 검인 레드 스타의 경우에는 당당히 대놓고 썼다. 어차피 계속 검을 사용하다가는 드래곤에게 잡혀 죽을 운명이라서 언젠가 잃어버릴 거라고 체념을 하고 썼다.

하지만 헤스티거가 남긴 검은 달랐다.

로아의 명검.

엘프들의 보물이었고, 인간들이 최고의 명검으로 꼽는 데 주저하지 않는다는 검.

레벨 제한이 650에 고요의 사막을 최초로 정복하여 헤스티거의 유산을 찾은 사람만 얻을 수 있었던 보물 검.

집으로 친다면 강남이나 해운대의 펜트하우스 아파트도 부럽지 않을 정도의 최상급에 해당했다.

스르릉!

맑고 깨끗한 소리.

—로아의 명검을 무장하셨습니다.
자연과의 친화력이 높아집니다.
민첩이 26% 향상됩니다.
모든 스텟 +42.
대형 몬스터에게 3배의 피해를 입힙니다.
피해의 절반만큼 적의 최대 생명력을 감소시킵니다.
치명적인 일격을 발동시키면 상대의 방어력을 7%씩 약화시킵니다.
불과 바람, 물, 땅의 정령이 기운을 빌려주고 있습니다.
방어력이 117 오릅니다.
검을 활용한 스킬 사용 시 마나 소모가 절반으로 줄어듭니다.
상대의 마법 보호를 76%만큼 무시합니다.
아름다운 검으로 인해 예술이 35 늘어났습니다.
보호 마법 '큰 숲의 가호'가 사용 가능합니다.

"드디어 최초로 써 보는구나."

고요의 사막과 우주에서 조각품을 만들면서 얼마나 손이 간질거렸는지 모른다.

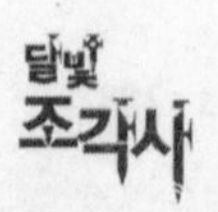

천리행군을 갓 마친 군인에게 초코파이를 주고 먹지 말라고 하는 격!

위드는 야비하게 웃으며 달려들었다. 바하모르그와 싸우고 있던 라보스의 등을 베었다.

—검이 정확히 상대의 등을 찔렀습니다.
빠르고 정확한 공격에 성공했습니다.
치명적인 일격!
상대의 방어력을 약화시킵니다.
생명력을 3,481 감소시켰습니다.

"음……."

위드는 감동을 느끼며 1초 정도 가만히 있었다.

바하모르그가 입히는 피해량이 2,000 정도였는데 그보다 2배의 공격력을 발휘했다.

'왜 사람들이 뒷산을 오르는데 히말라야에 오르는 등산복을 입는지 알겠다.'

어마어마한 장비발.

순간 네크로맨서로 전직한 것을 후회할 정도로 로아의 명검이 가진 위력은 대단했다.

조각술 최후의 비기를 찾기 위한 위드의 모험에 의해서 바뀐 베르사 대륙의 역사. 그 와중에 탄생한 인간 중의 최강자였던 헤스티거가 남긴 검.

"명품이야. 쓸 만해."

그를 향해 날카로운 꼬리가 날아왔지마 위드는 아랑곳하지 않고 앞으로 파고들었다.

'조각사로서 했던 전투 방식은 버려도 된다.'

그동안은 생명력과 마나가 너무 낮아서 스킬도 제대로 못 쓰고 신중하게 싸웠다.

자린고비 정신!

검을 휘두를 때에도 체력 소모까지 감안해 가면서 싸웠다.

전투 계열이 아닌 직업, 조각사의 뚜렷한 한계!

인내와 맷집을 늘려서 방어력을 키운 건 그 상황에서 할 수 있었던 최선의 선택이자 노력.

다른 동료들이 볼 때에는 지독하고 무모할 정도였겠지만, 그러지 않았더라면 지금처럼 강해질 수 없었다.

조각사를 극복하기 위한 피나는 도전이 있었던 것이다.

'더 이상 그럴 필요가 없어. 기본 생명력도 조금이지만 늘어났고, 체력이 떨어졌을 때는 스킬 위주로 싸우면 되지. 마나의 회복 속도와 최대치가 대폭 커졌다.'

검사나 사막 전사만큼의 공격력은 얻지 못했지만 네크로맨서가 되었으니 스킬을 듬뿍 사용할 수 있었다.

"신성한 불!"

아름다운 로아의 명검이 붉게 타올랐다.

여신 헤스티아로부터 받은 공격 스킬!

—신성한 불이 로아의 명검에 부여되었습니다.
신앙심에 따라 화염 공격력이 105~271만큼 부여되었습니다.
신성한 불에 의해 일시적으로 언데드 소환 스킬의 위력이 46% 약화됩니다.
가까이 있는 언데드들이 매초마다 피해를 입습니다.

화르르륵!

로아의 명검이 환한 불길을 내뿜으며, 공격력이 2배로 늘어났다.

동시에 쓰러져 있던 스켈레톤들의 뼈마디에서도 불길이 치솟았다.

—신성한 불에 의해 스켈레톤들이 603의 피해를 입습니다.

'숟가락이 좋아야 밥이 맛있는 건 아니지만, 사냥은 역시 장비발이야!'

위드는 다시 한 번 네크로맨서로 전직한 것을 후회하면서 라보스를 베었다.

—위대한 공격!
검의 날카로움과 신성한 불이 상대의 생명력을 4,391 감소시켰습니다.

치명적인 일격이 아니었는데도 엄청난 피해를 입혔다.

몬스터의 방어력이나 특성, 생명력에 따라서 입히는 피해의 양도 당연히 달라진다.

위드는 만족하면서 공격 스킬을 추가로 사용했다.

"헤라임 검술!"

—1차 연속 공격이 성공하였습니다.
민첩이 20% 늘어납니다.

—2차 연속 공격이 성공하였습니다.
힘이 40% 늘어납니다.

—3차 연속 공격이 성공하였습니다.
민첩이 추가로 40% 늘어납니다.

—4차 연속 공격이 성공하였습니다.
힘이 추가로 40% 늘어납니다.

—5차 연속 공격이 성공하였습니다.
라보스가 불에 타 죽었습니다.

착착 감기는 손맛!

로아의 명검은 가볍기까지 해서, 일찍이 느껴 본 적이 없는 빠른 속도로 휘두를 수 있었다.

몬스터가 목숨을 잃자마자 반사적으로 앞으로 뻗어 나가는 왼손.

—라보스의 심장을 습득하셨습니다.

—라보스의 귀한 고기를 3개 습득하셨습니다.

—불멸의 지혜 목걸이를 습득하셨습니다.

전리품 획득.

위드의 손이 부들거리면서 떨려 왔다.

'불멸 세트다.'

레벨 제한이 최소한 600을 넘는 액세서리.

목걸이는 생명력, 힘, 지혜나 지식, 다양한 스텟과 스킬 레벨, 마나의 최대치를 올려 준다. 경매에 내놓아도 비싸게 팔릴 테고 직접 사용하더라도 도움이 많이 되리라.

위드의 손이 떨리는 것은 금전적인 이유만은 아니었다.

던전을 발견했을 때에 첫 사냥 전리품은 최고의 것을 얻을 수 있으리란 건 이미 알고 있었으니까.

몬스터의 레벨이 600 가까이 되는 신규 던전이라면 이 정도 전리품이 나오는 게 정상이다.

'검으로 입히는 공격력이 엄청나다. 사냥 속도가 앞으로 어마어마하게 빨라질 거야.'

전투의 달인이었기 때문에 검을 통한 공격이 강해진 것이 생생하게 느껴졌다.

'검사를 할걸. 그랬다면 더 큰 효과를 봤을 텐데. 만약 검

술을 마스터라도 했으면…….'

로아의 명검을 가지고 검사가 되어 사냥한다면 그 위력을 온전히 다 살릴 수 있었을 것이다.

"커억!"

그 순간 아직 살아 있던 라보스 1마리가 바하모르그의 견제를 피해서 위드의 등을 꼬리로 강타했다.

-꼬리 공격에 등을 맞았습니다.
일시적인 마비!
높은 인내력으로 마비 증상을 0.4초로 최소화합니다.
생명력이 7,325 줄어듭니다.

-바르칸 데모프의 장비 효과. 생명 그릇이 발동되었습니다.
음습한 구석에 보관된 생명력 3,291를 꺼내옵니다.
생명 그릇에 남아 있는 총생명력 : 203,281.

-취약!
라보스의 생명력을 매초마다 820씩 흡수합니다.

"주인, 조심해라."

위드가 큰 타격을 입자마자 바하모르그와 켈베로스가 보호에 나섰다.

헬리움으로 만들었던 여신의 기사 갑옷은 헤르만에게 맡겨 놓았고, 바르칸의 지옥 군주의 로브를 입고 있었다. 마법

방어력이 대단히 높고, 최고 수준의 마나 재생 능력을 갖췄으며, 무엇보다도 지혜와 언데드 지배 능력을 올려 주는 장비다.

기본 방어력은 약했기에 위드의 생명력이 크게 떨어졌지만 생명 그릇이 있으니 조금도 움츠러들지 않았다.

'됐어. 그냥 빨리 잡으면 돼. 무지막지한 공격력으로 말이야.'

위드는 네크로맨서로 넘치는 마나를 활용해 아끼지 않고 스킬을 사용했다.

"용암의 강!"

이번에는 사막 전사 최강의 스킬.

아직 스킬의 레벨은 1이었고, 성장시키기 위해서는 고행에 가까운 수련과 전투 경험이 필요했다.

그럼에도 불구하고 위드가 있던 자리에서부터 용암이 거세게 폭발할 듯이 뿜어져 나와서 라보스를 뒤덮었다.

"쿠우와악!"

라보스는 급하게 용암지대를 벗어나려고 했다.

그때 위드의 눈이 날카롭게 빛났다.

"신성한 불, 헤라임 검술!"

신성한 불로 용암의 강으로 인한 화염 피해를 막고, 빈틈을 드러낸 라보스에게 연속 공격!

생명력이 밑바닥이었던 라보스는 더 이상 버티지 못하고

사망했다.

-위험한 라보스를 2마리 제압했습니다.

-경험치를 획득하였습니다.

-검술의 숙련도가 증가합니다.

"좋아. 경험치는… 0.2% 정도 늘어났군."

위드는 만족했다.

강한 몬스터들이 있는 사냥터였고 경험치 2배의 효과까지 부여된 상태다.

"경험치를 혼자 다 먹어 버리는 거야. 네크로맨서로서 성장하면 그때부턴 완전히 독식이다."

바하모르그와 반 호크, 토리도, 켈베로스와 누렁이의 눈치까지 보이기는 했지만, 얼굴에 자동차에 적용된다는 고강도 강판 정도는 두른 상태.

위드는 바로 언데드 소환 스킬을 사용했다.

"일어나라, 눈감지 못한, 잠들지 않은 원혼들이여. 여기 살아 있는, 그리고 너희를 죽인 자들에게 복수하라! 데드 라이즈."

방금 전까지 힘들게 싸웠던 라보스가 해골 기사가 되어서 일어났다.

-언데드 소환의 숙련도가 증가합니다.

"킬킬킬."

"끌끌."

언데드들이 약하긴 해도 사냥에 없는 것보단 낫다.

애지중지 아껴야 하는 조각 생명체들과는 달리 휴식이 필요 없고 일회용으로 소모하면서도 전투 속도를 빠르게 할 수 있었다.

신성한 불과 언데드는 대립하는 관계였지만 상황에 맞춰서 활용하면 된다.

언데드 소환 스킬이 늘어나고 죽은 자의 힘이 강해지면 신성한 불로 인한 피해가 커지겠지만, 그땐 또 그 나름대로 방법이 있을 테니까.

'확실히 조각사로서만 살 때와는 달라졌어. 전투 스킬 위주로 운용할 수 있게 되었으니까 말이야.'

위드는 변화된 스스로를 느꼈다.

네크로맨서였고 바르칸의 풀 세트가 있었으니, 마나가 여유로워 사냥을 멈출 필요가 없다.

조각사를 마스터하는 과정에서 다양한 분야에 경험도 쌓였다.

검과 활도 꽤 높은 수준으로 쓸 줄 알았고, 뮬의 선더 스피어를 얻어서 창술도 약간이나마 익혔다.

모험과 퀘스트를 하면서 쌓았던 스텟들.

사막 전사의 스킬에, 헤스티아 여신이 준 신성한 불.

라보스와의 전투에서 예상과 달리 정말 위험한 상황에 놓였다면 찰나의 조각술로 시간을 멈춰 벗어날 수 있었다.

전투가 끝나면 언데드까지 일으킬 수 있었으니 그야말로 할 수 있는 것이 많고 다양했다.

로열 로드를 하면서 수많은 유저들이 검과 마법, 정령술 등을 동시에 익혔지만, 성공한 이들은 손에 꼽을 정도였다.

위드는 그런 이들의 정점에 있었다.

"성공한 잡캐는 아무도 깔 수 없지."

아렌 성의 성문 앞.

라페이가 있는 곳으로 헤르메스 길드원들이 모여들었다.

"요즘 레벨 좀 올랐다며?"

"크, 이틀 꼬박 사냥해서 겨우 하나 올렸어."

"상위 던전이 시장 통도 아니고 말이야. 너무 북적거리네."

헤르메스 길드원들은 친분이 있는 유저들과 대화를 나누었다.

일주일에 한 번씩, 라페이는 헤르메스 길드원들과 함께 아렌 성을 시찰하는 행사를 진행했다.

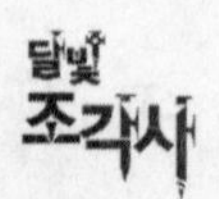

하벤 왕국으로 불리던 로열 로드의 초창기부터 아렌 성을 정복한 이후에 이루어지던 행사로, 길드원의 사기를 높이는 효과가 있었다.

매주 도시가 발전하는 모습들을 확인하고, 또 일반 유저들이 헤르메스 길드를 보며 위축되도록 만들었다.

'흠, 별로 안 모였군.'

라페이와 수뇌부에서는 모이는 인원이 갈수록 줄어드는 걸 느꼈다.

과거에는 시찰 행사에 신입 길드원은 물론이고 상위 랭커들까지 참여했다.

길드의 수뇌부와 함께 당당하게 아렌 성을 활보하는 광경은 대단한 영광이었고 멋있었던 것이다.

때때로 시찰 행사가 끝난 후에 던전 공략을 하기도 했으니 가까이 있는 길드원들은 가능한 참석하려고 했다.

'예전엔 3,000명은 어렵지 않게 모였는데. 지금은 고작 500명 남짓인가?'

라페이는 속으로 아쉬움을 감추고 겉으로는 태연한 척했다.

"시찰을 시작하겠습니다."

길드의 수뇌부가 선두에 서고 일반 길드원들이 뒤를 따랐다.

아렌 성의 넓은 대로를 따라 걸으면서 건물들과 사람들을 지켜봤다.

"헤르메스 길드다."

"와, 진짜 할 일 없네. 중앙 대륙을 통일한 제국이라서 북부에서 일부러 구경 왔는데."

"몰랐어? 매주 저러고 돌아다녀."

헤르메스 길드가 지나가는 행렬을 구경하는 일반 유저들도 많았다. 과거에는 질투와 분노가 뒤섞인 시선이었다면 지금은 우스워하고 얕잡아 보는 태도가 다분했다.

"크……."

그 소리를 들은 헤르메스 길드원들은 이를 갈았다.

"별것도 아닌 놈들이 입은 살아 가지고."

"내버려 둬. 덤빌 자신도 없는 녀석들이야."

싸운다면 100명이라도 쉽게 쓸어버릴 수가 있었지만 헤르메스 길드에서는 나서지 않았다.

일반 유저들을 상대로 잔혹한 학살극을 벌이면 방송에 부정적인 보도가 된다. 과거에는 그런 뉴스들이 헤르메스 길드의 강함을 드러냈지만 지금은 반란군을 부추기거나 유저들의 반감을 살 여지가 높았다.

참아야 하는 헤르메스 길드원들에게는 다소 억울한 측면도 있었지만, 과거에 저지른 행동들이 워낙 많았기에 어쩔 수 없었다.

"대부분 살인자들이네."

“얼마나 못된 짓 하고 살았으면 저러냐.”

“강하다고 저러면 안 되지. 초등학교 교육도 못 받은 탓이야.”

일반 유저들의 비난을 묵묵히 참고 견디면서 헤르메스 길드의 시찰은 이어졌다.

‘이런 수모를…….’

라페이는 평소 화를 잘 내지 않는 성격이었다.

대부분의 일들이 그의 예상을 크게 벗어나지 않았다.

심지어는 위드에게 패배를 할 때마저 그가 전혀 생각지 못했던 결과는 아니었다. 가능성은 희박하지만 위드에게 운이 크게 따라 준다면 질 수도 있다고 보았으니까.

실제로도 위드는 놀라울 정도의 능력과 인기로 하벤 제국의 공세를 매번 아슬아슬하게 막아 냈다.

‘아르펜 왕국이 조금 크더라도… 하벤 제국은 쓰러지지 않는다. 중앙 대륙이라는 큰 음식을 먹느라 조금 체했을 뿐이야. 지금은 반란군을 진정시키고 경제를 성장시킨다. 누가 뭐라고 해도 헤르메스 길드는 중앙 대륙을 지배하고 있다.’

일반 유저들에게 세금 인하와 자유를 주면서 흔들리는 제국을 안정시키는 과정에 있었다.

중앙 대륙에 숨어 있는 신화와 비밀, 온갖 전설급 무구들을 발굴하고 독점해 나간다.

헤르메스 길드가 지금까지 일구어 오고 정복한 영토는 넓다. 또 유지하고 있는 전력은 약한 게 아니었으니 통치에는 지장이 없다.

아르펜 왕국이 비정상적으로 유저들의 지원을 받고 있기 때문에 싸우기가 힘들 뿐.

만약 위드의 인기가 추락이라도 하는 날에는 베르사 대륙 전체 정복은 단기간에 이룩할 수 있을 만큼 시간문제에 불과했다.

차분히 기다리고 배후 작업을 한다면 중앙 대륙을 정복할 때처럼 모든 것을 주도할 수 있으리라고 생각했다.

그렇지만 라페이가 정말 예상하지 못한 것은 지금과 같은 창피함이었다.

'이 정도는 참을 수 있다. 참는 만큼 모두에게 반드시 되돌려준다.'

라페이는 꿋꿋하게 밝은 얼굴로 거리를 걸었다.

그때 유난히 귀여운 여자아이가 거리에 서 있었다.

헤르메스 길드의 행차임에도 불구하고 길 한복판을 막고 있는 깜찍한 금발의 꼬마 아이.

로열 로드는 부모의 허락을 받으면 어린 나이에도 접속할 수 있다.

물론 도시에서 자유롭게 돌아다니기는 하지만 사냥이나 전투가 필요한 모험은 금지였다.

도시 간의 이동에도 제약이 많지만 어린아이들이라면 마

법사들이 텔레포트로 옮겨 주거나, 일정 규모 이상의 상단의 상행을 따라서 여행할 수 있다.

갑작스러운 전투가 벌어지면 아무것도 볼 수 없다는 제한은 있어도, 어린아이들도 로열 로드의 다양한 직업과 모험을 경험했다.

'귀여운 아이구나.'

'예쁘게 자라겠네. 커서 미인이 되겠다.'

스트레스를 받던 헤르메스 길드원들의 입가에도 흐뭇한 미소가 지어졌다. 괜히 멋진 모습을 보이기 위해 어깨에 힘도 들어갔다.

라페이도 귀엽게 생긴 어린아이를 좋아하는 건 마찬가지라서 조심스럽게 다가갔다.

"안녕, 꼬마 아가씨. 이름이 뭐니?"

다정한 목소리와 잘생긴 외모.

라페이는 꼬마 아이와 친해질 것을 의심하지 않았지만…….

"말 안 할래요."

꼬마 아이는 질색을 하며 한 걸음 물러났다.

라페이는 낯을 많이 가리는 모양이라고 짐작하며 더욱 밝게 웃었다.

"왜? 오빠가 무서운 사람 같니?"

"아뇨."

"그럼? 꼬마 아가씨가 좋아할 만한 멋진 선물도 줄 수 있는데.”

“됐어요. 아무것도 안 받을래요.”

여섯 살 정도밖에 되지 않은 것 같은데도 또박또박 말하는 꼬마 아이.

헤르메스 길드원들은 물론이고 길가에 서 있던 사람들도 모두 라페이와 꼬마 아이의 대화에 관심을 가졌다.

“어머니에게 교육을 잘 받았구나.”

“네. 엄마가 그랬거든요. 헤르메스 길드는 다 도둑놈들만 모여 있다고요.”

“응?”

꼬마 아이는 선명한 발음으로 똑똑히 말했다.

“엄마가 전부 나쁜 놈들이랬어요. 친하게 지내지 말라고요.”

“……!”

어린아이의 입에서 나오는 솔직하고 충격적인 발언.

“저는 크면 절대 헤르메스 길드 사람들처럼은 안 될 거예요!”

라페이의 미소가 딱딱하게 굳었다.

“앗, 헤르메스 길드 사람들이랑 말하지 말랬는데.”

그리고 꼬마 아이는 마치 겁이라도 먹은 것처럼 주춤 물러서더니 쏜살처럼 도망가 버렸다.

헤르메스 길드원들은 얼어붙고, 구경하던 사람들은 크게

웃었다.

라페이는 아무렇지도 않은 듯이 그냥 다시 걸어갔다.

'거리에서 이런 수치를 당해?'

겉으로는 냉정했지만 속은 부글부글 끓었다.

The Legendary Moonlight Sculptor

사냥의 기록

The Legendary Moonlight Sculptor

"위드 님이… 그냥 갔네요."

"휴우, 정말 무심하기도 하시지. 어떻게 여자 마음을 그렇게 모를까."

수르카와 제피는 크게 한숨을 쉬었다.

그들뿐만이 아니라 먼 산을 쳐다보면서 씁쓸해하는 메이런, 로뮤나, 이리엔, 벨로트. 동료들 모두가 위드의 무신경을 탓했다.

안타까웠던 로뮤나가 벨로트에게 물었다.

"화령 님은 어때요?"

"모르겠어요. 언니도 아무 말이 없어요."

"그렇게 활달하던 분이……."

"마음의 상처가 클 것 같아요."

동료들은 처음부터 화령이 위드와 잘되기를 바랐다.

'아깝다, 아까워…….'

'연예인이 왜? 눈이 정말 잘못됐다고!'

'좋아해 주는 사람이 수백만 명은 될 텐데 왜 하필 위드 님을 짝사랑하지? 취향이란 참…….'

화령의 결정을 같은 여자들도 쉽게 이해할 수 없었지만 어쨌든 지지했다.

'둘이 사귀기라도 한다면 전혀 안 어울릴 거야.'

'미녀와 야수는 아니지만 수전노와 미인은 되겠군.'

'위드 님이 평범하진 않지. 구두쇠에 노가다 장인이긴 하니까.'

제피도 유린에게 푹 빠져 있긴 했지만 화령의 매력에 대해서는 인정했다.

'저런 여자도 없지. 딱 2분 정도면 싫어하던 사람도 좋아하게 만들 수 있을 거야. 연예계에서 최정상의 가수로 활동하는 비결이겠지.'

위드는 모험을 하면서 대기록들을 세우고 아르펜 왕국을 건국했다. 화령에게 남자 보는 남다른 눈이 있다는 생각을 했지만, 위드는 결국 서윤과 인연이 맺어졌다.

그때부터 애매해진 화령의 입장.

얼마 전에 그녀는 하벤 제국의 초대를 받아 영주가 되어 버렸다. 동료들은 위드와 완전히 갈라선 줄로 알고 조마조마했지만 그녀가 이번 거인들의 땅 모험에 오랜만에 합류했다.

예전처럼 즐겁게 지내고 있었는데 위드가 오더니 별다른 말도 없이 사냥을 한다면서 떠나 버리는 게 아닌가.

최소한 짝사랑했던 여자의 진심을 생각해서 서운하지 않게 인사라도 나누었으면 좋았을 거란 아쉬움을 동료들은 가졌다.

아찔한 절벽 앞에 서 있던 화령이 한참 만에 동료들에게 돌아왔다.

"언니……."

애처로운 모습에 벨로트가 눈물을 글썽이는데, 화령은 밝고 화사하게 미소를 지었다.

"왜 그래?"

"그게……."

억지로 밝은 얼굴을 한다고 생각하니 벨로트는 눈물이 더 흘렀다.

"언니, 슬프면 그냥 울어도 돼요."

"왜 울어? 아, 위드 님이 그냥 간 거?"

화령은 동료들이 그녀를 측은하게 쳐다보는 걸 확인하고 생긋 웃었다.

"괜찮아요. 자기 여자 친구한테만 잘하는 그런 남자라는 거 알고 있었으니까! 당연한 모습이라고 할까나."

바다처럼 넓은 이해심까지 있는 화령.

'진심 아깝다.'

'휴, 인연이란 게 참…….'

동료들이 더욱 애잔하게 생각하고 있을 때에 그녀는 악보를 꺼내서 보여 줬다.

"이 곡도 다 위드 님 덕분이에요."

"언니, 이건 뭐예요?"

"지금의 느낌을 듬뿍 담아서 생생하게 작곡에 몰두했거든. 아름다운 선율과 가사, 깊은 감동이 우러나온다고 할까? 역시 위드 님은 내 영혼의 동반자야."

동료들은 한동안 말이 없었다.

'짝사랑도 중증이었어.'

'저 정도면 거의 중독 수준 아닐까?'

―언데드 소환 스킬의 레벨이 6으로 상승했습니다.

언데드의 생명력과 재생력이 향상됩니다.
스켈레톤의 뼈가 단단해지고 결속력이 강화되어서 쉽게 부러지지 않습니다.
다소의 지성을 갖춘 스켈레톤 병사들은 집단 전투에 능숙해질 것입니다.

―신앙심이 4 하락했습니다.

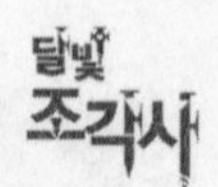

-기품과 용기가 1씩 감소합니다.

위드는 시체가 생길 때마다 언데드로 일으켰다.

언데드 소환 스킬이 늘어날 때마다 스텟이 조금씩 감소하는 페널티를 받고 있었다.

"마음이 아프군. 그래도 당분간은 어쩔 수 없지."

-높은 통솔력과 용기로 언데드 지휘의 특성을 획득했습니다.

엄정한 군율 : 언데드들이 전열을 이탈하는 일을 줄입니다.
전사 유형의 언데드들이 명령에 더 빠르게 반응합니다.

조각사로서 긴 시간을 보내고 나서 네크로맨서가 된 만큼 이미 알려진 언데드 지휘와 관련된 특성은 쉽게 획득했다.

"달, 려, 라, 뼈, 다, 귀, 들, 아."

위드가 지휘할 필요도 없이 반 호크가 스켈레톤들을 이끌었다.

고위 몬스터라고 할 수 있는 라보스의 집단 언데드화!

위드와 바하모르그의 뒤를 단단한 뼈마디를 가진 스켈레톤들이 따른다.

공격력이나 생명력은 여전히 제대로 된 도움은 안 될 정도였지만 보이는 위용만큼은 보통이 아니었다.

전투가 벌어지면 원거리에서 공격하는 스켈레톤 궁수와 메이지도 없는 것보다는 나았다. 라보스들이 스켈레톤 부대를 공격하는 동안 위드와 바하모르그가 숫자를 착실히 줄일 수 있었으니까.

박살이 난 언데드들은 마나를 투입해서 복원할 수도 있었다. 그리고 마나가 고갈되고 나면 조각품을 만들었다.

"조각술 마스터가 되고 나니… 확실히 수월하네."

위드는 조각품에 스킬을 사용했다.

"시간 조각술!"

조각품에 시간의 흐름이 쌓여 갔다.

수년을 지나서 수십 년간 흘러가는 시간들.

쉽게 변형이 오는 나무였다면 빛이 바래면서 오래된 골동품의 느낌을 주었으리라. 강철보다 단단한 금속으로 만든 조각품이었기에 시간 조각술로도 쉽게 변하지 않았다.

걸작! 꿀통을 훔친 곰을 완성하셨습니다!

다디움, 거인들의 땅에서 발견되는 금속 물질로 제작된 조각품!
조각사로서 완전한 경지에 도달한 거장 위드의 작품이다.
이 거장의 작품은 모든 귀족들과 부자들이 탐을 내고 있다.

예술적 가치 : 988.
특수 옵션 : 꿀통을 훔친 곰상을 바라본 이들은 생명력과 마나 회복 속도가 하루 동안 23% 빨라진다.
생명력의 최대치 20% 증가.
공격력 30.
스킬 '곰의 질주', '대단한 홍성'을 사용할 수 있다.

다른 조각품과 중복 적용되지 않음.
지금까지 완성한 걸작의 숫자 : 146

—명성이 150 올랐습니다.

—시간 조각술의 숙련도가 증가했습니다.

—새로운 물질을 제련했습니다.
대장장이 스킬의 숙련도가 증가했습니다.

"흠, 나쁘지 않아."

거인들의 땅에서 나오는 새로운 물질을 제련하다 보니 대장장이 스킬이 제법 잘 오른다.

예전에는 무거운 대장장이용 화로를 가지고 다녀야 했다. 지금은 신성한 불을 피워서 고구마까지 함께 구우니 편의성도 확 늘어났다.

오랫동안 정성껏 신성한 불을 피워서 작품을 만든다면 신앙심이 부여되기도 할 테지만 그다지 큰 의미는 없었다.

네크로맨서에게 신앙심이란 그저 위험한 힘에 빠져들지 않게 하는 정도에 불과하니까.

조각사로서도 모험으로 쌓은 신앙심의 효과는 그다지 보지 못하고 살았다.

가끔씩 받는 여신의 축복 정도!

성기사나 사제가 되면 스킬 전반에 걸쳐 상당한 혜택을 입겠지만 그건 위드 쪽에서 거절이었다.

"신앙심을 위해서 사기도 못 치고 나쁜 짓도 못 하면서 살고 싶진 않아."

자유로운 악덕 국왕의 영혼!

"시간 조각술 스킬 창!"

시간 조각술 중급 7(74%)

초급 : 세월의 조각술.
조각품이 자연스럽게 긴 시간을 경험하게 합니다. 때때로 조각품들은 시간이 덧씌워지면서 훌륭한 가치를 갖게 될 것입니다.
또한 아주 긴 세월이 지나더라도 자연적으로 입는 손상에 의하여 파괴되는 것을 막아 줍니다.

중급 : 찰나의 조각술.
세상을 멈추게 합니다.
빛도, 바람도, 사람도.
시간 조각술 앞에 모든 사물이 멈추게 될 것입니다.
그 극도의 아름다움에서 혼자만 움직이려면 많은 체력과 정신력이 소모됩니다.
찰나의 조각술을 펼치기 위해서는 특별한 에너지가 필요합니다. 만물과 사람들을 행복하게 하면 찰나의 에너지를 얻을 수 있습니다.
찰나의 에너지는 많은 이들의 시간을 빼앗을수록 급속하게 소모될 것입니다.
짧은 시간의 연속 사용 등에는 막대한 체력과 마나가 소모됩니다.

고급 : 여행의 조각술.
시간의 흔적을 좇아서 특정한 시점으로 여행할 수 있습니다.
특수한 퀘스트들을 진행할 수 있습니다.
단, 퀘스트와 관계된 것이 아니라 조각사 임의로 과거를 바꾸는 것은 매우 큰 대가를 치르게 될 것입니다.
찰나의 에너지-7,281.

위드의 현재 시간 조각술은 중급 7레벨!

하벤 제국의 북부 정벌군과 전쟁을 치를 당시에 시간 조각술이 중급에 올랐었다. 그 이후로도 사냥을 하며 꾸준히 조각품을 만들면서 시간 조각술을 연마했다.

퀘스트와 국왕으로서의 통치행위를 통해서 쌓인 찰나의 에너지 7,281도 대단한 자산이었다.

물론 대규모 전투에서 목숨이 걸린 위기에 남발하다 보면 금방 고갈되어 버릴 수도 있겠지만.

"얼마 후면 헤르메스 길드가 절대 쫓아오지 못하는 세상에서 날아오를 수 있겠군. 전진해. 싹 뒤져라. 1마리도 남김없이!"

반 호크가 이끄는 스켈레톤 부대가 빠르게 동굴을 수색했다.

라보스들이 등장할 때마다 위드와 바하모르그, 반 호크, 토리도, 켈베로스가 함께 공격했다.

"신성한 불, 헤라임 검술!"

화염의 검을 휘두르며 몬스터들을 제압!

새로운 스킬과 명검은 놀라울 정도의 전투력을 발휘했다.

"명검에 스킬까지 좋아지니 몸보신이 사기 치는 수준이구나."

아직 언데드의 효과를 못 봐서 네크로맨서라고 부르기는 힘든 모습이었지만 사냥 속도는 눈에 띄게 빨라졌다.

언데드들은 오로지 복종할 뿐이다.

경험치를 누렁이와 켈베로스, 바하모르그만 나눠 먹었으니 성장 속도 역시 놀라웠다.

언데드들로 몬스터들을 추적하거나 함정을 걸어 다니라고 해서 잡다하게 소모되는 시간을 아예 없앨 수가 있었고, 전투에서도 약간이나마 부담은 줄어들었다.

조각사의 직업만 가지고 있을 때는 스텟 하나에도 연연해서 일부러 맞아 가면서 싸웠다. 노가다 끝에 스텟이 늘어나면 기분까지 좋았다.

지금은 몬스터를 몽땅 쓸어버리고 있었다.

띠링!

> ─전투의 대업적!
>
> 라보스의 연속 사냥에 성공했습니다.
> 던전을 장악했습니다.
>
> 지혜가 1 증가합니다.

무난한 사냥은 없다.

위드의 레벨이나 스킬, 가지고 있는 전력에서 무리를 해서 더욱 빠르게 폭풍처럼 몰아붙이며 전투 업적을 달성했다.

"골렘 소환."

위드는 골렘도 불러들였지만 이것만큼은 잘 늘지 않았다.

조각 파괴술의 유지 시간이 끝나면서 골렘 소환도 초급 1레벨로 다시 돌아갔다.

"크으응."

"적과 싸워라."

"크응."

"야, 똑바로 들은 거 맞지?"

진흙 골렘이 어기적거리고 걸어가서 라보스에게 한 대 맞았다.

—진흙 골렘이 파괴되었습니다.

"저런 쓸모없는 놈."

골렘은 원래대로 흙으로 변했다.

"버리긴 아까운 스킬인데. 꾸준히 소환을 해야겠군. 짐이라도 들고 있으라고 하면 되니까."

최소한의 휴식 시간!

단 이틀 만에 대형 던전인 라보스 홀의 마지막까지 도착했다.

두둥!

—라보스 여왕의 둥지에 도착했습니다.

끈끈한 어둠이 자욱하게 퍼져 있는 곳.
살아 있는 자들이 최후를 맞이하는 장소에 도착하였습니다.

—명성이 20 증가하였습니다.

위드는 스켈레톤 240마리와 함께 여왕의 둥지로 돌진했다.

둥지의 벽과 천장에는 거미줄처럼 엮여 있는 구조물에 인간이나 엘프, 드워프가 묶여서 매달려 있었다.

중앙에는 물이 끓는 커다란 가마솥이 있었는데, 성인 남성이 들어가기 직전이었다.

라보스 여왕!

대형 악어를 닮은 라보스의 외모는 성별을 추측할 수 없을 정도였지만, 어쨌든 여왕이 위드를 보며 외쳤다.

"침입자! 신성한 나의 공간을 침입하지 마라. 조금이라도 움직이면 너의 동족인 인간을 끓여 먹을 것이다."

위드는 라보스 여왕의 말을 곧바로 흘려들었다.

바가지를 듬뿍 씌울 때 유저들의 말도 무시했는데, 고작해야 몬스터의 말을 귀담아들을 필요 따윈 전혀 없었다!

"넣고 끓여. 푹 삶아 버려."

"뭐라고?"

"세상에 인간이 얼마나 많은데. 어차피 이 순간에도 어딘가에는 죽어 가는 사람들이 있지. 굶고, 병들고. 그들을 내가 전부 살릴 수 있는가?"

"같은 인간이라면 살리려는 노력이라도 해야지. 네가 조금만 물러나면 이 인간은 살 수 있다."

"아냐. 내가 의사도 아니고 정치인이 될 것도 아닌데 모두를 구할 생각은 없어."

"어떻게 그런… 너에게서는 고귀함이 느껴진다. 넌 인간 왕국의 국왕이 아닌가?"

위드의 명성은 어느새 던전 안에까지 퍼져 있었다.

"됐어, 죽여도 돼. 나한테 세금 낸 적 없는 애들이야."

-명성이 35 감소하셨습니다.

-악명이 2 증가했습니다.

도덕적인 의무가 주어지는 기사라면 명성의 하락 폭은 더욱 컸으리라.

정말 곤란한 퀘스트도 억지로 수행해야 한다거나 작은 보상에도 불구하고 착한 일을 해야 했기에, 때때로 기적의 힘을 발휘할 수 있게 하는 정의 스텟 같은 경우는 기사들의 선택의 폭을 좁게 만드는 족쇄였다. 위드는 검사라면 몰라도 기사 같은 직업은 체질에 안 맞았다.

'손해를 입으면서 좋은 일을 할 수는 없어. 내가 이득을 보면 몰라도.'

합리적인 삶의 추구!

위드는 언데드들에게 명령을 내렸다.

"전진!"

언데드 소환이 6레벨이 되면서 스켈레톤 병사들도 꽤나 단단해졌다. 단지 초급 2레벨의 언데드 무기 부여 스킬 때문에 스켈레톤 워리어는 커다란 뼈 몽둥이를 들고 있어서 모양이 안 나올 뿐.

위드의 언데드 소환 스킬이 워낙 빨리 성장한 탓에 비정상적인 형태였다.

스켈레톤 궁수들은 소환될 때부터 자신의 뼈로 활을 만들어서 사용하기에 모습이 조금 양호했다.

유령마를 탄 반 호크가 대검을 휘두르며 언데드의 능력을 상승시켰다.

"일제 공격한다."

언데드들이 라보스 여왕을 향해 무섭게 밀려들었다.

"결국 내 식사 시간을 방해하는구나!"

라보스 여왕은 들고 있던 인간을 집어 던지고 숨을 크게 들이마셨다.

그 순간 풍선처럼 부풀어 오르는 육체!

순식간에 근육이 솟아나면서 5~6배로 커졌지만 온갖 모험을 다 해 본 위드에게는 별다른 감흥도 없었다.

엠비뉴 교단을 몰락시킬 때 230미터 크기의 흑곰으로도 변신했다. 고작해야 14미터 정도의 조금 큰 몬스터를 두려워할 이유는 전혀 없는 것.

"견고한 격류!"

라보스 여왕이 스킬을 사용하자 방어막처럼 진흙의 흐름이 생성되었다. 가까이 다가가던 스켈레톤들은 진흙의 흐름

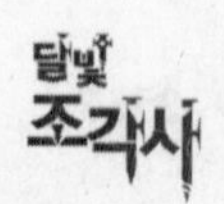

에 의해 튕기고 일부는 소멸했다.

"먹지도 못할 놈들. 모두 짓이겨 주마."

라보스 여왕이 긴 흑색 봉을 소환하여 몸을 한 바퀴 돌리며 언데드를 후려쳤다.

"쿠엑!"

조금 강해졌다지만, 10여 기의 스켈레톤들은 공격을 감당하지 못하고 그대로 뼈마디가 박살 나며 쓰러지고 말았다.

"그대로 돌격해라!"

반 호크의 지휘 아래에 두려움을 모르는 언데드들은 진흙의 흐름에 몸을 던졌다.

진흙 더미에 의해 뼈마디가 채워지고 사방으로 튕겨 나가면서도 돌진.

라보스 여왕의 흑색 봉이 휘둘릴 때마다 5~6마리 이상의 스켈레톤이 부서졌다.

"활을 쏴라!"

스켈레톤 궁수들과 마법사들이 뒤쪽 진열에서 화살을 쏘고 마법 불꽃을 던졌다.

그러나 그마저도 빠른 진흙 흐름에 의해 대부분이 차단되고 일부만이 적중되었다. 라보스 여왕의 단단한 방어력에는 별 영향을 주지 못하는 모습이었다.

'역시 이대로는 무리군. 몸이 커지면서 신체 능력도 상승을 했을까?'

위드는 날카롭게 관찰했다.

언데드들은 마나 공급이 있으면 부서진 뼈마디를 복원해서 일어날 수 있다지만 현재로서 큰 효과는 없을 것 같았다.

'역시 언데드들이 아직까진 쓸모가 별로 없어.'

아르펜 왕국에도 사냥터야 많이 있었지만, 새로운 던전과 경험치 2배의 이득을 포기하긴 힘들다. 게다가 언데드 소환 스킬을 빨리 증가시키기 위해서는 위험한 전투가 필요했다.

토끼나 여우 같은 시체를 좀비와 스켈레톤으로 소환한다고 해도 스킬 숙련도는 미미하게 늘어날 뿐이었으니까.

위험한 사냥터에서 우수한 품질의 시체를 사용하니 숙련도가 팍팍 늘어났다.

'언데드 소환이 중급만 되면 그때부턴 달라지지. 조각사의 경우에는 묵묵히 성장했지만 네크로맨서는 달라. 사냥이 한 방이야.'

스킬 레벨이 중심이 되는 마법사 계열의 직업!

그동안 퀘스트를 하며 고생을 한 보람이 있었다. 남들에게는 무리한 사냥이라도 위드에게는 충분히 가능했고, 불가능하다고 부를 정도는 되어야 약간 힘든 수준이다.

실낱같은 가능성마저도 견적을 뽑아 버리는 위드의 본능적인 감각!

라보스 여왕이 언데드를 100마리 이상 처치하면서 돌아다녔을 때, 위드의 눈이 날카롭게 빛났다.

"시체 폭발!"

꽈과광!

라보스 여왕 주변의 시체들이 일제히 터져 나갔다.

"크억!"

라보스 여왕의 방어 스킬의 허점을 뚫고 들어간 공격!

위드는 이어서 마법을 사용했다.

"움트고 있는 생명력, 그 전부를 보여 다오. 뷰 라이프 포스!"

라보스 여왕 갈라트로

라보스 종족의 기원은 알 수 없다.
오래전 영광스러운 시기에는 어린 거인들을 잡아먹기도 했지만 힘을 잃어버린 후에는 먹기 편한 인간 사냥에 나섰다.
거인들로부터 도망친 인간들을 따라서 정착한 라보스들은 교활하고, 기초적인 마법도 사용할 줄 알았다.
현재 대부분은 잊어버린 후지만…….

생명력 : 56%
마 나 : 85%

'별로 피해를 못 줬네.'

위드도 짐작은 했지만 대미지가 제대로 안 들어갔다.

거인들보다도 라보스가 암흑 저항력은 더욱 강하다.

조각 파괴술을 쓰지 않은 상태에서는 지혜가 적었고, 아직까진 시체 폭발의 스킬 레벨도 너무 낮았다.

'하지만 충분히 사냥이 가능한 수준이야.'

위드는 옆을 돌아봤다.

언제 봐도 든든한 바하모르그.

부서진 언데드들은 마나만 주입하면 다시 일으킬 수 있고, 반 호크와 토리도 역시 전투에 뛰어들 준비를 마쳤다.

장비발과 스킬발을 내세운 위드의 직접 전투 능력 역시 만만치 않은 상태였다.

"엄습하는 공포, 피의 안개, 들끓는 큰 구더기!"

위드는 초급 2레벨의 저주 마법을 사용했다.

―엄습하는 공포 마법이 라보스 여왕의 힘을 3% 약화시켰습니다.
생명력과 체력을 매초마다 240씩 빼앗습니다.

―피의 안개 마법이 시야를 현혹시킵니다.

―들끓는 큰 구더기 마법이 라보스 여왕을 느리게 하고, 5초 이상 한자리에 머무르면 중독시킵니다.

저주 마법의 작렬!

역시 스킬 레벨이 낮아 대단한 것은 아니었지만 라보스 여왕을 중심으로 보라색으로 물들었다.

위드가 사자후를 터트렸다.

"전원 돌격!"

언데드들을 몽땅 투입!

부서진 시체는 마나를 주입하여 복구시키거나 시체 폭발로 공격했다.

위드는 지친 라보스 여왕을 바하모르그의 도움을 받아 함께 사냥했다.

ㅡ레벨이 오르셨습니다.

ㅡ라보스 홀을 장악하고 있던 여왕 갈라트로가 영원한 안식에 들어갔습니다.

ㅡ위대한 업적으로 인하여 명성이 530 올랐습니다.

ㅡ카리스마가 3 상승하셨습니다.

ㅡ힘이 1 상승하셨습니다.

ㅡ지식이 1 상승하셨습니다.

라보스 홀에서는 여왕을 사냥한 것까지 합쳐서 2개의 레벨이 올랐다.

"괜찮은 싸움이었군."

위드는 언데드를 전부 소모했지만 그래도 만족스러웠다.

레벨 600을 넘어가는 라보스 여왕은 잡기 쉬운 몬스터가 아니었으니까.

게다가 중요한 점은 바하모르그의 도움을 받긴 했지만 매우 빠르게 던전 공략을 완료했다는 것이다.

“사냥 속도가 확실히 올랐어. 사소한 부분에서도 언데드들을 마구 쓸 수 있으니까 말이야.”

부하를 부려 먹는 분야에 있어서만큼은 전문가급.

얼마든지 적들에게 진격시켜도 되고 파괴당해도 상관없는 하급 언데드들을 용도에 맞게 써먹었다.

일반 라보스들이 간간이 다시 던전에 등장을 했다.

예전의 위드였다면 경험치 2배의 효과를 노려서 라보스들을 사냥했으리라. 일주일 동안 던전에서 쭉 지냈을 가능성도 높다.

하지만 지금은 향상된 사냥 속도 덕분에 그럴 이유가 없게 되었다.

“새로운 곳으로 가자.”

위드는 던전의 출구로 빠져나왔다.

다른 유저들은 마을 데릭에서 휴식을 취하거나 정보를 캐고 있는데 줄줄이 구출한 여러 종족을 데리고 나오는 그의 모습은 눈에 띄었다.

“벌써?”

“하루 정도밖에 안 됐는데 던전 공략 속도 완전 빠르네.”

그럼에도 유저들은 별로 놀랍지도 않았다.

위드라면 하늘의 별도 조각하는데 못 할 일이 무엇이겠는가.

난이도 B급의 던전 탐험 퀘스트 완료를 보고하고, 다른 정보나 퀘스트를 찾았다.

"덩치가 엄청난 거인이 우릴 노리고 있다는 소문이 있네. 놈은 조금 특별해. 아주 미식가지!"

미식가 거인 퇴치 의뢰!

"바쁜 일이 있어서 이만."

"잃어버린 보물을 찾아 주게! 사실 그건 원래 거인들의 것이었지만 어쨌든 다시 빼앗겨 버렸지."

"다른 사람 알아보셔야 되겠군요."

거인 퇴치 퀘스트가 가장 흔한 것이었지만 위드는 받아들이지 않았다.

언데드들로 거인을 해치우기에는 솔직히 무리.

'조각 생명체들을 총동원한다면 가능성은 있지. 근데 어렵게 1마리씩 잡아 봐야 사냥 속도가 느려서 별 이득은 없어.'

노들레와 힐데른 퀘스트를 할 때 양성한 사막 전사들이 있다면 거인들의 땅도 쓸어버렸을 것이다. 거인들을 몽땅 생포해서 혹사를 시켰을지도 모르는 일.

'지금으로서는 사냥에만 집중하자. 내 성장이 가장 우선이야. 레벨 높다고 으스대던 녀석들은 기본 예의가 없었지.'

위드는 가능한 한 자신의 레벨을 비밀로 감춰 왔다. 헤르메스 길드는 물론이고 다른 유저들에게도 노출되지 않도록 했다.

전투력이나 영향력이 어떻든 레벨이 낮은 건 자존심이 상하는 일.

최근에 방송에 나와서 레벨 500을 넘겼다면서 대단한 대우를 받는 유저들을 볼 때마다 속이 쓰렸다.

'내가 더 높아져서 전부 무시해 주겠어!'

솔라도 던전 격파!

미크틱 협곡의 홀프 떼 제압!

바케 마굴 대학살!

거인들의 땅에서 벌어지는 위드의 사냥은 그대로 방송국들에 비싼 값에 팔렸다.

"네크로맨서로 전직해서 사냥을 해요?"

"예, 국장님. 신선한 뉴스이지 않습니까? 사냥 동영상을 5개나 구입했습니다."

"위드에 대한 자료야 뭐든 높은 시청률을 기록하기는 합니다만… 비슷비슷한 사냥 영상을 연속으로 보여 주면 재미가

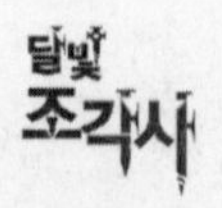

있을까요?"

방송국 임원들은 꽤나 회의적이었다.

"오늘도 사냥을 하고 내일도 사냥을 합니다. 그냥 계속 던전에서 몬스터를 사냥하기만 하는데… 이걸 시청자들이 채널을 고정해 놓고 계속 보겠어요?"

"위드잖습니까. 다른 방송국들이 선점하기 전에 구입해 왔습니다."

"독점입니까?"

"독점은 아닙니다. 그러면 광고 판매 금액의 60%를 요구해서……. 최대한 빨리 방송하는 게 이익입니다."

"흠, 일단 추진해 보죠. 편성할 수 있는 시간대를 알아봅시다."

CTS미디어에서는 신중하게 접근하고 있는 사이에 KMC미디어에서는 영상을 사 오자마자 생중계를 시작했다.

연출 팀에서 급하게 10개가 넘는 조직이 달라붙었다.

각자 3분씩 잘라서 영상의 내용이나 카메라 각도, 음향을 체크한 후에 일단 붙여서 방송을 바로 올려 버렸다.

위드의 열성 팬인 강 부장의 과감한 시도였다.

"방송은 속도지!"

위드가 어디서 무언가를 할 때마다 KMC미디어의 전 직원들은 시청률 상승이라는 보답과 함께 두둑한 상여금을 받았다.

"확률상으로 지금까지 다 성공했으니 100%야. 우리 머리로 이게 된다 안 된다 하고 따질 필요 없이 시도해 보는 쪽이 낫잖아?"

"그야 그렇죠."

"위드를 다른 방송국에 먼저 뺏길 수는 없지."

임원들도 내용에 대해서는 검토도 안 하고 긴급 편성을 허락했다.

방송국 직원들의 사기도 대단히 높았으니 채널을 통해서 자막으로 방송 예고가 나왔다.

-정규 방송을 취소하고 1시간 후부터 전쟁의 신, 아르펜의 국왕 위드의 네크로맨서 사냥 영상이 중계됩니다. 시청자 여러분들의 많은 양해와 관심을 부탁드립니다.

시청자들의 반응이 바로 터졌다.

-꺄! 위드 님의 사냥이다.

-네크로, 네크로맨서!

-저 로브에서 냄새 엄청 날 듯!

-불사의 군단과 관련해서 후덜덜한 위력을 보여 주었던 위드 님이 네크로맨서가 되었군요.

-리치였을 때의 포스도 대단하죠. 오크 카리취나 다양한 모습들

이 유명하지만 순수한 강함만 놓고 보면 리치가 최고였습니다.

—강함? 그건 단연 불의 전사죠. 언데드들이 많다고 해서 극강의 위력을 보여 주는 건 아닙니다. 집단으로 보면 강하기야 하겠지만요.

반가움과 감탄으로 시작된 게시판에서는 금방 직업에 따른 논쟁으로 불이 옮겨 갔다.

위드가 지금까지 어떤 종족이나 직업이었을 때에 가장 강했느냐에 대한 관심이, 직업의 우열을 평가하고 있었다.

로열 로드에서 툭하면 나오는 것이 직업에 대한 이야기.

—이것저것 따질 거 없이 네크로맨서의 붐이 일어날 듯!

—한때 조각사도 하던 사람이 많았는데, 네크로맨서는 엄청나겠네요.

—조각사 거품이 꺼졌듯이 네크로맨서도 마찬가지이리라 봅니다.

—현재 최강 직업이 네크로맨서임. 1인군단으로 다 해 먹어요.

—고레벨 네크로맨서들만 그렇죠. 저렙들이 얼마나 고생하는지 모르세요? 사냥도 힘들어요. 파티 사냥에도 안 끼워 주고요.

—인생 후반 보고 사는 거죠. 다른 직업보다는 장점이 많다고 봅니다. 이것저것 다 겪어 본 위드 님이 선택한 게 확실한 증거 아닐까요?

—그래 봐야 암살자나 전투 계열 직업에는 취약함. 가까이 접근해서 한 방이면 네크로맨서는 끝.

—언데드들은 집 나가서 놀아요? 뼈 감옥에 갇힌 뒤에 저주에 시체 폭발로 박살 날 듯.

—신성력을 기반으로 한 장비만 다 갖추고 있으면 네크로맨서 걱정 안 해도 되죠.

—레벨 높아질수록 장비 하나하나 모으기 정말 어렵습니다. 흑마법 저항 장비들 갖추면 정작 일반 사냥하기 힘들어요. 부자들이라면 모르지만요.

—최강은 흑기사. 바드레이가 베르사 대륙 최강임. 인정?

—그 바드레이도 일대일로는 위드한테 털림. 인정?

—싸워 봐야 암. 개인적으로는 바드레이에게 한 표.

—여기 헤르메스 길드 첩자가 둘이나 있다!

게시판에 글이 폭주했고, 시청률도 따라서 덩달아 올라갔다.

그리고 결론!

—무엇을 하든 상관없습니다. 용서합니다. 여신님의 별을 조각했기 때문입니다. 오, 풀죽 여신이여.

—풀죽, 풀죽, 풀죽!

—죽순죽 부대여, 여기 모여라.

—풀죽의 감칠맛을 원하는 이들이여, 대게죽으로 오라!

—풀죽……!

풀죽 부대의 정복!

-드디어 논쟁 끝났네요. 풀죽!

-그리고 풀죽밖에 없었다. 풀죽.

-직업이 뭐가 중요합니까. 풀죽!

KMC미디어에서는 일단 위드의 사냥 영상을 방송으로 긴급 편성했다.

위드의 인기를 감안하여 시청률이 높을 것이라고 생각했지만, 정작 사냥 영상에 큰 기대는 없었다.

지금이 로열 로드의 초창기도 아니고, 대륙에 변화를 일으키는 엄청난 퀘스트를 진행하는 것도 아닌 사냥 영상이라고 한다. 몬스터를 때려잡는 단순 반복의 연속.

이름이 알려지고 구성이 좋은 파티나 던전 공격대, 탐험을 위한 원정대도 아닌 1명의 사냥에 불과할 뿐이다.

그럼에도 시청률이 평균 이상으로 나올 테니 진행자들은 최고들로 뽑았다.

인터넷 개인 방송 출신으로 로열 로드를 중계하며 인기를 얻은 한상호와 이단아.

방송국의 대표 진행자인 신혜민과 오주완은 이미 맡은 프로그램이 많았다.

젊은 한상호와 이단아에 대한 시청자들의 평가도 높았으니 프로그램을 맡겼다.

"우 PD님, 구성이 단순하네요. 던전 사냥, 그리고 바로 끝이에요?"

"예. 그냥 영상을 중심으로 방송하면 될 겁니다."

"어렵진 않겠네. 위드 님 영상은 개인 방송하면서 거의 매일 틀었으니 맡겨만 주세요."

이단아는 20대 초반의 여자면서도 로열 로드에서 원거리 지원을 해 주는 마법사나 사제가 아니라 기사의 직업을 갖고 있었다.

"상호 씨, 네크로맨서에 대해 잘 아세요?"

"몇 가지 기본적인 사항밖에 모릅니다. 예전에 위드의 영상을 중계하면서 알아본 정도예요. 헤르메스 길드의 그로비듄도 있긴 한데, 네크로맨서가 그렇게 큰 비중은 아니었어요."

"저도 그 정도밖에는 모르는데……."

"단아 씨는 레벨이 높잖아요?"

"그게, 레벨이 400을 넘으면 대부분 네크로맨서를 좋아하진 않고 같이 다니는 경우가 드물어요."

"흠, 그럼 빨리 네크로맨서 공부를 해 봐야겠네요."

로열 로드와 관련된 사이트에서 네크로맨서에 대해 짧게나마 공부하면서 방송 준비를 했다.

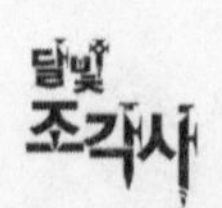

그리고 시작된 '위드의 사냥기'는 상상을 초월한 파급을 일으켰다.

영상은 위드가 바케 마굴에 들어서는 장면에서부터 시작되었다.

한상호가 먼저 멘트를 시작했다.

"바케 마굴, 거인의 성채에서 북쪽 영토에 있는 곳입니다. 위치는 산악 지대로 알려졌지만, 지형이 험하고 몬스터들이 위험해서 사냥에 나선 유저가 없었습니다."

"그러면 방송으로 시청자 여러분들께 보여 드리는 게 최초인가요?"

"던전에 들어간 것도 처음일 것 같습니다. 바케 마굴까지 가지 않아도 데릭 마을 가까운 곳에 사냥할 던전이 많으니까요."

진행자들은 멘트를 하면서도 위드의 영상에 집중했다.

방송까지 준비 시간이 너무 짧아서 네크로맨서에 대한 사항을 공부하기도 빠듯했다.

저주와 언데드 소환, 골렘, 몇 가지 공격과 방어 마법들.

네크로맨서는 단순한 편이었지만 진행자가 잘못된 지식을 이야기할 수는 없었다.

또한 대본 자체가 준비되어 있지 않아서 즉석에서 이야기도 만들어 내야 한다.

축구를 중계하는 것처럼 현장에 적응을 해야 했으니 순발력과 재치가 필요했지만, 인터넷 방송 출신 진행자가 둘이라 그 부분에서는 강점이 있었다.

'도대체 어떤 사냥을 하려고…….'

'네크로맨서는 재미없을 텐데. 언데드들을 싸우게 하고 뒤에서 구경만 하잖아.'

진행자들도 우려를 품은 채 시작된 방송!

"바케 마굴은, 확실하진 않지만 데릭 마을의 북부 유저들이 모은 정보로 보니 레벨 500대 후반의 몬스터들이 주로 나오는 것으로 알려져 있습니다."

"수준이 굉장히 높네요."

"자료를 보니 핏체라는 몬스터들이 주로 출현한다고도 되어 있네요."

"제가 알고 있는 몬스터예요. 순간적으로 얇은 날개를 펼쳐서 높고 멀리 도약할 수 있고, 잠시 비행도 가능한 몬스터. 맹독을 가졌고 엄청난 체력과 공격력이……. 게다가 무리를 지어서 집단 사냥을 하는 특성도 있어요. 특히 지능이 있어서 동료들을 이용할 줄 알고요."

"단아 씨, 정말 제대로 알고 있네요?"

"네. 불과 1달 전에 저희 파티가 산속에서 그 녀석을 만나

서 전멸했거든요."

이단아는 말을 하면서도 어이가 없었다.

고작 3마리의 핏체를 만나서 자신을 포함해 레벨 400대 중반의 파티원 10명이 단 1명도 생존에 성공하지 못하고 다 죽었다.

어느 정도 싸우다가 패배했다면 힘이 부족했다고 납득이라도 할 수 있었을 것이다. 느닷없이 숲 속에서 핏체가 튀어나오더니 일방적으로 공격을 가해 1명씩 사냥당했다.

"끅끅끅."

핏체 1마리는 이단아의 앞에서 날개를 비비고 상체를 흔들며 웃기까지 했다.

유저들을 마구 비웃으면서 사냥하는 흉포한 몬스터!

'으드득, 꼭 복수해 주고 싶었는데. 근데 우리 파티도 전멸을 당했는데 위드가 혼자서 사냥을 한다고? 게다가 여긴 몬스터들이 엄청나게 나오는 마굴이잖아.'

필드에서는 어쩌다 돌아다니는 몬스터들을 만날 수 있다. 그렇지만 마굴에는 몬스터들이 바글바글했다.

한적한 시골 동네와 개미굴 정도의 차이라고 할까.

위드는 아예 핏체가 주로 서식하는 마굴로 기어들어 간 것이다.

이단아의 목소리가 커졌다.

"핏체는 무조건 피해야 하는 몬스터예요! 절대 위험하거든요. 아무도 마굴에 들어가지 않았던 건 다 이유가 있는 거죠."

"그렇지만 위드 님이니……."

"사냥에 성공할 수 있을 리가 없어요! 여긴 죽기 딱 좋은 마굴이에요."

"그, 그럴까요?"

한상호의 이마에 땀이 맺혔다.

이단아가 과하게 감정이입을 하고 있다는 걸 느꼈다.

'위드라면 사냥이 가능할지도. 근데 진짜 마굴 공략에 성공했을까? 성공했으니 영상을 주었겠지?'

솔직히 사냥의 결과도 모르고 급하게 진행을 하고 있는 것이기는 했다. 방송을 시작하면서는 당연히 사냥에 성공했으리라고 염두에 두고 있었으니 따로 조사하지도 않았다.

그런데 막상 핏체가 대거 출현하는 마굴이라고 하니 이단아의 반응이 아니더라도 사냥 성공에 대한 의구심이 부쩍 치솟았다.

'실패했다고 해도 위드가 죽은 건 아니겠지. 그냥 적당히 핏체 몇 마리를 사냥하는 모습이 영상에 담긴 것일까?'

방송 자료에 있는 영상의 길이가 한상호의 눈에 슬쩍 띄었다.

'4시간 48분? 짧네. 그렇다면 공략을 한 건 아니고 그냥 몇 마리 잡고 나왔나 보군.'

아무렇지도 않게 영상의 길이가 있는 부분을 형광펜으로

속 표시했다.

"핏체는 굉장히 위험한 몬스터로, 사냥을 권하고 싶지 않아요. 레벨 500대 몬스터 중에서 최고 난이도에 속하죠. 실력이 뛰어난 랭커들이라면 사냥을 할 수는 있겠지만 잠깐만 방심해도 파티원 전원이 몰살을 당하는……."

이단아도 열심히 말을 하다가 한상호가 가리킨 영상의 길이를 보고는 맥이 풀렸다.

'제대로 사냥한 거 아니야?'

이단아가 허탈해서 말문이 막혀 할 때에 한상호가 주도권을 받아 진행했다.

"네, 위드가 드디어 사냥을 시작하는 모습입니다."

영상의 위드는 진흙 골렘을 일으키고, 반 호크와 토리도를 소환했다.

진행자들에게도 익숙한 몬스터들. 로열 로드를 하는 누구나 잘 알고 있는 위드의 두 소환물이었다.

"진흙 골렘. 아직 골렘 소환 스킬이 낮은 것 같습니다."

"낮은 레벨의 사냥터에서나 골렘이 쓸모가 좀 있죠. 물론 높은 사냥터라고 해도 네크로맨서가 성장하는 만큼 따라서 강해지긴 하지만요."

진행자들은 가능한 한 말을 많이 하지 않은 채 영상에 집중했다.

방송 초기, 위드의 사소한 행동까지도 시청자들이 관심을 가질 것이기 때문이다.

'도대체 어떻게 사냥을 하려고…….'

진행자들 역시 궁금한 건 마찬가지였다.

바르칸의 풀 세트를 착용한 위드는 마굴에 조각 생명체로는 누렁이와 바하모르그만 데리고 간 상태였다.

"다녀와."

"음머어!"

누렁이가 느릿하게 마굴의 안쪽으로 사라지더니 금방 다시 되돌아왔다.

뒤에는 누렁이의 탐스러운 육질을 노리는 핏체 2마리를 달고서!

조각 생명체, 아르펜 왕국에서 최고의 인기를 누리는 누렁이를 사냥을 위한 미끼 용도로 활용하는 중이었다.

"끅꺄!"

핏체들은 침을 질질 흘리며 날아오다가 위드와 바하모르그, 토리도, 반 호크를 봤다.

날개를 활짝 펼치면서 제자리에 멈춘 후에 날카로운 팔목을 교차하며 전투준비를 하는 핏체들.

그들은 잠시 눈빛을 교환하더니 영악하게 미소를 머금었다.

"끅끅끅!"

위드와 바하모르그 그리고 나머지 둘까지도 충분히 사냥

이 가능하다는 계산이 섰다.

기술을 발전시키거나 마법을 사용할 만큼 똑똑한 몬스터는 아니지만 사냥과 관련해서는 대단히 영악했다.

"바하모르그, 너부터 가라."

"알겠다. 후우와아아!"

바하모르그가 전장의 울부짖음을 터트려서 아군의 생명력과 사기를 높였다.

로아의 명검!

위드가 착용하고 있는 장비들은 바르칸의 풀 세트였지만 검만큼은 아니었다.

신성한 불과 용암의 강.

어마어마한 스킬들을 펑펑 터트리면서 핏체를 공격했다.

위드의 잘 쌓인 스텟을 기반으로 한 기본 공격력은 처음부터 검사의 것이 아니었기에 네크로맨서가 되었다고 떨어질 것도 없다. 바르칸의 장비 때문에 물리 방어력이 좀 낮긴 했지만 바하모르그가 대부분의 몬스터들의 관심을 강제로 돌린 덕에 안심하고 공격에 집중했다.

"헤라임 검술!"

신성한 불을 적용한 헤라임 검술로 화려하게 핏체를 베었다.

"칠흑 돌진!"

허점을 틈타, 유령마를 탄 반 호크가 돌격!

토리도는 환상을 일으키고, 박쥐로 변해서 피의 저주를 뿌려 댔다.

한상호는 입을 헤벌렸다.

"잘 싸우네요. 과연 위드입니다. 어떤 군더더기도 보이지 않고, 핏체의 움직임이나 형태, 공격 패턴을 감안한 근접전을 펼치고 있습니다. 부하들의 활약도 놀랍네요."

"네, 정말 잘 싸우는 것 같아요."

"레벨과 스킬이 전투의 전부가 아니죠. 몬스터의 공격 반경을 제대로 공략할 수 있기만 해도 실제 전투력에서는 차이가 나는 만큼, 뛰어난 모습입니다."

"저도 동감해요. 핏체들이 제대로 활동하지 못하고 있네요."

핏체 2마리에게 공간을 내주지 않는다.

고작 몇 사람이 움직일 수 있는 공간만을 놔두고 바하모르그와 위드가 달라붙어서 엄청난 스킬들을 터트렸다. 뒤나 옆으로 빠져나가려고 하면 이미 그곳에는 용암의 강이 흐르고 있었다.

반 호크도 돌진을 해 오고, 토리도가 돌풍을 일으킨다. 기회를 노린 누렁이도 가끔 한 번씩 머리로 들이받아 버리는 모습이었다.

핏체가 활용할 수 있는 공간과 속도를 제압한 전투!

"당황이란 게 없고 완벽하게 대응하고 있습니다. 수많은

전장과 퀘스트를 경험한 위드이기 때문이겠죠."

"근데 네크로맨서라고 하는데 전투는……."

"완전히 검사처럼 싸우네요. 마법사 로브를 입고 검을 휘두르다니요. 상식을 초월하는 모습입니다. 앗, 네크로맨서 스킬을 쓰긴 했습니다."

"독기 흡수. 핏체의 독을 그대로 흡수해서 마나로 받아들였습니다."

위드나 바하모르그나 저항력이 높은 편이고, 장비가 좋아서 맹독에는 영향을 덜 받았다.

"아르펜의 영광을 위해!"

바하모르그는 무섭게 돌진하여 양손에 잡고 있던 철퇴와 도끼를 휘둘렀다.

전형적인 철혈의 워리어로 방어력은 무시무시했다. 핏체 5~6마리의 집중 공격도 꽤나 오래 버틸 수 있을 정도라 수비는 충분했다.

공격력은 조금 부족하다지만 가까이 달라붙어서 연달아 때리는 무기는 핏체에게 꾸준히 피해를 주었다.

위드의 장비와 스킬, 막강한 화력까지 더해지게 되니 핏체 2마리는 의외로 금방 목숨을 잃었다.

한상호가 놀랍다는 듯이 말했다.

"사냥에 성공했습니다. 역시 조각 생명체인가요? 부하들의 도움이 있긴 했습니다만 상당히 짧은 시간에 안정적으로 사냥을 했네요."

"그, 그게… 그래도 저렇게 쉽게 죽을 몬스터들이 아닌데, 그때 우리를 사냥했던 핏체들은요."

이단아는 잠시 공황에 빠졌다.

위드와 그 부하들이 달라붙어서 두들겨 패고 쉽게 잡아 버린 핏체들!

한상호가 위드나 토리도, 반 호크의 상태를 살피고는 말했다.

"별로 다친 곳도 보이지 않습니다. 대부분의 공격을 막거나 애초부터 기회를 주지 않았네요."

"아, 저럴 리가 없는데……."

이단아는 상식이 파괴되는 기분이었다.

자신이 마주쳤던 핏체 3마리는 각자가 보스급 이상으로, 실력자 유저 10명은 모여야 잡을 수 있을 것 같다는 느낌을 받았었다.

'그때보다 1마리가 적다지만 이렇게 쉽게 때려잡아?'

그 이후 위드는 언데드 소환으로 핏체의 시체를 데스 나이트로 만들었다.

언데드의 꽃이라고 부를 수 있는 데스 나이트!

스스로의 판단에 따라 스킬을 사용할 수 있으며 본격적으로 지성과 생명력도 크게 강화되는 등급이었다.

"영겁의 지배력을 가진 불사의 지휘관을 뵙습니다."

화면에서는 데스 나이트들이 정중하게 무릎을 꿇었다.

위드의 언데드 소환 스킬은 어느새 초급 8레벨에 올랐다.

장비와 스텟, 몬스터의 수준까지 네크로맨서 스킬을 올리기에는 최적이다. 사냥터에서 먹고 자면서 시간 조각술과 꾸준히 언데드 소환만 한 결과였다.

"반 호크, 네가 이끌어라."

"알겠다, 주인. 이 정도면 조금은 쓸 만하다."

화면에 나오는 위드는 언데드들의 인사를 받으며 사냥을 계속해 나갔다. 데스 나이트를 소환했다고 해서 그리 큰 감흥도 받지 않은 모습이었다.

네크로맨서를 한 이상 본 드래곤 수십 마리 정도는 부려 먹고, 둠 나이트 군단 정도는 일으켜야 한다는 엄청난 야망!

2마리의 핏체를 잡을 때 걸린 시간이 2분 정도.

데스 나이트들이 합류하고 나니 다음에는 3마리의 핏체를 사냥하는 데도 비슷한 시간이 걸렸다.

데스 나이트들은 스켈레톤들과는 달리 암흑 투기를 이용한 근접전 스킬들을 썼고, 쉽게 무너지지도 않았다. 반 호크의 지휘 아래 핏체들을 맹렬하게 공략했다.

"무조건 돌격해라. 너희의 주인은 나다. 죽음조차도 내가 허락하지 않으면 얻지 못할 것이다!"

악덕 네크로맨서!

"언데드에게는 인권이 없다. 해골이 빠질 때까지 달려라!"

위드는 반 호크와 데스 나이트들에게 오로지 공격만을 시켰다.

핏체는 500대 중후반의 레벨.

안전한 사냥터를 전전했던 평범한 유저들에게는 까다로운 몬스터겠지만 수많은 전장을 겪은 위드에게는 아니다.

이단아는 몬스터를 보고 위드와 자신을 동일하게 생각했지만 애초부터 군만두와 탕수육을 훨씬 뛰어넘는 격차가 있었다.

"딱 때려잡기 좋은 녀석들이군. 손맛도 있어!"

예전에 로드릭 미궁을 탐험할 때 500대의 몬스터들을 이미 사냥했다. 핏체 2마리 정도는, 바르칸의 풀 세트가 아니라 여신의 기사 갑옷을 입었다면 위드 혼자서도 사냥이 가능할 정도에 불과했다.

"암흑 투기!"

"죽음의 검!"

데스 나이트들은 몬스터들에게 맞아 파괴와 복원을 거듭하며 만만치 않은 피해를 주었고, 그 덕에 사냥이 빨라졌다.

"일어나라, 눈감지 못한, 잠들지 않은 원혼들이여. 여기 살아 있는, 그리고 너희를 죽인 자들에게 복수하라! 데드 라이즈."

데스 나이트 덕분에 미끼가 필요 없었으니 이제 위드는 누렁이를 타고 사냥에 나섰다.

신중하게 병력과 진형을 고려하며 싸우는 네크로맨서와는 달랐다.

위드와 바하모르그가 선두에서 싸우고, 갈수록 증가하는 언데드들은 후방이나 측면에서 지원한다.

어쩌다 데스 나이트들이 부서지더라도 금방 복구가 이루어진다. 전투의 위험을 위드와 바하모르그가 감당하고 있으니 언데드들의 공격력도 십분 발휘되었다.

5마리, 10마리, 25마리, 45마리.

처음이 힘들었을 뿐, 그 이후부터는 사냥에 걸리는 시간이 오히려 짧아지는 느낌이었다.

영상을 보며 진행을 해야 하는 한상호와 이단아의 말문이 막혔다.

“허어… 여기서 저렇게?”

“아악! 말도 안 돼! 이건 꿈일 거야!”

진행자가 아닌, 위드의 사냥 영상을 보는 두 사람의 관객이 되어 버리고 말았다.

-위, 위드으!!!!

-저게 위드입니다. 모험과 전쟁에서도 특별하지만 사냥에서는 비교가 불가능한 존재죠.

-왜 진작 네크로맨서를 안 했죠? 이렇게 강하고 빠른 사냥은 처음 봐요.

-이제 고대 역사에 남아 있는 마법의 대륙 유저 출신입니다. 끝났네요. 헤르메스 길드의 명복을 빕니다. 그래도 꽤 오래 버텨 주긴 했어요.

-위드의 첫 직업이 조각사가 아니라 네크로맨서였다면요? 우린 전부 스켈레톤과 살고 있겠죠. 아니면 스켈레톤이 되어 있거나.

-무서워서 풀죽이라고 안 외칠 수가 있나!

-풀죽신교의 전쟁신 위드!

연출자인 PD와 작가들은 실시간으로 게시판을 확인해 보고는 미소를 지었다. 진행자들의 얼이 빠진 모습을 탓하는 댓글은 거의 없고, 사냥 속도에 대한 놀람이나 찬양만이 가득했다.

위드는 데스 나이트를 50기까지 늘린 후에는 스켈레톤 메이지와 스켈레톤 궁수를 소환하여 원거리 공격을 하도록 했다.

독기를 내던지는 스킬들이 스켈레톤 메이지의 주특기였지만 즉시 발동되는 화염 마법들도 원거리 대미지가 착실하게 누적되었다.

"이 멍청한 놈들, 빨리빨리 움직여라. 뼈마디에 기름칠 좀 해!"

스켈레톤은 1마리도 옆길로 새지 않고 정해진 방향으로 이동하고 전투를 치렀다.

위드는 최강의 장비뿐만 아니라 지금까지 진행했던 퀘스

트에서 호칭을 얻었다.

불멸의 전사, 영광의 언데드 지휘관.

스스로의 강함에 의해 언데드들을 완벽하게 통제하고 지배했다.

넓은 전장의 완벽한 장악!

잔소리와 독재를 바탕으로 한 지휘 능력!

사냥과 이동을 반복하며 언데드들은 뼈마디가 두꺼워지고 조잡하나마 장비도 향상되었다.

위드가 시체들을 활용하여 초급 4레벨의 언데드 무기 부여와 방어구 생성 스킬을 사용한 것이다.

"겔겔겔겔!"

"죽음의 길로 이끌어라!"

언데드들은 미친 듯이 질주했다.

나약한 언데드들을 조합하여 전력을 극대화시켰고, 무자비한 공격성을 발휘하도록 했다.

광란의 전투!

-저 네크로맨서입니다. 솔직히 고백하는데… 저게 가능한가요?

-어이가 없네. 언데드들이 미쳤어요. 몬스터를 때려잡다가 부서지고, 또 때려잡고.

-마굴에 청소기 틀었나요?

-핏체가 나타났다. 죽었다. 언데드가 늘어났다.

-무섭다. 이런 게 진짜 로열 로드 랭커구나……. 나도 레벨 300은 넘는데. 나 같은 일반인과 차원이 다르네.

-윗분, 절대 그렇지 않아요. 다른 네크로맨서들에 비해서 3배 이상은 빠른 듯.

-로열 로드 홈페이지 명예의 전당에서 그로비듄이 사냥하는 거 보세요. 느려요. 맨날 챙길 것도 많아요. 언데드들이 머릿수가 많다고 해도 싸울 때마다 시간이 오래 걸리거든요.

-네크로맨서들이 싸울 때 보면 맨날 도망치는 키 작은 스켈레톤 꼭 있죠!

위드가 이끄는 언데드들은 군단이라고 부를 정도로 세력이 커졌다.

물량전을 바탕으로 한 대진격!

바케 마굴이 빠른 속도로 정복되었다.

대형 마굴은 아니더라도 걸린 시간이 고작해야 4시간 48분.

언데드들이 늘어난 이후부터는 반복되는 사냥을 짧게 압축하느라 전체 방송 시간이 1시간 20분 만에 끝났다.

이어서 솔라도 던전!

언데드들이 우르르 몰려가더니 사냥이 대규모로 일어났다.

반 호크가 이끄는 데스 나이트로 구성된 기사단이 선두에서 돌진했고, 스켈레톤 언데드 군단이 뒤를 받쳤다.

위드와 바하모르그는 난전을 일으키면서 중심에서 싸웠다.

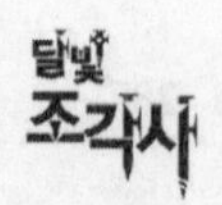

네크로맨서로 전직은 했지만 후방에서 마나 회복을 기다리지 않고 로아의 명검으로 몬스터들을 후려갈긴다.

질풍노도!

엄청난 속도감과 몰입감.

멋진 풍경이 나오더라도 그걸 차분히 감상하거나 설명할 겨를도 없다.

"진군! 달려라, 뼈다귀들아!"

데스 나이트와 스켈레톤이 우르르 몰려가서 자기 몸이 부서지면서까지 몬스터들을 제압한다.

보는 이들은 영상을 따라가면서도 전투를 구경하기에 바빴고, 때때로 말문마저 막혔다.

"허어……."

"꿈이에요. 이건 꿈 같아요."

진행자들은 자신이 뭘 떠들었는지도 알 수 없을 정도였지만 시청자들의 반응은 대단했다.

팔로스 제국의 건국

위대한 사막은 하나로 통합되었다.
용맹한 전사들이여, 뜨거운 열사의 모래를 벗어날 때가 돌아왔다. 팔로스 제국의 영광이 있던 그곳으로, 강물이 흐르고 수풀이 있는 땅으로 돌아가자.
가장 많은 영토를 얻은 이가 팔로스 제국의 황제가 되리라.

최대 1년의 시간이 주어지게 됨.

난이도 : 지역 제패
보상 : 팔로스 제국의 황제.
퀘스트 제한 : 사막 전사 한정.

팔로스 제국의 재건!

은링, 벤, 엘릭스.

3명의 모험가로 이루어진 대지의그림자 파티.

그동안의 지독한 고생이 끝나 간다고 생각하니 다들 마음이 한결 가벼워졌다.

"됐네요, 이제."

"후, 정말 다신 받고 싶지 않은 퀘스트였어."

"난이도가 진짜 말이 안 될 정도였어."

절망의 평원을 발견했고, 엠비뉴 교단을 세상에 드러나게 만들었던 대륙 최고의 모험가 파티!

그들은 엠비뉴 교단의 보물을 구하기 위한 퀘스트를 수행하느라 대륙 전역을 헤매고 다녔었다. 결과는 허무하게도 위드가 엠비뉴 교단의 총본영을 파괴해 버리는 것으로 미래가 바뀌면서 끝나고 말았다.

"우리에게는 헛수고였지만 그래도 다행이지. 모든 사람들을 위해서 말이야."

"엠비뉴 교단이 완전히 사라진 것만 해도 좋네요. 그들의 보물들이나 악마의 술법들이 다 풀려났다면 대륙은 엉망진

창이 되었을 거니까요."

"모험 퀘스트의 난이도를 보면 상황에 따라 악화되는 걸 느낄 수 있지. 로열 로드에서는 베르사 대륙이 망하는 것도 불가능한 이야기는 아닐 거야."

위드 때문에 찾았던 남부 사막의 메타페이아.

중앙 대륙으로 돌아가려던 도중에 쌍봉낙타를 구하다가 받게 된 퀘스트.

사막의 대제왕과 관련된 14단계의 연계 퀘스트도 끝나 가고 있었다.

"이번에도 고생이 진짜 말도 못 해."

"아후, 시원하기도 하고, 섭섭하기도 하고……."

대지의그림자 파티는 그동안 인도자의 역할을 했다.

위대한 사막의 대제왕의 후예인 젊은 사막 전사들을 사냥터와 퀘스트로 이끌어서 보살피며 성장시켰다.

분쟁이 끊이지 않는 사막 부족들을 퀘스트와 설득으로 통합시켰으며, 위드의 부하들이 남긴 보물들을 찾아내서 사막의 발전을 위하여 썼다.

포기하고 싶은 순간은 많았다. 기껏 키운 사막 전사들이 허무하게 죽어 버리거나 모래 폭풍에 휘말려서 사라지고 나면 퀘스트의 성공 가능성도 희박해졌다.

북부, 아르펜 왕국에서 퀘스트를 하겠다며 건장한 청년들이 오지 않았다면 퀘스트의 끝을 보기 힘들었을 것이다.

"대제왕 퀘스트를 하시겠다고요?"

"우린 그런 거 잘 모르겠고, 실컷 싸울 수 있다고 해서 왔습니다."

"싸울 수는 있는데… 위험한데요."

"그걸 원합니다."

검오치와 수련생들.

그들은 사막 전사보다도 더 용맹했으며 뛰어난 검술 실력과 투지를 가졌다. 그리고 무식했다.

은링이 그들에게 부탁했다.

"아, 여기선 물러나는 게 좋겠어요."

"남자는 전진이죠!"

과감하게 싸워서 전멸.

"전사들의 레벨을 더 올려야 해요. 조금만 더 키우면 안정권에 접어들 겁니다."

"애들은 싸우다 보면 알아서 크죠."

사막 전사들까지 데리고 같이 전멸.

사막 부족의 화합에도 사건은 벌어졌다.

"분쟁이 벌어졌습니다. 오아시스의 지배권을 두고 부족들이 다투는데……."

"흠, 저희가 알아서 해결하겠습니다."

"오아시스의 역사를 감안해 보면요, 그리고 양 부족의 특산품 교역을 알선하는 방향으로 한다면 원만한 해결책이 있을 것 같은데요."

"일단 가 보고 판단하죠."

그러고는 사막 부족들끼리 전쟁을 치르게 만들었다.

대지의그림자 파티는 넓은 사막에서 거센 흙먼지를 일으키며 돌진하는 수만 명의 전사들을 보며 기도 안 찰 지경이었다.

"……."

그럼에도 아르펜 왕국에서 왔다는 사내들은 기적처럼 어찌어찌 승리를 일구어 내기는 했다.

도저히 불가능해 보일 것 같은 전투도 거짓말처럼 이겨 낼 때가 있었으며, 의외로 사막 전사들과 이야기가 잘 통했다.

"칼질 좀 한다며?"

"그런데?"

"심심한데 덤벼라."

지독하게 오만하고 사나운 사막 전사들과 싸우고 고기와 술을 나눠 마셨다.

전사들과 친해지는 과정은 도저히 익숙해지지 않았다.

인구가 1,000여 명에 지나지 않던 사막 도시들은 위드의 조각술 최후의 비기 중에 노들레와 힐데른 퀘스트 때문에 번성하게 되었다. 숱한 사막 도시들과의 인연을 맺었고 사막 전사들을 양성했다.

"어쨌든 이젠 조만간 팔로스 제국이 건국되겠네요."

"후, 그러게요."

"대제왕의 퀘스트도 끝마무리라니……."

대지의그림자 파티는 뿌듯함을 만끽했다.

하지만 그들은 상상도 못 하고 있었다, 대륙의 어딘가에 사막의 대제왕과 관련된 퀘스트를 받은 유저가 또 있다는 것을.

사막의 패자

끝을 모르는 모래사막에는 팔로스 제국의 드넓은 영광이 묻혀 있다.
사막 전사들은 위대한 제국의 부활을 위한 안배를 해 놓았다.
전사들의 피에 흐르는 명예와 투쟁심.
사막에 사는 사람들은 모두 진정한 강자가 나타나 대제왕의 길을 걷기를 기다리고 있다.
사막 전사들의 뜻과 의지를 하나로 모으라.
사막의 시험을 통과한 그대가 부른다면 전사들은 기꺼이 아껴 두었던 칼을 꺼내고 따를 것이다.

난이도 : S
사막 퀘스트.
보상 : 대서사시 '팔로스 제국의 건국'으로 연결될 수도 있음.
퀘스트 제한 : 역사적인 사막 전사의 인정.

사막의 영웅인 헤스티거에 의해 강제로 부여됐던 퀘스트!

모험가 대지의그림자 파티 입장에서는 차라리 모르는 게 약이었다.

위대한 조각술 마스터이며, 네크로맨서가 되어서 단물을 빨아먹으려는 위드! 그가 숟가락을 얹기 위해 느긋하게 기다리고 있다는 사실을.

검오치.

그는 냄새나는 늑대 가죽으로 된 옷을 입고 있었다.

"역시 이 맛 아니냐?"

"야성미가 철철 넘치십니다, 사범님."

"후후."

수련생들 122명.

그리고 사막 전사 35만 명으로 구성된 군대를 이끌고 하벤 제국의 아이데른 지역으로 진격했다.

"딱 패싸움하러 가는 기분이다."

"비유가 정말 적절하십니다, 사범님."

"완전 시인 아니십니까?"

"크후훗, 여긴 천국이다. 말이 아니라 주먹과 칼로 이야기를 하니 말이다."

검오치는 스스로의 머리에 대해서 약간의 자부심이 있었다.

'나는 행동하기 전에 먼저 생각한다.'

로열 로드를 하면서 드디어 생긴 버릇.

어릴 때부터 부모님한테 수없이 생각 좀 하고 살라는 말을 들었는데 드디어 생긴 것이다.

다른 사범들이 몬스터를 보면 검부터 뽑아 들 때에, 검오치는 잠깐 생각을 했다.

'저놈 칼질하는 맛 좀 나겠는데?'

강자를 만났을 때에도 생각을 했다.

'팔모가지를 날려 버리고 나서 어깨, 옆구리, 발목 순서대로 쳐야지. 흠뻑 두들겨 패 줘야겠다.'

옛 아이데른 왕국 지역은 현재 하벤 제국의 중소 영주들이 다스리고 있었다. 드넓은 일스 대평원과 소규모 공국 지역의 땅들은 헤르메스 길드에 큰돈을 바쳤거나 공적을 세운 유저들이 골고루 나눠 먹었다.

"다 쓸어버리자!"

"후와아!"

검오치와 수련생들이 이끄는 사막 전사들은 일스 대평원을 가로질렀다.

"침략! 침략이다!"

중앙 대륙이 수천 개 길드로 나뉘어 있던 시절부터 상대적으로 평화로웠던 소규모 공국 지역!

헤르메스 길드가 지배하는 하벤 제국군은 일스 대평원에서 급하게 수비에 나섰다.

"공격 마법을! 더 가까이 다가오면 화살을 쏴라."

일스 대평원에서 수확되는 방대한 곡물!

요새와 성벽에서 막지 못하면 막대한 식량을 사막 전사들에게 넘겨줘야 했던 것이다.

정작 검오치와 수련생들은 농산물 수확에는 아무 생각도 없었는데 말이다.

검오치는 적들을 보며 생각했다.

'머리 숫자가 절반밖에 안 되는데? 음, 그럼 공격해야지! 내가 봐도 합리적이고 똑똑한 판단이야.'

제국군은 급하게 모이느라 인근의 100명이 넘는 영주들의 군대는 참여하지도 못한 상태였다.

"사막의 영광을! 시원하게 싸워 보자!"

"선봉은 제가 섭니다."

"간다. 먼저 가는 사람이 임자다."

"우랴우랴우랴!"

검오치와 수련생들이 진격 명령을 내리자 낙타를 탄 사막 전사들이 해일처럼 전진을 시작했다.

크구구구궁! 콰과과광!

마법병단의 마법 공격이 융단폭격처럼 평원에 작렬했다.

"이랴! 달려라!"

"더 빨리! 우리가 먼저 공격한다."

사막 전사들은 마법 공격을 헤치고 돌진했다.

호쾌한 사막 전사들은 검오치와 수련생들과도 비슷한 성격을 갖고 있었다.

오로지 돌진!

적의 눈을 쳐다보면서 최대한 빠른 속도로 달려간다.

하늘에서 쏟아지는 화살 비를 시미터를 돌리며 걷어 낸 사막 전사들은 그대로 하벤 제국군의 진영을 강타했다.

"크하하핫, 바로 이 맛이지!"

적진에 난입한 검오치는 병사들을 닥치는 대로 베었다.

"놈, 여기서 막겠다!"

"재밌을 것 같군. 덤벼라!"

검오치는 가끔 기사들과도 창을 맞댔다.

전력을 다해서 말과 낙타를 달려 검과 창을 부딪치면서 겨루었다.

빠른 이동 중에 절묘한 균형 감각과 힘, 무기를 다루는 기술을 겨루는 기마전!

"고작 이 정도인가!"

"크윽, 분하다."

검오치의 힘 앞에 하벤 제국 기사들이 낙엽처럼 쓰러져 나갔다. 실력도 실력이지만 낙타와 말을 탄 상태에서는 경험과 감각의 차이가 컸다.

수련생들과 사막 전사들 역시 제국군을 압도했다.

제국군의 정규군은 하벤 지역이나 북쪽에 몰려 있었다. 상대적으로 평화로운 남부 지역의 병사들은 하벤 제국군에서도 2급이나 3급에 속하는 이들!

헤르메스 길드 유저들도 100명이 좀 넘게 군대에 속해 있었지만 상황이 불리해지는 걸 보자마자 일찌감치 도주한 후

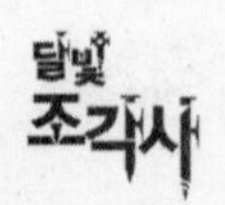

였다.

일스 대평원의 승리!

사막 전사들은 고작 수천 명도 죽지 않았는데 제국군은 4만 명이 죽고 나머지는 전부 포로로 잡혔다.

검오치조차도 놀라서 물었다.

"내 지휘 능력이 이렇게 좋았냐?"

"그러게요. 우리가 해낸 게 맞습니까, 사범님?"

"돌을 던졌는데 코끼리가 쓰러진 것 같다."

"음… 마법 공격을 당할 때 또 그런 식으로 전멸할 줄 알았었는데요."

마찬가지로 이겨서 어리둥절해 있던 수련생이었다.

무턱대고 돌격해서 실컷 싸울 뿐이었지 결과에 대해서는 장담을 못 했다. 특히 이런 큰 규모의 전쟁에서 압도적인 대승이라니!

"뭔가 불안해진다."

대학물을 한 학기 먹다가 중간에 쫓겨난 검백십칠치가 말했다.

"사범님, 이럴 때에는 조언을 얻어야 합니다."

"역시 그렇지. 똑똑한 사람의 이야기를 들어 보자."

검오치와 수련생들은 마법 통신을 이용해서 아르펜 왕국의 군사 총사령관 알카트라와 대화를 나눴다.

알카트라는 과거 하벤 제국의 북부 지역을 다스리다가 아르펜 왕국으로 넘어온, 나름 뛰어난 지휘관이었다.

—아마도… 기습의 효과가 컸던 것 같습니다. 하벤 제국에서 전쟁에 대비하지 않았던 탓도 있겠지만, 기본적으로 용맹한 낙타 기병들이 돌격에 성공하면 방어 진형이 허무하게 무너져 버리기도 하지요.

검백십칠치가 간단히 해석을 했다.

"선빵 날린 게 효과가 컸다는 거 같습니다."

"흠, 나도 그렇게 듣고 있었다."

—다만 문제는 앞으로의 일입니다. 헤르메스 길드의 대규모 병력이 결성되어 일스 대평원을 향하게 되면 지금의 전력으로는 막지 못합니다.

"놈들이 떼로 몰려올 거라는데요?"

"알고 있다. 많이 겪어 봤잖아. 원래 지면 떼로 몰려오는 거니까."

—사막 전사들은 제국군 병사들에 비해서 강합니다. 그런데 조합이 너무 나쁘죠. 중보병사단에 마법병단이 동원되면 허무하게 질 겁니다. 사막 전사들은 공성전으로 버틸 수도 없을 거고. 저라면 원거리에서 끊임없이 마법으로 견제하면서 사막 전사들의 숫자를 줄일 겁니다.

"마법으로 멀리서 때린다는데요?"

"그건 좀 많이 아프지."

"어떻게 해결할까요?"

"그것도 그냥 물어보자."

-정복 전쟁은 오랫동안 준비해야 하는 것입니다. 갑자기 침략해서 크게 이기긴 했지만 다음에 싸우면 질 겁니다.

알카트라는 사막 전사들을 데리고 평원처럼 넓은 지형에서 막아야 한다고 조언을 했다. 제국군을 상대하는 전투 진형에 대해서도 30분 가까이 말을 해 주었고, 검오치와 수련생들은 열심히 들었다.

"커험, 좋은 말씀 감사합니다. 덕분에 전쟁 준비에 도움이 많이 될 거 같습니다."

-별말씀을요. 언제든 물어보실 것 있으면 연락 주십시오.

마법 통신이 꺼지는 순간, 검오치가 깊은 한숨을 내쉬었다.

"얼마나 알아들었냐?"

"뭔 말을 하는 건지, 뭐라고 설명을 하긴 하던데 졸려서 못 들었는데요."

"나도 잘 모르겠다."

검오치와 수련생들은 모닥불을 피워 놓고 덩치 큰 사내들끼리 주르르 모여 앉아 회의를 나누었다.

엄청난 병력과 포로들, 드넓은 땅!

"우리가 진짜 왕이 될 수 있을까?"

"글쎄요. 반장도 못 해 봤는데요."

"골목대장이 제일 마음 편하고 좋지 않습니까?"

검오치와 수련생들은 머릿속이 깨끗한 게 좋았다.

"앞으로 어떻게 해야 할지 막내한테 물어보자."

"예. 그게 젤 낫겠습니다."

"녀석이라면 방법이 있겠죠."

검오치는 위드에게 귓속말로 지금까지의 사정을 설명하고는 말했다.

-우리가 어떻게 해야 할지 방법이 있겠냐?

돈이나 이익에 관해서는 초고성능을 자랑하는 슈퍼컴퓨터급의 위드의 두뇌가 회전하고는 결론을 내놨다.

-사형들이 지키긴 어렵죠. 대평원 부근의 도시도 하나둘이 아니고요.

-그럼 다음에 싸우다가 다 죽을까?

-그럴 필요야 있겠습니까. 지금 일스 대평원의 하벤 제국군 병력은 전멸했죠?

-응. 이 동네 유저들이 그러는데 이 주변에 제국군은 없다더라. 도시나 성은 지키고 있겠지만.

-영주들의 병력은 그리 많지 않을 겁니다. 세금 거두는 정도의 병력밖에는 안 두는 편이니까요. 게네들을 전부 치세요.

-정복하라고?

-아뇨. 그냥 공격해서 다 함락하고 약탈하세요.

-약탈?

"오오… 함락과 약탈이라니!"

검오치와 수련생들의 귀가 솔깃했다.

약탈!

머리가 나빠도 이해가 잘되는 깔끔하고 시원한 단어였다.

-그다음에는? 제국군이라는 놈들이 몰려올 때까지 전쟁 준비를 하며 기다려서 싸우면 되나?

-아뇨. 놈들이 바라는 걸 해 줄 필요는 없죠. 포로들을 잔뜩 데리고 사막으로 물러나세요.

-기껏 군대와 싸워 이기고 땅까지 얻었는데 다시 철수하라고?

-사형들한테 땅이 왜 필요합니까? 집 짓고 살 것도 아닌데요.

-그렇기는 해.

-대평원의 곡물부터 시작해서 각종 자원과 돈, 사람을 끌고 사막으로 돌아가세요. 제국군 포로들이 많다면서요.

-다 항복하니까 죽일 수도 없고 잡아 놓긴 했지.

-전부 데려가서 사막 전사 훈련을 시키세요. 그리고 병력을 마구 늘려서 하벤 제국의 이곳저곳을 마구 침략하는 겁니다.

-침략…….

약탈과 침략!

검오치는 생각했다.

'뭔가 마음에 드는 단어들이 많아. 이건 절대적으로 옳은 작전 같다.'

-사막 전사의 전투 방식이죠. 지키지 않고 빼앗기만 하면 됩니다.

-그렇게 간단한 방법이! 근데 놈들이 쫓아오면?

-제국군이 사막까지 들어오진 못할 겁니다. 드넓은 국경을 들쑤시면서 사람이나 자원을 사막으로 전부 끌고 가세요. 부족한 사람과 자원을 챙기면 남부 사막 지역도 빠르게 발전하겠죠.

-음, 발전이라… 좋군. 조금 더 자세히 말해 봐라.

-일스 대평원의 곡물이 있으면 포로들을 먹이기에 충분할 겁니다. 먹이고 재우고 일을 시키면 어떻게든 나아지겠죠. 그리고 부족한 자원이 있으면 아르펜 왕국이 해상 교역으로 보내 드릴게요.

-교역?

-식량이나 생산 물자, 전투 물자. 무엇이든지 아르펜 왕국과의 교역으로 확보하면 됩니다.

위드는 짧은 순간이었지만 해상 교역을 통해 사막 지역의 사치품을 수입하고 아르펜의 물자들을 수출할 생각을 했다.

아르펜 왕국도 개발과 기술의 발전으로 물자의 생산량이 늘어나서 수출로를 필요로 했다. 사막 지역에 병장기를 비롯한 넘치는 전투 물자를 수출하고, 사치품과 금과 은, 동물과 가죽을 수입하면 된다.

사막 지역에 대해서는 특히 잘 알고 있는 위드라서 아르펜 왕국과의 상거래를 통해 얻을 게 많다는 사실을 파악했다.

사막 지역 혼자 발전하려면 많은 시간과 노력이 필요하다. 그러나 남부 사막이 아르펜 왕국과의 교역을 진행한다면 발전 속도는 몇 배나 빨라질 것이다.

-정말 그렇게 해 줄 거냐. 고맙다, 막내야.

-예. 팔로스 제국의 건국은… 아니, 사형 일이 제 일 아니겠습니까.

"음, 레벨을 2개 올렸군."

위드는 사냥을 하면서 성장에 완전히 만족하진 못했다.

하루나 이틀에 1개 정도의 레벨 업!

방금 462레벨을 달성했다.

남들이 보면 미쳤다고 할 정도로 빠르게 경험치를 모으고 있었지만 레벨 400대의 유저들은 이미 꽤 많아진 시점이었다.

레벨 100 이하의 초보들은 로열 로드를 하면서도 느긋하게 노는 시간이 더 많았다.

순수하게 취미로 로열 로드를 탐험하고 즐기는 유저들!

불행히도 풀죽신교의 유저들 중에서 대부분을 차지하는 이들이었다.

레벨이 200, 300을 넘어가다 보면 욕심이 생긴다.

사냥도 재미있고, 캐릭터의 성장, 퀘스트를 하면서 무언가를 이루어 내는 성취감에 빠졌다.

레벨이 400대를 넘어가면 퀘스트를 통해 상당한 업적을 쌓는다. 작은 마을은 물론이고, 그 지역의 일부를 변화시킬 수도 있는 상당한 비중을 가진 퀘스트!

특정 마을에 공적을 계속 쌓다 보면 주민들이 영웅으로 칭송하거나 기념비를 세워 주기도 했다.

이런 즐거움에 푹 빠지다 보면 레벨을 올리는 데 소홀하지 못했다.

로열 로드 전체에서도 1만 등수에 꼽히는 랭커가 된다면 어디서라도 자랑할 수 있었다.

로열 로드를 즐기지 않는 국가는 거의 없다.

하와이나 홍콩, 파리, 런던, 뉴욕. 어느 도시에서라도 로열 로드에서 랭커라면 주변 사람들의 관심을 듬뿍 받는 것이 가능했다.

레벨이 곧 인기이고 돈이 되는 세계!

퀘스트와 조각술 최후의 비기를 얻기 위해 뒤처진 위드의 400대 중반 정도의 레벨은 절대 높다고 할 수 없는 수준이 되어 버리고 말았다.

그럼에도 불구하고 다른 유저들처럼 억지로 올린 400대 중반의 레벨은 아니었다.

방대한 스텟과 퀘스트 경험.

조각술 최후의 비기 퀘스트를 하면서 잃어버린 레벨까지 감안하면 간신히 원래대로 복구를 하고 있는 것이었으니까.

"더 높은 곳으로. 진정한 악당이 되려면 강해져야 해. 어중간하게 약한 악당이야말로 졸렬하게 퇴치당하는 뻔한 결말로 가게 되니까."

위드는 방송으로 판매되는 수익까지 감안하면 지금 상태가 나쁘진 않다고 생각했다.

"땅을 좀 사 놔야겠어."

은행에 저축은 물론이고, 땅 투기까지도 가능한 수익을 올리고 있었다. 믹스 커피라도 마시고 싶은 날에는 한껏 거드름을 피우며 츄리닝 차림으로 동네 은행에 간다.

프리미어 라운지!

VIP 손님들만을 상대하는 은행 창구에서 과자와 커피를 당당하게 꺼내 먹고 나왔다.

친절한 은행 직원들에게 저축 상품에 대한 설명까지 들을 수 있으니 얼마나 좋은 곳이란 말인가.

"돈이 있으면 커피숍이 따로 없구나."

과거에는 천장에 매달아 놓은 생선을 보고 밥을 먹었다지만 그럴 필요가 없는 세상이었다. 돈이 있으면 쓰지 않아도 여기저기서 대우를 해 주었으니까.

심지어 신용카드 회사에서도 하나만 발급받으면 사은품을 듬뿍 안겨 준다고 한다.

예전에는 단돈 1만 원도 빌릴 곳이 없었는데 5천만 원 한도의 마이너스 통장이나 대출도 권유했다.

물론 빚은 살아가는 데 전혀 도움이 안 되고, 돈은 빌려서 쓰는 게 아니라는 걸 철저히 몸으로 깨닫고 있는 위드였다.

"참, 그러고 보니 그놈들은……."

위드는 사냥터를 전전하면서 과거 생각이 났다.

학교에까지 빚을 받으러 쫓아오던 사채업자들.

심심하면 찾아와서 지독한 행패를 부리던 사채업자들에 대한 기억은 평생 잊을 수가 없을 것 같았다.

"시간도 꽤 지났으니… 나중에 더 성공해서 꼭 복수를 해줘야지."

돈과 권력.

위드는 일단 돈부터 많이 갖고 싶었지만 혹시나 권력도 갖게 되면 복수는 필수라고 생각했다.

정득수는 동네 마트에서 장을 볼 때마다 사람들의 시선을 의식하며 조심스러웠다.

"저 남자. 불쌍한 거 같지 않아요?"

"맨날 혼자 돌아다니죠?"

"양복은 자주 입던데 일은 안 하는 거 같아요. 출근하는 모습도 한 번을 못 봤어요."

기업 회장으로 살아갈 때는 종업원들의 90도 인사를 받으며 본사에 출근했었다. 해외 출장을 갈 때에도 한국의 대기업 회장으로서 어딜 가더라도 대우를 받았다.

정득수는 최고급 호텔에서 지배인들에게 귀빈 대접을 받았으며 먹고 싶은 음식을 먹지 못할 때가 드물었다.

젊을 때는 신도시 건설 사업을 위해 방문한 사막 한복판에서도 호화로운 요리를 차려 놓고 만찬을 즐겼다. 그리스 남쪽, 지중해에서도 초대형 컨테이너선을 팔아 치우며 최신형 요트에서 파티를 했었다.

수출 목표를 초과 달성했다고 정부로부터 상장도 받아 봤고, 성공한 재벌 2세로 신문에 이름도 자주 오르내렸다.

'그러면 뭐하나. 다 망해 버렸는데.'

정득수는 과거의 영광이 짐처럼 느껴졌다.

호성 그룹의 회사 지분을 정리하면서 가진 상당한 현금과 해외 부동산. 중년인 지금부터 앞으로 남은 노후를 보낼 돈이야 넉넉했지만 그룹에는 아무 영향력도 남지 않았다.

그에게 아부하던 직원들은 백화 그룹과 벽일 그룹의 눈치를 보면서 연락마저 끊었다. 명절이 찾아오더라도 배 한 상자 보내오는 이가 없었다.

'안 보내 주면 내가 사 먹으면 되지.'

정득수는 장바구니에 라면이나 배, 귤을 담아서 계산했다.

마트에 있던 계산원 아줌마가 친근하게 말을 걸어왔다.

"오후부터 할인 들어가는데. 기계로 하는 거라 10분만 기다리시면 할인 가격에 살 수 있어요."

"괜찮습니다. 지금 계산해 주세요."

"아까워서 그러죠."

"계산하셔도 됩니다."

정득수는 턱을 들고 오만하게 말했다.

기업 회장으로서 살아온 자신이 고작 3천 원 때문에 10분을 기다리지는 않으리라.

당당한 자신감의 표현!

그렇지만 계산대 아줌마도 호락호락하지 않았다.

"이 시간에 마트를 오시고, 회사 다니세요?"

"아뇨."

"그럼 자영업 하세요?"

"아닌데요."

"아, 그러시구나. 죄송해요."

"……."

어딘가 정신 패배를 당한 느낌!

정득수는 마트를 나와서는 서둘러 집으로 향했다.

'괜히 이 동네로 이사를 왔나?'

바로 이웃집에 누가 사는지도 모르는 세상이다. 그런데 이 동네는 유별나게 이웃들끼리 서로 잘 알고 지냈다.

'한적한 동네라서 그렇겠지.'

피붙이인 딸이 살고 있는 집에서 가까이 살고 싶었다.

현실은 그룹 회장의 자리를 놓고 나니 서윤은 물론이고 이

현을 보기도 껄끄러워서 피해 다니는 처지였다.

딸에게만큼은 대그룹의 오너로서 왕처럼 당당하던 모습으로 기억되고 싶었다. 패잔병의 신세가 되어 주위를 어슬렁거리는 몰골은 너무도 비참했다.

'외국으로 나가 버리면 편하겠지만… 그러면 다시는 한국으로 돌아와서 딸을 못 보겠지.'

정득수는 사람들의 시선을 피해 가면서 집으로 향했다.

'마트에 가는 것도 상당히 귀찮다.'

식사의 대부분을 주문 음식을 시켜 먹었지만 간단한 식료품들은 구입을 해야 했다.

'자장면도 지겹고……. 한 그릇만 배달해 달라고 하면 왜 이렇게 눈치를 봐야 하는 건지.'

정득수가 잠시 푸념을 하면서 걷고 있을 때였다. 그의 집 앞에 이현이 서 있는 모습이 보였다.

'아니, 저놈이?'

그가 한창 잘나갈 때는 씹어 먹어도 시원찮을 딸 도둑놈.

'한창 사냥을 하느라 바쁠 텐데. 조각사를 마스터하고 나서 전직도 했잖아.'

수레에 잡다한 물품을 가득 싣고 아르펜 왕국의 작은 마을들을 오가면서 교역을 하고 있는 자신이다. 로열 로드에서는 정득수의 캐릭터인 바트와 위드는 하늘과 땅만큼의 차이가 있었다.

이현이 서 있으니 지나가는 동네 주민들이 모두 한마디씩 했다.

"밥은 먹었는가?"

"예. 집에 별일 없으시죠?"

"별일은 무슨… 덕분에 잘 지내지."

노인들도 이현의 앞을 그냥 지나가지 않았다.

"날씨가 참 추운데 웬일인가?"

"볼일이 있어서요. 할머니도 일찍 나와 계시네요?"

"요즘은 폐지도 잘 안 모여서……."

"추운데 3호집 가서 순댓국이나 드세요."

"또 사 주는 건가?"

"사 주기는 무슨. 제 이름으로 그냥 달아 놓으세요."

동네 노인들이 이현만 보면 주름살을 펴며 활짝 웃었다.

용돈과 음식을 챙겨 주고, 시장에서 싸게 파는 옷이 있으면 사서 나눠 준다. 말로만 복지를 떠드는 정부보다 훨씬 믿음직스러운 존재였다.

집주인들이 빈집을 놀리고 있으면 이현이 만나러 찾아갔다.

"집이 비었네요?"

"그게… 월세를 내놓긴 했는데 보러 오는 사람이 없어서."

"두 달 넘은 거 같은데. 가격을 싸게 내놓으세요."

"낮추긴 했는데……."

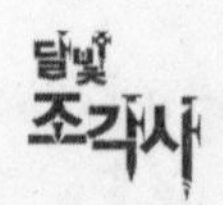

"부동산에서 그러는데 수리할 곳도 많다던데요. 저쪽 가건물에 사는 흥춘이 할아버지 집이 무너지기 직전이에요. 고치면서 깨끗하게 쓸 분이니까 월 17만 원에 주세요."

"뭐라고? 그 가격은 곤란한데. 집이 잘 안 나간다고 15만 원이나 깎아 줄 수는 없잖아."

"싫어요? 거절하시는 겁니까?"

"어? 뭐, 꼭 그렇다는 건 아닌데……."

"사람들이 참 입이 싸요. 저도 그렇고요. 이런 말 퍼지면 그리 좋진 않을 텐데. 이 동네 오래 사셔야죠?"

"으응, 그래야지."

동네에서 이현의 힘은 절대적!

이현의 말이 떨어지면 노인정에서 화투를 치던 노인들부터 어린이집의 아이들까지 일사불란하게 움직인다.

국회의원이나 시장, 시의원 선거가 있을 때에도 이 동네에 오면 꼭 이현에게 인사부터 했다.

좁은 동네이긴 해도 당당한 지역 유지!

정득수의 눈가가 좁아졌다.

'저 녀석의 수완이 놀랍기는 해.'

그가 한창 잘나갈 때만 해도, 아니 사실 지금도 국회의원 정도를 만나거나 시장과 이야기하는 건 어렵지 않다. 하지만 아무것도 없는 젊은 나이에 벌써 이만큼이나 이룩해 낸 건 보통의 능력으로 될 일은 아니었다.

'사람들을 끄는 능력이 있는 건가, 로열 로드에서만이 아니라?'

동네의 중심.

주민들의 말을 들어 보면 몇몇 사람들은 이현의 존재를 껄끄러워했던 적도 있다지만 지금은 다들 좋아했다.

이현 때문에 동네가 살기 좋다고 소문난 지역이 되었다. 크든 작든 그 영향을 입다 보니 싫어할 수가 없었다.

'근데 저 녀석이 왜 내 집 앞에 서 있지?'

정득수는 다가가야 할지 말지를 고민했다. 그런데 지나가던 노인 한 분이 다가와서 말했다.

"어서 가 보게."

"예?"

"거참, 눈치도 없나. 바쁜 사람 기다리게 하지 말게!"

"……."

이 동네의 노인들은 철저히 이현의 편이었다는 걸 잠시 잊었다.

만약 이현이 지금 국회의원은 안 되겠다고 말 한마디라도 한다면 당장 시위라도 나설 것이다.

'정말 이사를 갈 수도 없고.'

정득수는 주저하면서 자신의 집으로 걸어갔다. 당당하지 못한 처지라서 어깨가 좁아졌고 발걸음에는 힘이 없었다.

하지만 그를 보자마자 이현이 하는 말에 정신이 번쩍 들

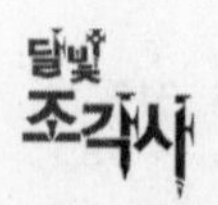

었다.

“어르신, 저녁에 저희 집에서 식사라도 같이하실래요?”

“밥이야 뭐 집에서 대충 먹으면…….”

정득수는 대답을 하다가 아차 싶었다.

집에 가 봐야 자장면이나 시켜 먹거나 저녁에 치킨이나 주문해서 먹게 될 것이다.

지겹도록 먹고 있는 음식이었고, 딸인 서윤이 보고 싶기도 했다.

‘그래도 내가 무슨 염치로…….’

정득수가 차라리 거절하길 잘했다고 생각할 무렵이었다.

“지금 집에서 드신다고 확실히 거절하신 거죠?”

“거절한 거 맞네.”

“어떻게 한다? 따님에게 집에 모셔 오겠다고 말해 놨는데…….”

“으응?”

“저녁 같이 먹자고 허락도 받아 놨는데.”

“…….”

순간 정득수는 이현의 바짓가랑이라도 붙잡고 같이 먹자고 말하고 싶었다.

딸과의 저녁 식사.

몇 년 동안 제대로 얼굴도 못 보고 이야기도 못 나눈 딸과의 오붓한 저녁 식사.

호성 그룹의 계열사 하나보다도 더 소중하게 느껴졌다.

'지난번에도 거절하고 얼마나 아쉬웠는지 모른다. 근데 이번에는 딸한테 허락도 받아 놨다고?'

차마 체면 때문에 바지를 붙잡지는 못하고 있을 때!

'이놈아, 한 번만 더 권해 봐라.'

딱 한 번만 더 권유한다면 못 이기는 척 따라나서리라.

'그림이 그렇게 되어야 좋지.'

정득수가 가만히 서서 먼 산을 쳐다봤다.

이현이 늘어져라 길게 하품을 하더니 말했다.

"우리랑 정 같이 안 드시겠다면 어쩔 수 없죠. 여러모로 바쁘실 테니까요."

"그…렇지."

텅 빈 집에 가 봐야 할 일은 아무것도 없었다. 그저 밥을 시켜 먹고 로열 로드에나 접속해서 시간을 때울 뿐.

'한 번만 더 권해라, 딱 한 번만.'

시커멓게 속이 타들어 가려고 하는데 이현이 성의 없이 말했다.

"그래도 아주 바쁜 일 없으면 그냥 간단히 식사나 같이하시죠?"

"그럴까?"

"커허험."

정득수 회장은 상다리가 부러질 정도로 가득 차려진 음식을 보며 헛기침부터 했다.

'이게 다 뭐냐?'

잘 구운 관자와 노릇노릇 구운 꼬치구이.

반찬으로는 더덕무침과 잡채, 두부탕수, 흑임자 샐러드.

막 담아 숨이 살아 있는 생김치에 인삼이 들어간 삼계탕!

'냄새가 기가 막히는구나.'

요리는 그릇에 정갈하게 담겨 눈으로도 예쁘게 보였지만, 풍겨 오는 향이 보통이 아니었다.

맛있는 요리만이 풍기는 절대적인 향!

감미롭다는 표현으로는 부족하다. 냄새를 맡고 있으면 저절로 입안에 침이 가득 고였다.

어서 빨리 숟가락과 젓가락을 들어서 음식을 먹고 싶었다.

정득수는 문득 몇 년 전의 일이 떠올랐다.

'내 딸아이가… 이렇게 요리를 잘하는구나.'

서윤이 병원에 있을 때 가끔씩 시간이 나면 문병을 갔다.

실어증에 걸려서 창밖만 바라보는 딸에게 말이라도 몇 마디 걸어 보고, 아버지가 얼마나 대단한 사람이며 많은 돈을 가지고 있는지를 이야기했다.

"호성 그룹의 모든 것, 주식과 현금 전부를 네게 물려줄 거다. 넌 이 세상에서 가장 행복한 아이가 될 거야. 그러니 어서 낫기만 하렴."

병원에 찾아올 때마다 거액의 돈을 남겨준다는 말을 되풀이했다. 큰 행복을 줄 테니 어서 병원을 나오기만을 바랐다.

그러던 어느 날 서윤이 병원에서 라면을 끓이는 모습을 봤다. 면과 수프만 넣는 게 아니라 소시지와 파, 치즈, 만두까지 섞어서 넣었다.

"맛있겠구나."

정득수가 무심코 말했더니 서윤이 그릇에 라면을 담아서 넘겨줬다.

'나아가고 있어. 내게 라면을 줬어!'

감격에 겨워서 젓가락으로 라면 면발을 가득 집었다.

'딸이 처음으로 끓여 주는 라면.'

면발이 입안으로 들어가는 순간 깜짝 놀랐다.

'이건 독이다!'

맵고, 짜고, 느끼하고, 기름졌다.

만두는 뭉개져서 국물 위로 떠다니는데, 씹는 식감까지도 최악이었다.

"크흐흠."

정득수는 억지로 한입을 먹고 나서 젓가락을 내려놓았다.

때마침 비서에게 전화가 걸려왔다.

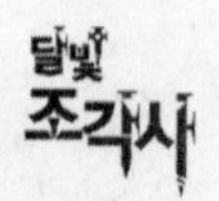

"어, 그래? 오늘 갑자기 한 회장이 보자고 한다고? 그래, 식품 수출 때문인 것 같군. 관련 자료 준비해 놓고 있어."

정득수는 다행이라고 생각하며 자리에서 일어났다.

"딸아, 급한 일이 있어서 가 봐야 할 것 같구나. 다음에 보자."

서윤을 남겨 놓고 서둘러 병실을 떠났었다.

무사히 병원을 퇴원해서 살아가는 것만으로도 기뻤는데 이렇게 맛있는 요리를 할 수 있게 되다니.

'시간이 약이었구나.'

정득수가 감격해서 젓가락을 들었다.

자신의 앞에 있는 삼계탕보다도 관자나 꼬치구이, 두부탕수나 잡채부터 먼저 맛을 보고 싶었다.

"……."

하지만 그때 서윤이 밥상의 중심에 있던 반찬 그릇들을 이현에게 옮겼다. 꼬치구이와 관자를 먹기 좋게 찢어서 이현의 숟가락 위에 올려놓는 것이었다.

'딸이… 내 딸이.'

그릇이 조금 멀리 옮겨지긴 했지만 정득수가 먹을 수 없는 건 아니었다.

딱 15센티 정도!

고작 그만큼 멀어졌을 뿐인데도 젓가락을 내밀어서 뻗기에는 굉장히 민망해지고 말았다.

"음, 잘 익었네."

이현은 그 귀한 요리를 입에 넣고 당연하다는 듯이 맛있게 씹었다.

'저, 저런 나쁜 놈이.'

정득수는 체면 때문에 수저를 들고 삼계탕 국물을 떠먹었다.

'음, 이것도 맛있긴 하네.'

고기도 찢어서 먹었다.

몸에 좋은 여러 가지를 넣고 푹 끓인 진한 육수와 잘 삶긴 삼계탕.

삼계탕이 맛있다 보니 관자나 꼬치구이, 다른 반찬들에 대한 욕망은 더욱 커졌다.

그러나 밥상에 보이지 않는 선이 그어진 것처럼 감히 손을 뻗을 수가 없었다.

더군다나 그의 삼계탕에 들어 있는 닭은 다리가 하나뿐이었다.

'설마 치사하게 닭 다리까지?'

정득수가 슬그머니 살피자 이현의 뚝배기에는 닭 다리가 3개나 들어가 있었다.

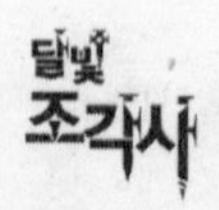

The Legendary Moonlight Sculptor

위드의 함정

-언데드 소환 스킬의 레벨이 9로 상승했습니다.
언데드의 생명력이 크게 높아집니다.
스켈레톤들의 뼈가 제대로 달라붙었습니다. 활동력과 이동속도가 빨라집니다.

-죽음을 다루는 지식이 늘어남으로 인해 신앙이 15 감소합니다.

-사람들로부터 혐오감을 얻어 명예와 기품이 7 감소합니다.

위드의 언데드 소환이 초급 9레벨에 오르면서 스킬 숙련도가 쌓이는 속도가 처음보다 느려졌다.

"뭔가 아쉬운데."

몬스터를 사냥하면서 경험치를 모으고는 있지만 그럼에도

숙련도의 증가 속도가 아쉬웠다.

“스텟들도 떨어지고……. 언데드 소환을 빨리 늘리려면 역시 유저들을 상대로 하는 게 최고인데.”

유저를 죽이거나 그들의 시체를 일으키면 몬스터들에 비해 몇 배나 많은 경험치와 숙련도를 얻을 수 있다.

북부 유저들의 시체!

아무리 위드가 필요로 한다고 해도 기꺼이 언데드 소환용으로 죽어 주진 않을 것이다.

‘확 거인들의 도시라도 공격하자고 해서 다 죽여 버려?’

음험한 음모 1.

말도 안 되는 퀘스트를 받아서 돌격시키면 북부 유저들은 다 죽어 버릴 것이다. 그 과정에서 언데드를 소환하면 스킬 숙련도는 대단히 빨리 늘어나리라.

‘아냐. 그들이 죽고 약해지면 세금을 덜 내게 되는 거지. 장기적인 이익을 고려해 봐야 해.’

사정이 급하다고 해서 황금 알을 낳고 있는 북부 유저들을 거인들의 땅에서 버릴 수는 없다.

인공지능, 정치인들을 능가하는 위드의 머릿속에서 수많은 음험한 음모들이 나타났다가 사라지기를 반복했다.

위드가 생각하는 동안에 만들어진 조각품도 포크를 든 사악한 악마들이 표현되었다.

음험한 음모 2, 3, 4, 5, 6… 15, 16, 17, 18… 540…….

'목적은 단순해. 스텟을 얻고, 전투 공적을 세우고, 전리품도 획득하면 좋지. 스킬 숙련도도 빨리 늘렸으면 하고. 이 모든 것들을 달성하기 위해서는!'

위드의 이마가 찌푸려지면서 마침내 음모가 설계되었다.

라페이와 헤르메스 길드에서는 위드가 사냥에 나섰다는 소식을 듣고 방송 영상을 봤다.

"전투력이… 흐음."

"도대체 레벨이 몇이지?"

"모르겠군. 조각사라는 직업이… 우리가 쓰는 스킬과는 구성이 완전히 다르니까."

헤르메스 길드의 수뇌부는 로열 로드 전체를 통틀어 상위권의 랭커들로 구성되어 있었다. 어지간한 유저들은 대충 훑어만 봐도 그 수준을 파악하는데 위드에 대해서는 알기가 힘들었다.

"저 정도면 레벨이 500은 넘지 않겠습니까? 바드레이 님이 560에 다다르고 있으니까요."

"전투력으로만 보면… 그 수준도 가능은 할 것 같군요. 레벨에 대한 자신감이 없이 위험한 마굴에 들어가진 않았을 겁니다."

"제 생각은 아닙니다. 근접전을 펼칠 때의 모습들을 보면 공격력이 우리보다 약해요. 생명력이나 방어력도 터무니없이 보잘것없고. 높게 쳐도 우리 정도 수준? 바드레이 님께 근접하진 못했으리라 봅니다."

"칼슨 님은 저런 마굴에서 혼자 사냥이 가능합니까? 저는 자신 없는데요."

"지금까지 조각사로 성장했다는 점을 감안해야 되겠죠. 예술 계열의 직업. 그렇다면 레벨은 높다고 봐야 하지 않을까요?"

"전투력만 보면 안 되죠. 단기간에 어디서 그만한 경험치를 얻습니까? 전투력을 떠나서, 몬스터를 만들어서 사냥하진 못했을 테니까요."

위드는 퀘스트를 한다면서 베르사 대륙이 좁다고 돌아다니고 갖가지 생고생을 만들어서 다 한다. 무언가를 끊임없이 해내고 쌓아 지금의 강함을 갖췄는데, 그야말로 잡캐의 정점이라 정확한 분석이 불가능했다.

"극단적인 맹공을 퍼부으면서도 최소한으로 피한다. 간결한 움직임이 뛰어나군요."

"이번에 익힌 화염 스킬의 위력이 상당합니다."

"스킬의 위력이나 발동 모습을 볼 때에 검술 스킬은 확실히 아닙니다."

"화염 마법 계통의 비기가 아닐까 의심이 되는데……. 최

근의 모험이나 이동 경로를 분석해 볼 필요가 있습니다. 우리가 얻어 내면 좋으니까요."

"화염 마법 때문에 부수적인 효과를 노리고 네크로맨서로 전직을 한 것일까요? 전사 계열은 마나가 부족할 테니 말입니다."

"전투 중에 사용하는 스킬이 너무 많습니다. 각 스킬들의 운용이 수준급이라서 상대한다면 곤란한 점이 많을 겁니다."

"네크로맨서… 흠. 위드가 네크로맨서를 했다라……."

"언데드는 아직 별 볼 일이 없습니다. 하지만 빠르게 강해지겠죠."

라페이와 수뇌부에서는 난잡하기까지 한 전투를 보며 깊은 경계심을 가졌다.

'위드 저놈이 했다면 분명히 뭔가가 있다.'

'네크로맨서, 어떤 점을 본 것이지?'

헤르메스 길드에서는 네크로맨서에 대한 분석도 다시 철저히 했다.

이론상으로는 가공할 정도로 빨리 성장하는 직업이라고는 하지만 실제로는 사냥 효율 때문에 그게 잘 안 된다.

언데드를 일으켜서 끊임없이 사냥을 할 정도로 몬스터들이 한자리에 수천 마리씩 몰려 있지는 않다. 웬만한 던전, 고레벨 유저들이 즐겨 찾는 마굴은 경쟁도 치열했다.

아르펜 왕국이나 거인들의 땅에는 미발굴 던전들이 있겠

지만 그렇다고 그게 무한대는 아니다. 던전을 발견하기 위해서도 행운과 시간, 노력이 필요했고.

'모험… 유저들의 수준은 낮지만 아르펜 왕국 유저들이 더욱 적극적으로 모험을 하지. 던전이나 영토 확대나, 모든 것이 안정되어 있고 경쟁만 치열한 중앙 대륙보다는 나은 점인가.'

평소에 조용하던 모로스 성의 영주 로프너가 제안했다.

"척살대를 보내지요."

"척살대요?"

과거에 해 봤던 방법이라서 라페이는 내키지 않았다. 정예들을 파견해도 대륙 전체를 정신없이 돌아다니는 위드의 뒤꽁무니만 쫓다가 허탕을 치기 일쑤였던 것이다.

"척살대가 위드를 잡을 수 있다고 생각하지는 않습니다만."

"네크로맨서에게 좋은 사냥터는 정해져 있습니다. 적당히 강한 몬스터들이 많이 나오는 던전. 그리고 다른 유저들이 사냥을 하지 않는 장소."

"확실히 그런 곳은 많지 않죠."

"중앙 대륙에서 언데드를 일으켜서 사냥하진 못할 것이고, 북부나 동부 정도를 돌아다닐 것입니다. 그럼 위드를 잡는 건 시간과 확률의 문제가 될 뿐이죠."

로프너의 제안은 라페이와 헤르메스 길드의 수뇌부에서 긍정적으로 검토되었다. 헤르메스 길드의 체제에 가장 위협

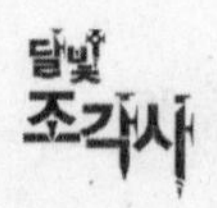

이 되는 위드를 죽일 수도 있고, 사냥을 심각하게 방해하는 수준에 그친다 해도 그리 나쁘지 않았다.

반란군과의 전쟁도 끝난 참이라 척살대를 조직하기로 결론을 내렸다.

"이번 일의 책임자로는 누굴 두실 겁니까?"

"다리우스 님이라면… 쓸모가 있겠죠."

헤르메스 길드의 사냥개!

로자임 왕국 출신으로 중앙 대륙으로 건너와서 헤르메스 길드에 소속되었다. 전면에 내세울 만한 인물은 아니더라도 일 처리만큼은 확실했다.

1시간 후.

마판상회의 중앙 지부장 검은돈은 헤르메스 길드 유저이며 모로스 성의 영주인 로프너를 만났다.

"그러니까 위드 님을 목표로 한 척살대가 운영된다는 말씀이시죠?"

"네, 그렇습니다. 조금 전에 회의에서 결정이 났죠."

"얼마나 됩니까?"

"300명 정도. 척살대에는 바드레이 친위대 유저들도 몇 명 배치됩니다."

로프너는 잘 구운 치킨을 뜯으며 자신이 들은 정보를 술술 털어놓았다.

과거 위드가 사막의 대제왕 퀘스트를 하면서 역사가 바뀌어 몽땅 망해 버렸던 모로스 성!

그러나 퀘스트의 마지막에 엠비뉴 교단을 처치하고 나서 오히려 대대적으로 번성하는 기회를 맞이했다.

"후후, 우리 위드 님을 잡을 수 있을까요? 싸우려고 하면 어렵겠지만 워낙 빠른 분이라서요."

"30명으로 구성된 각 조마다 랭커들이 최소 2명 이상 배치되어 있어요. 전투가 벌어지면 헤르메스 길드의 본부에 있는 지원 팀 500명이 즉각 출동합니다. 텔레포트를 전문적으로 익힌 마법사들과 함께요."

"그러니까 선발대에서 발목을 잡는 사이에 지원 팀이 도착한다는 이야기로군요."

"네네, 그렇죠."

로프너가 위드의 편에 선 것은 발전에 따른 보답 같은 건 아니었다.

'이쪽이 더 이득이지.'

마판 상회에서는 아르펜 왕국과의 비밀 교역을 주선했다.

엠비뉴 교단은 사라졌다지만 반란군과의 전쟁으로 황폐화된 중앙 대륙. 남들보다 빨리 교역을 통해서 대단한 부를 쌓을 수 있었다.

'게다가 헤르메스 길드에 들켜서 쫓겨나면… 아르펜 왕국의 영주로 삼아 준다고 하니까 말이야.'

로프너는 닭 다리를 뜯으며 씩 웃었다.

모로스 성!

막대한 돈을 지불하고 헤르메스 길드에게서 인수한 성이지만 조만간 들였던 돈은 다 회수될 것이다. 그 뒤부터 벌어들이는 돈은 온전히 다 자신만의 것이었다.

아르펜 왕국에 가서 새로운 성과 마을을 받아서 시작해 보는 것도 재미있지 않겠는가.

'방송으로 보면 정말 활력이 넘치는 곳이지. 다른 사람들에게 자랑을 하기에도 하벤 제국보다는 아르펜 왕국의 영주가 멋지단 말이야.'

로프너는 아르펜 왕국의 영주가 될 생각을 하며 알고 있는 모든 정보를 술술 이야기했다.

위드는 사냥을 하는 한편 조각품을 만들었다.

거인들의 땅에 세워진 조각품들!

거인의 성채에서 얻은 대량의 광물들은 녹여서 데릭 마을에 거신상을 만들었다.

"시간 조각술!"

시간 조각술을 써서 작품의 외관을 조금 바꾸었다. 거신상에는 나무 넝쿨과 이끼가 뒤덮였다.

대작! 거신상을 완성하셨습니다.

조각술의 절대자!
다재다능한 표현의 거장 조각사 위드의 작품.
전설에 존재하던 거신 우레타의 모습을 표현했다.
번개와 폭풍을 지배한 거신은 어떤 이유에서인지 사라져 버리고 말았다.
그의 존재는 기록과 이야기를 통해서만 남아 있는데…….
화려한 색채를 가진 희귀 금속을 이용해 거신의 웅장한 모습을 강인하게 조각했다.
매우 뛰어난 제련 기술로 만든 금속 조각품으로, 현시대에 이러한 예술품을 창조해 낼 수 있는 이는 오로지 위드뿐이다.

예술적 가치 : 37,292.
옵션 : 거신상이 조각된 마을에 자연재해와 몬스터의 침략 확률을 74% 감소시킨다.
거신상을 본 이들은 생명력과 마나 회복 속도가 하루 동안 44% 증가한다.
생명력의 최대치 25,000 증가.
체력과 모든 저항력 11% 상승.
대장장이 스킬의 효과가 일시적으로 4% 상승.
모든 스텟이 31 증가.
영구적으로 용기와 위엄, 카리스마, 투지가 3씩 증가.
워리어와 전사는 거신상을 보면 방어와 관련된 스텟 중의 하나가 2씩 증가.
보호 스킬 '강력한 육체', '파괴자의 검'이 전사들에게 적용됨.
지금까지 완성한 대작의 숫자 : 21

-명성이 4,124 올랐습니다.

—시간 조각술의 숙련도가 증가했습니다.

—예술 스텟이 91 상승하셨습니다.

—인내가 6 상승하셨습니다.

—지구력이 2 상승하셨습니다.

—힘이 2 상승하셨습니다.

—고대 거신의 형태를 복원하여 지혜가 4 상승하셨습니다.

—대작 조각품을 만든 대가로 전 스텟이 3씩 추가로 상승합니다.

"어마어마하다."

"조각품이 완성되는 모습을 보는 건 처음이야."

"스텟도 얻었어!"

위드가 조각을 하는 광경을 틈틈이 지켜보던 북부 유저들.

그들은 감탄을 금치 못했다.

신성한 불로는 조금 부족해서 화로에 불을 때서 온갖 광물들을 제련했다. 그리고 그 광물들의 형태를 두들기고 깎아서 높이 10미터짜리 거신상을 만들어 냈다.

작업의 거대함이야 말할 것도 없지만, 매 순간 쉬지 않고 움직이면서 일을 하는 위드가 더욱 놀라웠다.

맨바닥에서 시작했지만 하루가 지나서 다시 보면 상당히 많은 부분에 진척이 있었다.

기가 질릴 정도의 작업량과 속도.

“지독한 노가다다.”

“끝판왕이네.”

“괜히 마스터를 했겠어?”

“조각사는 저런 사람만 해야 돼. 진짜 누가 옆에서 한다고 하면 피자라도 시켜 주면서 말려야지.”

위드는 북부 유저들의 감탄은 대충 흘려들으면서 큰 소리로 혼잣말을 했다.

“이걸로는 조금 아쉬운데… 거인들의 땅을 개척하려면 조각품이 더 있으면 좋을 것 같은데. 다 사람들 좋자고 하는 일인데 말이야.”

그러자 모여드는 조각 재료들!

“여기 광물이 더 있습니다, 위드 님.”

페일이 자신이 가진 광석들을 다 내놓았다.

전투 노예로서의 당연한 의무!

“저도 조각 재료가 있습니다.”

제피는 일찌감치 이런 일이 생길 줄 알고 비싼 조각 재료들을 가지고 다니다가 상납했다.

“흐음, 분위기가 좀…….”

“조각품이 많이 있으면 좋긴 한데…….”

북부 유저들도 눈치를 보긴 했지만 저마다 어느 정도씩의 광물을 내놓았다.

위드가 이곳에 조각품을 세우면 가장 큰 혜택을 입는 건 자신들이기 때문이다.

모험가의 조각상, 검사의 조각상, 사제의 조각상.

각 직업별로 조각품들을 만들어 주면서 시간 조각술을 올렸다.

조각술 최후의 비기이기 때문에 숙련도가 빨리 늘어나지는 않는다. 대작 하나를 조각해도 중급에서 1단계가 오르지 않을 정도!

그렇지만 조각술 마스터로서 작품을 만드니 높은 예술적 가치가 나오고 스킬 효과로 결과물도 조금 나왔다.

희귀 광물들로 오르는 대장장이 스킬은 덤!

> -대장장이 스킬의 레벨이 고급 3으로 상승했습니다. 특수 광물에 대한 지식과 숙련도를 높입니다.

다양한 금속들을 제련하며 오랜만에 대장장이 스킬을 한 단계 높였다.

금속 조각품은 검이나 방어구를 만들 때보다도 오히려 더 많은 숙련도를 주기도 했다.

"역시 금속 조각품은 시간이 걸리고 돈이 많이 들긴 하지만 일석이조란 말이야."

지금은 광물까지도 모두 공짜!

북부 유저들 중 일부는 잊었던 의심을 다시 시작했다.

"근데 위드 님의 거신상 있잖아, 저렇게 많은 광물들이 어디서 났지?"

"그러게. 거인들을 처치하면 얻는 광물들이 많은데."

"흠흠, 혹시 거인의 성채에서……."

"아닐 거야. 위드 님이 그럴 분이 아니잖아. 우리가 모르는 사이에 퀘스트 보상으로 받았거나 사냥으로 얻었겠지."

"역시 그랬겠지?"

제피와 페일은 당연히 진실을 알고 있었다.

'전리품을 훔쳤구나!'

'역시, 그 짧은 시간에…….'

어쩌면 누렁이를 소환하여 거인들의 주목을 끌며 바쁘게 돌아다닌 것조차도 전부 설계일지도 모른다는 생각이 들었다.

'한번 훑어보기만 하면 전투의 승리와 패배만이 아니라 전리품 습득에 대한 부분까지도 전부 견적이 뽑힌단 말인가?'

'크으, 지독하다. 영주로서 세금을 빼돌리는 건 절대로 불가능하겠구나. 마을에 있는 강아지 1마리까지 전부 파악하고 있을 거야.'

위드가 사냥을 다녀오고 틈틈이 데릭 마을에서 조각품을 만들다 보니 북부 유저들이 쉽게 다가왔다.

깨롬이라는 이름의 사냥꾼 유저가 먼저 말을 걸어왔다.

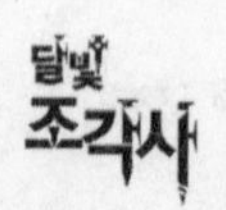

“혹시 제 조각품을 만들어 주시면 안 될까요?”

“조각품요? 조각품 의뢰는 요즘에는 안 받는 편이기는 한데…….”

위드는 넌지시 한 번은 튕겼다.

도시에서 유저들의 주문을 받아 조각품을 깎아 주는 조각사들은 대부분 스킬의 레벨이 낮은 이들이다. 객관적으로 봐서 조각술을 마스터하기까지 했으니 싼값에 움직일 수는 없다.

“예. 역시 실례였네요. 미그리움을 좀 써 보려고 했는데.”

“후, 예술가로서 작품에 대한 열정은 도저히 꺼지지 않네요. 내놓을 미그리움은 얼마나……?”

“전부요.”

“흠흠, 이게 땅 파서 하는 게 아니다 보니 제작 비용도 꽤 들어가는데 말이죠.”

“아까 보니 스킬로 불 일으키시던데… 어쨌든 2만 골드 정도는 생각하고 있었어요. 너무 적을까요?”

“돈과 미그리움 어서 내놔 보세요. 그러고 보니 잘생기신 거 같기도 하네요. 작품으로 만들면 보람이 있겠습니다.”

위드가 자신의 조각품을 만들어 주는 기회!

깨롬을 시작으로 해서 북부 유저들이 앞다퉈 조각품 의뢰와 같이 광물들을 내놓았다.

“일주일 안에 만들어 드리죠.”

위드는 대량의 광물을 누렁이와 켈베로스에게 짊어지게 하고 사냥터로 갔다.

언데드를 소환해서 사냥을 하고 지치면 조각품을 만드는 노가다의 연속.

광물 자체의 품질이 매우 뛰어났고, 조각술도 마스터를 했다. 그동안의 경험과 감각이 있기 때문에 걸작과 명작이 잘 만들어진다.

착착 쌓이는 스텟과 대장장이 스킬 숙련도!

음식 재료를 입수하면 유저들을 위해서 요리도 만들어 줬다.

"이것도 넣고, 저것도 넣고… 귀한 재료이긴 하지만 다 넣고 끓이면 어떻게든 되겠지."

잡탕!

새로운 맛을 발견하기 위한 레시피를 개발해야 했지만 그건 상당히 까다로운 작업이다. 각 요리 재료들의 손질에서부터 미세한 맛과 향을 위해 온갖 아이디어들을 쥐어짜 내야 하기 때문이다.

위드는 유저들이 거인들의 땅에서 얻은 식재료는 전부 넣고 끓였다.

"저기… 맛은 있는데 무조건 끓이시나요?"

"예, 싫으시면 굽거나 튀겨도 됩니다."

"아, 아니, 그냥 끓여 주세요."

동료들은 그 광경을 구경하고 나서는 평가를 내렸다.
“네크로맨서도 역시 노가다로구나.”
“어떤 직업이라도 노가다야.”
“인생이 다 그런 건지도…….”

거인들의 땅에서 북부 유저들이 적극적으로 탐험에 나서면서 가까운 던전들은 파악이 끝났다.
위드가 사냥에 나서면 북부 유저들이 양보를 해 주기도 했지만 몬스터의 숫자가 적었다. 네크로맨서에게 최적의 효율을 올려 주는 사냥터가 아닌 경우가 많았다.
“이젠 다음 계획으로 넘어가야 되겠지.”
위드의 입가에 가벼운 미소가 맺혔다.
데릭 마을에서 조각품만 40여 개를 만들었다.
시간 조각술도 중급 9레벨 96%. 대장장이 스킬과 요리 스킬의 숙련도도 꽤나 올렸으니 떠나야 할 때였다.
원래 네크로맨서로 전직을 결심한 이유 중의 하나가 조각술 최후의 비기인 시간 조각술 때문이었다.

시간 조각술
고급 : 여행의 조각술.

시간의 흔적을 좇아서 특정한 시점으로 여행할 수 있습니다.
특수한 퀘스트들을 진행할 수 있습니다.
단, 퀘스트와 관계된 것이 아니라 조각사 임의로 과거를 바꾸는 것은 매우 큰 대가를 치르게 될 것입니다.

조각사 직업의 모든 가능성이 담긴 기술!

찰나의 조각술로 일시적으로 세상을 멈출 수 있었지만 그 정도로 끝나는 것이 아니었다.

시간 조각술이 고급이 된다면 과거의 역사로 들어갈 수 있다.

'사막의 대제왕에서 경험했듯이… 강해지기 위해서는 위험한 적들을 찾아서 싸워야 한다.'

전사나 검사 계열의 직업은 겪어 봤다. 수많은 적들을 상대로 아수라장을 헤쳐야만 전투 공적과 강자로서의 자격이 주어진다.

네크로맨서야말로 주변이 강할수록 자신의 전투력도 상승하는 직업.

조금 유리하거나 좋은 사냥터를 찾아가려는 게 아니다. 조각사로서 그동안 쌓은 자산과 경험, 지금까지 쌓은 능력을 전부 발휘하여 부딪쳐 보려는 것이었다.

"슬슬 움직여 볼까?"

위드는 주변에 있던 짐을 챙겼다.

"왈왈!"

켈베로스와 누렁이, 바하모르그도 일손을 거들었다.

광물 제련용 화로에서부터 대장일과 조각을 위한 시설과 요리 도구까지, 챙겨야 할 것이 한두 가지가 아니었으니까.

데릭 마을의 입구부터 세워 놓은 조각품들은 대단한 가치를 가지고 있었다.

고급 희귀 광물들로 만들어진 자산!

아르펜 왕국으로 옮겨 가면 큰돈을 벌 수 있지만 그냥 남겨 놓기로 했다.

"이 마을도 내 것으로 해야 해!"

북부 유저들의 편의를 봐주는 건 물론이고 주민들에게 영향력을 남겨 놓기 위함이었다.

데릭 마을

영향력 1위 : 위드 32%
영향력 2위 : 테로스 7%
영향력 3위 : 양념게장 6%

퀘스트와 사냥도 있지만 조각술 마스터로서 작품을 만들면서 쌓은 영향력!

위드가 짐을 챙기는 사이에 메이런과 수르카, 로뮤나, 이리엔, 페일, 화령, 제피와 벨로트, 파이톤과 양념게장까지 동료들이 몰려들었다.

페일이 가장 먼저 물어 왔다.

"어디로 가실 겁니까?"

"베르사 대륙으로 가야 되겠죠."

이리엔이 머뭇거리다가 말했다.

"괜찮으시겠어요?"

"뭐가요?"

"헤르메스 길드가……."

그들도 친한 마판을 통해서 위드를 척살하기 위한 조직이 대대적으로 움직인다는 이야기를 들었던 것이다.

헤르메스 길드에서는 전쟁을 치르고 있지도 않아 여유 병력이 남아도는 상태라 작정하고 칼을 뽑아 들었다.

"위험하잖아요."

동료들의 얼굴에는 걱정하는 기색이 역력했다.

마음이 여린 이리엔, 여전히 앳된 수르카, 콩깍지가 눈을 뒤덮고 있는 화령까지도!

위드는 가볍게 웃었다.

"괜찮습니다. 전부 해치울 준비가 되어 있으니까요."

화령이 걱정이 된 나머지 슬그머니 대화에 끼어들었다.

"따로 준비하는 모습을 못 봤어요. 여기서는 쭉 조각품만 만드셨잖아요. 혹시 우리를 안심시키려고 거짓말하시는 거면, 그러지 마세요."

걱정과 애틋함이 섞인 시선을 보내는 화령이었다.

"그것도 오래전부터 대비를 하고 있었습니다."

"언제요?"

"네크로맨서로 직업을 얻기 전부터요. 헤르메스 길드는 항상 저를 방해하니까요."

"그럼 직업을 얻은 것도……."

"메인은 아니지만, 제대로 한탕 해 먹기 위한 준비의 일부라고 할 수 있죠."

페일의 눈에 감탄이 어렸다.

'역시 그랬어.'

갑자기 사람이 변했을 리가 없다. 위드라면 이미 모든 견적을 뽑아 놨다고 보는 것이 옳았다.

헤르메스 길드를 상대하기 위해서 무모하게 덤벼드는 건 그의 방법도 아니었다.

위드가 짐을 챙기는 것을 파이톤이 웃으면서 거들었다.

"껄껄, 이렇게 떠나보내니 아쉽군. 잘 싸우도록 하게. 건투를 빌겠네."

화통하게 웃는 파이톤은 앓던 이가 빠진 것처럼 시원한 표정이었다.

조각품을 깎다가도 언제 벌떡 일어나서 사냥을 가자고 할지 몰랐기에 위드를 보기만 해도 심장이 두근거리는 불안감이 있었다.

'이번에 또 헤어지면 몇 달은 안 봐도 되겠지? 바쁜 녀석이라서 좋구나.'

동료들이 짐을 누렁이의 등에 다 실었을 때였다.

위드가 유린을 기다리다가 말했다.

"근데 다들 그렇게 가실 겁니까?"

누렁이의 머리를 쓰다듬던 양념게장이 깜짝 놀라서 대답했다.

"어딜 가요?"

"사냥터요."

"예?"

동료들이 의아해할 때 위드의 입에서 청천벽력과 같은 소리가 나왔다.

"여러분도 같이 갈 건데요."

위드는 동료들에게 계획을 밝혔다.

이른바 쥐덫 놓기!

"헤르메스 길드가 저를 노리고 있습니다. 그에 대한 대비책은… 역으로 함정을 파 놓고 노리는 거죠."

동료들과 조각 생명체들을 던전에 매복시켜 놓고 헤르메스 길드의 척살대가 오면 역습을 가하는 것이다.

물론 진정한 계획은 시간 조각술로 동료들과 역사적인 전투를 벌이는 것이지만 그건 아직 이야기를 꺼낼 때가 아니

었다.

'민주주의란 격렬한 토론이나 설득을 필요로 하지.'

인권!

가치관의 존중!

현대사회에서 필수적인 요소였지만 그냥 적당히 분위기 봐서 끌고 들어가면 끝이었다.

사냥이라는 말에 몸서리를 치던 파이톤이 짙은 흥미를 드러냈다.

"몬스터를 사냥하자는 게 아니었군?"

"네. 헤르메스 길드 사냥이죠."

"놈들이 오지 않으면?"

"안 올 리가 없습니다. 걔들은 나쁜 짓 할 때는 필요 이상으로 부지런한 애들이거든요."

양념게장도 미소를 지었다.

"그러면 좀… 재미있겠는데요."

암살자로서 몬스터 사냥보다는 강자들을 습격하는 재미가 컸으니까.

특히 헤르메스 길드의 최정예들이 모였을 척살대라면 그야말로 꿀잼!

위드는 땅에 무언가 그림을 그렸다.

"장소는, 벤트 성에서 북쪽으로 좀 올라가다 보면 거대 던전 몰스가 나옵니다. 입구는 하나뿐인데 내부는 지하 세계라고 할 정도로 넓습니다. 대략 이런 구조죠."

돼지 꼬리와 같은 동그라미들이 그려지고, 그다음에는 영락없이 닭 꼬치들이 엇갈려서 세워진다.

"……."

그림을 아무리 들여다봐도 던전 구조에 대해서는 전혀 알 수가 없었다.

위드의 그림 솜씨에 대해서는 익히 알고 있던 벨로트가 땅바닥은 무시하고 물었다.

"그래서요?"

"역시 그림을 그려 드리니 이해가 빠르시군요."

"켈록!"

"던전에는 열네 종류의 몬스터가 나오는데, 그들만의 왕국이라고 부를 정도로 숫자가 많습니다. 일반 유저들이 아직 사냥을 못 하고 있을 정도죠."

각 지역마다 서너 곳 정도는 몬스터들이 넘쳐 나는 던전이 있다. 때때로 던전의 몬스터 밀도가 높아져서 외부로 몰려나오기까지 할 정도였다.

"여긴 네크로맨서에게는 최적의 사냥터죠. 제가 이곳에서 사냥을 하고 있으면 눈치를 챈 헤르메스 길드의 척살대가 나타날 겁니다."

페일이 불안한 듯이 물었다.

"우리만으로 될까요? 놈들은 최소 20명, 많으면 수백 명이 몰려올 텐데요. 위드 님의 언데드가 있다고 해도 힘들 것 같은데……."

데스 나이트로는 감당하기 힘든 헤르메스 길드의 유저들.

페일은 그 점을 지적했는데, 위드는 깊은 한숨을 내쉬었다.

"압니다. 그래서 우릴 도와줄 병력을 더 모으면 됩니다."

"어디에 있는데요?"

"지금부터 모으면 됩니다."

위드는 데릭 마을의 북부 유저들 중에서 함께할 사람들을 골랐다. 비싼 가격에 조각품 의뢰를 한 유저들이라면 절대 배신하지 않으리라.

그 외에도 풀죽신교의 활동이나 대지의 궁전에서의 전투에 참여해서 공을 세운 유저들 중에서도 선발했다.

최종 인원 300여 명!

"그래도 위험할 거 같아요. 헤르메스 길드랑 싸워야 하는 거잖아요."

수르카는 여전히 불안해했다.

그러나 위드에게는 마지막 숨겨 둔 회심의 카드가 남아 있었다.

"아르펜 왕국에 남아 있는 사형들이 100명 정도 있습니다. 그분들을 부르면 되겠죠."

⚜

-위드가 나타났습니다. 몰스 던전으로 들어가는 광경이 목격됐습니다.

-혼자입니까?

-소 1마리와 워리어를 동반하고 있습니다.

-좋아요. 확실하군요. 본진 출발 준비. 주변에 대기 중인 척살대의 상황은요?

-2개 조가 있습니다. 도둑 르네인이 대장입니다.

-르네인이 멀리서 감시하고, 합류 부대를 기다립니다. 천금 같은 기회이니 들키지 않도록 주의하십시오.

헤르메스 길드의 통신 채널!

아르펜 왕국에 흩어져 있던 헤르메스 길드의 척살대가 바쁘게 이동을 시작했다.

수도 아렌 성에서도 본대와 마법사들이 집결했다.

"텔레포트!"

텔레포트 게이트를 이용하여 제국의 북쪽으로 크게 움직인다.

그 이후부터는 마법사들이 마법진을 그려서 척살대를 북쪽으로 계속 이동시켰다. 각 지역마다 미리 정해진 포인트로 이동을 하고, 마법사들이 마나를 회복시킬 때마다 한 단계씩

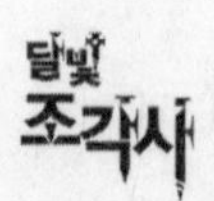

움직인다.

드넓은 아르펜 왕국을 텔레포트로 가로지르기 위하여 모인 마법사들만 230명.

몇 시간씩 걸린 작업임에도 불구하고 위드가 언데드를 이끌고 사냥만 하고 있다 보니 척살대 전원이 모여서 이동할 수 있었다.

"마법사의 지원까지는 필요 없으리라고 봅니다만… 힘을 보여 줄 필요도 있겠죠."

마법병단도 돌아가지 않고 척살대와 함께 몰스 던전을 습격하기로 했다.

"다리우스 님, 그동안 충분하리라고 생각했지만 그럼에도 실패를 거듭했습니다. 이번에는 과하다는 말이 나올 정도로 확실하게, 완벽하게 헤르메스 길드의 힘을 보여 주도록 합시다."

"완벽하게 해내겠습니다. 저만 믿어 주십시오."

다리우스가 이끄는 헤르메스 길드의 척살대와 지원 팀은 무사히 몰스 던전의 입구로 집결했다.

총인원은 암살자들을 위주로 구성된 척살대 300명에 마법사 230명, 지원 팀 500명, 친위대 24명.

헤르메스 길드 유저들이 서로를 보면서 어이없다는 듯이 웃었다.

"고작 1명을 상대하는데 이렇게까지 모인 거야?"

"완전히 힘으로 찍어 누르게 생겼네. 감히 반격이나 가할 수 있을까."

"위드를 죽이려는 경쟁부터가 보통이 아니겠다."

레벨이 400대 중후반을 넘는 유저만 1,054명에 달하는 가공할 병력이 집결되었다.

헤르메스 길드가 내정에 힘을 쏟으면서 이미지를 관리하고 있는 와중이기는 했지만, 위드를 향해서는 확실히 칼을 뽑았다. 어차피 욕을 먹을 바에는 힘이라도 과시하자는 의도도 바닥에 깔려 있었다.

"진입합시다."

척살대 유저들부터 차례로 몰스 던전으로 들어갔다.

-놈들이 옵니다.

위드는 던전 입구에서 감시하는 '죽음을 몰고 오는 그림자' 양념게장의 귓속말을 받았다.

-몇 명이나 되죠?

-지금까지 들어온 녀석들만 400명 정도 되는 거 같습니다.

-많군요.

-계속 들어오고 있습니다. 일부는 던전 입구를 봉쇄할 모양입니다.

-알겠습니다. 수고해 주세요, 게장 님.

-저기, 제 이름은 좀…….

하루 전, 양념게장은 이번 임무 때문에 어쩔 수 없이 위드와 친구 등록을 했다.

수르카, 이리엔 등 다른 동료들과도 마찬가지였다.

수르카가 먼저 귀엽게 웃으면서 부탁했다.

"암살자님, 친구 등록 좀 받아 주세요."

"커험, 그게요."

양념게장은 서둘러 자리를 피하려고 했지만 위드의 가벼운 입을 막진 못했다.

"영혼을 파괴하는 양념게장 님, 수르카 님이랑 친구 등록 안 하실 겁니까?"

"예?"

"여기에 피하지 못하는 죽음 양념게장 님과 친구 등록하길 원하시는 분들이 많은 것 같은데요."

"……."

암살자!

그것도 로열 로드 최고의 암살자라면 선망하는 유저들이 많기 마련이다. 몬스터 사냥만이 아니라 유저들 간의 일대일 승부에서 절대적인 강함을 보유했다는 뜻이니까.

중앙 대륙에서는 헤르메스 길드 유저들 중에서도 영주들을 숱하게 암살했던 절대적인 암살자!

그간 왠지 편하게 대하지 못했던 이리엔, 로뮤나, 벨로트가 이름을 알고는 입을 막았다.

"풉!"

"꺅!"

"에고."

그녀들이 웃음을 억지로 참는 것을 보며 로브 안에 감춰진 양념게장의 얼굴이 붉게 달아올랐다.

제피와 페일은 다행이라고 가슴을 쓸어내렸다.

'난 저런 이름 안 지어서 다행이다. 로열 로드 시작하던 그날 닭 꼬치 먹었는데.'

'이름 갖고 놀리면 안 되는데… 진짜 재밌긴 하네.'

수르카가 눈을 동그랗게 떴다.

"이름이 양념게장 님이었어요?"

"으음……."

"와, 저 양념게장 진짜 좋아하는데. 반가워요."

"크으윽, 네."

어둠의 살인자, 영혼을 파괴하는 양념게장!

수르카가 악수를 위해 손을 잡고 흔들 때마다 멘탈이 흔들렸다.

"근데 간장게장도 맛있는데."

"게장은 다 맛있어."

"완전 밥도둑이잖아."

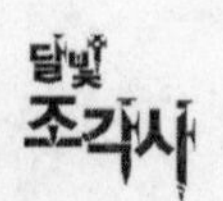

"아, 그래서 암살자 하신 거 아냐?"

그녀들끼리 자유롭게 상상의 나래를 펼쳤다.

사실 그때 일어났던 모든 일이 흉악한 원수 위드 때문이었기에 양념게장은 참다못해 발끈해서 귓속말을 보냈다.

-위드 님, 제 허락도 없이 이런 식으로 이름을 가지고 놀리시면 앞으로 곤란한 일이 벌어질 수도 있습니다.

전쟁의 신 위드, 아르펜 왕국의 국왕이라고 할지라도 자유로운 암살자는 굴복하지 않으리라.

계속되는 놀림에 양념게장은 날카롭게 엄포를 놓았다.

하지만 고작 이 정도에 반성을 할 위드가 아니었다.

-죄송합니다. 화 푸세요.

-사과는 받아들이겠습니다. 앞으로는 호칭에 주의해 주세요.

-사과하는 의미로 게장 님께 풀죽신교 최고 명예 훈장을 수여하겠습니다.

-예?

-잔혹한 살육 지배자 양념게장 님을 풀죽신교의 수호신으로 알리겠습니다.

-허억! 구, 굳이 그러지 않아도 되는데요.

-새벽의 도시와 모라타의 광장에 양념게장 조각상까지 대형으로 만들어 드리죠. 아무한테나 해 드리는 거 아닙니다. 최고의 암살자 양념게장 님께만 드리는 특혜입니다.

부들부들.

어둠 속에 몸을 숨기고 있던 양념게장은 분노에 몸을 떨었다.

'놀림당했다.'

캐릭터 이름을 정하고 나서 쭉 걱정해 오던 순간이었다.

'양념게장이란 이름이 알려지고 말았어.'

위드를 통해 얻은 분노는 당사자에게 해소할 수도 없었다. 자칫하면 자신의 조각상이 아르펜 왕국 전역을 뒤덮게 되리라.

위드는 심지어 풀죽신교에 양념게장죽 부대를 만들고, 왕국 전역에서 매달 게장 축제까지 벌일 계획이라고 했다.

'복수한다. 그 대상은 헤르메스 길드다.'

양념게장은 차분히 기다렸다.

다리우스와 척살대 유저들의 목소리가 들렸다.

"위드가 도망칠 거라고는 생각하지 않습니다, 하하. 여기까지 도망도 못 치겠죠. 그래도 철저히 해야 하니 100명 정도는 남겨 놓겠습니다."

척살대 본대가 이동하면서 던전 입구에는 헤르메스 길드의 유저들 100명이 남았다.

'절대자의 눈.'

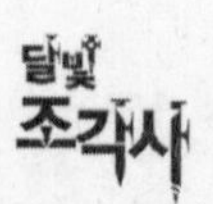

양념게장은 암살자 스킬을 시전했다.

어둠 속에서만 발동되는 스킬로, 상대방의 색을 볼 수 있었다. 자신을 기준으로 강할수록 붉은색, 약하면 푸른색으로 뜬다.

양념게장의 레벨이 522.

남겨진 유저들은 대부분 초록색.

'사냥하기에 만만한 정도군.'

양념게장은 정해진 계획에 따라 20분쯤 기다렸다.

몰스 던전은 상당히 넓은 곳이라서 전체를 수색하려면 3시간은 넘게 걸린다. 위드는 던전의 깊은 곳에서 척살대를 기다리고 있을 것이다.

'시간이 됐다.'

양념게장은 스킬을 사용했다.

'어둠의 장막.'

헤르메스 길드 유저들의 그림자가 길어지기 시작했다. 바람이 불지도 않는데 마법 횃불들이 흔들리더니 픽픽 꺼졌다. 물이 스며들듯이 어둠이 번져 나가서 주변을 뒤덮는다.

암살자, 양념게장의 시간이 시작되었다.

"컥!"

어둠 속에서 누군가가 목숨을 잃었다.

구석진 곳에서 혼자 있던 유저라서 헤르메스 길드의 유저들도 알지 못했다.

빠르게 회색빛으로 사라지는 시체.

"끅."

"어억!"

1명씩, 1명씩.

외곽에서 눈에 띄지 않는 유저들부터 양념게장은 신속하게 해치웠다.

뒤에서 조용히 접근하여 등이나 목을 찌른다. 머뭇거림 따위는 없는 과감한 손놀림.

생명력이 높은 전사들은 일격에 마비 효과가 발생했고, 2차, 3차의 연속 공격으로 목숨을 거뒀다.

8명이 죽은 후에야 방만하게 있던 유저들이 이상함을 느꼈다.

"뭐지?"

"이상하네. 입구 쪽에 몇 명 있었던 거 같은데……."

"흐음, 기분이 묘하긴 한데……."

양념게장은 아직도 방심하고 있는 유저들을 빠르게 기습했다.

암살은 시간과의 싸움.

"컥!"

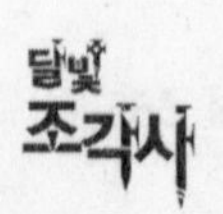

3명이 더 죽어 나가고 나서야 헤르메스 길드 유저들은 벌떡 일어났다.

"습격이다."

"뭐가?"

"봤어. 어둠 속에서 손이 뻗어 나와서 내 친구인 전사 데렉토를 해치우는 걸!"

"그러면……."

"죽었어. 지금 파티에서도 떠났고."

입구에 있던 헤르메스 길드의 유저들은 급하게 방어 자세를 취했다.

두둠킬 : 공격을 받았다!

짹짹이 : 위드가 던전 입구에… 아니, 이건 암살자야.

바다의왕 : 위드의 동료가 나타났다.

헤르메스 길드의 통신망이 북적거렸다.

양념게장은 입구에서의 임무를 마치고 어둠 속으로 조용히 사라졌다.

척살대의 본대를 이끌던 다리우스는 통신망을 통해 던전

입구의 소식을 들었다.

"암살자는 무시하고 계속 갑니다. 우리의 목표는 오로지 위드입니다."

무기를 들고 있는 헤르메스 길드 유저들! 바드레이의 친위 대원들도 동요하지 않았다.

'약해 빠진 놈들 몇 명 죽어 나가더라도 내가 상관할 바 아니지.'

'동료라… 혼자 있진 않았던 모양이군.'

다리우스도 사소한 방해에 대해서는 신경 쓰지 않았다.

'여기까지 들어온 이상 선택권은 없어.'

1,000여 명의 척살대를 이끌고 있다. 계획과는 달리 조금의 변수가 생겼다고 해서 던전에서 물러난다는 건 있을 수 없는 일이다. 암살자를 잡는 시간마저도 아까웠다.

"오늘 위드는 우리의 손에 죽습니다. 습격을 알아차린 것 같으니 더 빨리 움직이겠습니다."

다리우스에게는 리더십이 있었다.

나쁜 이들과 함께 못된 짓을 저지를 때의 지휘력!

"이곳은 20명이 지킵니다. 헤브론 님, 맡아 주세요."

"알겠습니다."

위드가 있는 위치를 안다고 해서 800여 명이 그곳으로 모조리 뛰어가는 건 효율적이지 못하다. 몰스 던전은 규모가 크기 때문에 위드가 척살대를 피해서 도망칠 수 있어서 갈림

길이 나타날 때마다 병력을 배치했다.

헤르메스 길드의 정보력으로 던전의 대략적인 지형과 경로를 입수했다.

'비밀 통로는 없는 것이 확실하다. 그리고 마법으로 도망치지도 못한다.'

마법사들과 사제들이 공간 이동을 봉쇄하는 마법을 펼쳤다.

'이 던전은 완벽하게 고립된 상태다. 변수 따위는 존재하지도 않지.'

사각사각.

레벨 487의 도둑 르네인은 멀리 어둠 속에 숨어서 지켜보고 있었다.

그가 관찰하고 있는 대상은 위드!

'조각품을 만드네. 조각사니까 당연한 건가. 생각보단 강해 보이지 않지만 부하들이 걸리는군.'

위드는 바하모르그, 누렁이, 켈베로스와 함께 있었다.

르네인은 욕심이 났지만 그저 입맛만 다실 뿐이었다.

'습격은 무리겠지. 지켜보기만 해도 이번 척살에서 제일 중요한 임무를 담당하는 거야.'

척살에 성공하고 헤르메스 길드로부터 받을 보상을 감안한다면 수고에 비해 만족스러웠다.

'조각술을 좋아하나? 마스터를 하고 나서도 계속 조각품을 만드네.'

위드는 몰스 던전으로 들어와서 사냥을 하고 데스 나이트와 스켈레톤 부대를 일으켰다. 마나를 회복하는 동안에는 자리에 앉아서 조각품을 깎았다.

그 성실함에 대해서는 르네인도 인정해 줄 수 있었지만 레벨이 높아질수록 조각품에 무슨 가치가 있을까 싶었다.

'스텟 노가다인가. 성공한 조각품이 스텟을 쌓기 좋다고는 하던데. 하지만 그것에 의존해서 강해지긴 힘들다고 보고서가 나왔어.'

사각사각

'근데 조각품이 익숙하다. 본 적이 있어. 누구였지?'

위드가 깎는 조각품은, 평생을 사랑하는 연인을 그리워하면서 살았던 자하브!

'자하브. 그래, 자하브였구나!'

르네인은 점점 드러나는 조각품의 외모를 알아봤다.

베르사 대륙에는 수많은 마스터들이 있었지만, 조각술 마스터 NPC에 대해 관심을 갖는 유저들은 거의 없었다.

10대 금역 중의 하나인 그라페스에서 아는 유저도 없이 은거하고 있던 자하브였다. 검술의 마스터이기도 했지만 엠비

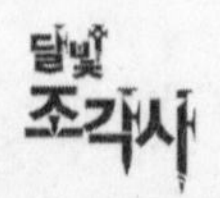

뉴 교단과의 최후의 전쟁에서 헤스티거와 함께 도우면서 대중에게 유명해지게 되었다.

그야말로 위드에게 마지막 사골까지 쪽쪽 빨렸던 자하브.

"그럭저럭 괜찮군."

위드는 젊은 자하브를 조각한 후에는 이베인 왕비도 조각했다. 이베인 왕비도 직접 봐서 눈에 익었던 만큼 조각을 하는 속도는 매우 빨랐다.

'실력이, 손이 굉장히 빠르구나. 움직이는 대로 만들어진다.'

르네인이 감탄하는 사이에 자하브와 이베인의 조각상의 외모는 완성되었다.

"시간 조각술!"

위드가 조각술 스킬을 쓰자 조각품은 조금씩 변했다.

자하브와 이베인의 얼굴에 짙은 주름이 생기고, 머리가 새하얗게 변한다. 당당하던 어깨가 좁아지면서 키는 조금씩 줄어들었다.

'저건 뭐지? 조각술의 기술 중 하나인가?'

르네인이 지켜보는 사이에 두 사람의 조각품은 완성!

"이름은 함께하는 연인들이라고 하자. 응, 그렇게 해."

함께하는 연인들을 감상하셨습니다.

거장 위드가 만든 작품.

조각술 마스터 자하브와 로자임 왕국 이베인 왕비의 젊은 시절을 표현한 작품이다.
오랜 시간 동안 조각상들은 함께 자리를 지켰다. 이루어지지 않았지만 영원히 간직될 사랑에 대한 작품.

감성이 충만해져서 지혜와 지식이 영구적으로 2씩 증가합니다.
1달간 생명력의 최대치가 1,200 증가.
예술이 영구적으로 1 증가합니다.
매력이 영구적으로 1 증가합니다.

세기의 명작!

'스텟이 오르다니 실력이… 확실히 마스터는 다른가.'

르네인이 감탄만 하고 있을 때였다.

"나 때문에 고생을 좀 하긴 했지만 이걸로 은원은 서로 없던 걸로 하죠."

조각을 하며 이야기하는 위드의 목소리가 들렸다.

르네인은 자세한 사정은 몰랐으니 그저 지켜보기만 했다.

위드는 조각품을 다 만들고 나서 스킬을 사용했다.

"조각 소환술!"

눈부신 금빛과 함께 등장한 것은 활을 메고 있는 금인이.

"불렀는가, 골골!"

"응, 기다려."

아르펜 왕국의 영토 내에 있었기 때문에 조각 소환술에 소모되는 마나의 양도 크지 않았다.

위드는 또 무언가의 조각품을 만들다가 스킬을 펼쳤다.

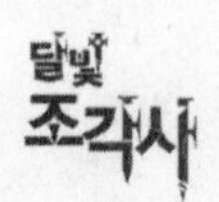

"조각 소환술!"

이번에 불러온 것은 백호!

"크허어어어어어어엉!"

주둥이를 벌리면서 던전이 떠나갈 정도로 크게 포효했다.

"시끄러워. 구석에서 있어라."

"알았다. 크허헝!"

어둠 속에 숨어 있던 르네인의 가슴이 조마조마해졌다.

'부하들을 더 불렀군. 걸리면 도망도 못 치고 죽는다.'

조각 생명체들의 강함이야 이미 증명되었다.

도둑으로서 웬만한 상대로부터는 벗어날 수 있었지만 백호처럼 빠른 짐승을 피해 던전 내에서 도망치기란 쉽지 않았다.

위드는 조각품을 만들고 시간 조각술을 쓰더니 또다시 조각 소환술을 펼쳤다.

"불렀어요?"

"응. 기다리고 있어."

하이 엘프 엘틴의 소환.

'부하들을 계속 불러오는구나. 습격을 알아차린 것 같은데 설마하니 싸울 생각인가.'

르네인은 헤르메스 길드의 통신 채널을 통해서 보고를 했다.

르네인 : 놈이 습격을 눈치챈 것 같습니다. 조각 생명체들을 불

러오고 있습니다.

다리우스 : 이쪽도 던전 입구에서 암살자로부터 공격을 받았습니다.

르네인 : 어떻게 하죠? 지시를 내려 주십시오.

다리우스 : 놈이 도망치지 않도록 감시만 하도록 하세요. 죽고 싶지 않아서 조각 생명체들을 부른 모양인데, 그게 오히려 미련한 짓이 될 겁니다.

'하긴. 이번에 부하들까지 싹 쓸어버리면 더욱 좋지.'

위드의 분신이나 마찬가지인 조각 생명체들까지 다 없애 버린다면 돌이킬 수 없는 타격을 주는 셈이다.

'유명한 녀석들인데. 전부 사라지게 되면 아쉽긴 하겠군.'

르네인은 조각품이 만들어지는 과정을 보면서, 조금이지만 조각 생명체에 대한 애착이 생겼다. 저런 부하들을 거느릴 수만 있다면 대단히 특별한 경험이 되리라.

"조각 소환술!"

위드는 여검사 빈덱스, 바바리안 게르니카, 시골뱀 독사, 지렁이 데스 웜, 기사 게빌, 악어 나일이까지 계속 소환했다.

'이번 전투는 아무래도 무모한데 척살대의 전력을 모르나? 조각 생명체들이 전부 여기서 몰살을 당하겠구나.'

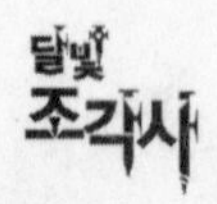

"크윽."

"컥!"

다리우스가 갈림길마다 남겨 놓은 병력은 북부 유저들의 습격을 받았다.

코메트 : 비상! 이곳은 함정이다. 북부 유저들이 우릴 공격하고 있다!

데인저고 : 36-2번 갈림길에서도 적과 전투 중! 놈들은 던전 내부에 숨어 있었다.

알판 : 6번 광장. 적 무리 40명으로부터 공격을 받음. 지원을 요청함. 적들의 전력이 2배를 넘는 상태임!

갑작스러운 습격!

위드의 목숨을 거두러 출동했던 척살대지만 던전 곳곳에서 북부 유저들에 의한 기습이 이루어지고 있었다.

몰스 던전은 규모가 크기 때문에 도주로를 막기 위해 갈림길마다 병력을 남겨 놓지 않을 수가 없었다. 남겨진 병력이 북부 유저들에 의해 거침없이 쓸려 나가면서 다리우스가 이끄는 본대로 소식이 전해졌다.

"이런 빌어먹을. 함정이었구나."

동시에 다섯 곳 이상 습격을 받았다.

다리우스와 척살대의 본대도 확실히 상황을 파악했지만 어찌할 수 있는 방법은 없었다. 암살자가 등장했을 때부터 이미 되돌아 나가기에는 너무 멀리 왔던 것이니까.

“북부 유저들이 던전의 주요 위치마다 기다리고 있었던 게 틀림없는 것 같군요.”

레벨 500을 넘긴 친위대 추보의 말에 척살대의 유저들은 침묵했다. 유저들의 눈은 모두 다리우스를 보고 있을 뿐이었다.

‘어떻게 할 거냐?’

‘이번 일은 네 책임이지.’

‘뒤늦게 길드에 가입해서 설치더니 결국 망하겠구나.’

충실한 사냥개 다리우스의 행동을 보며 탐탁지 않게 여기던 유저들이 많았다. 헤르메스 길드에서는 실패 시에는 가혹할 정도로 처분을 하니 모든 책임을 미루고 있었다.

‘어떻게 한다? 적의 전력을 모르겠다. 싸워서 승부를 내? 그런데 최악은… 그래, 여기서 최악은 위드를 놓치는 거야. 위드만 잡으면 나머지는 어떻게든 넘어가면 된다.’

다리우스는 급하게 생각하다가 입을 열었다.

“이동속도를 높입니다. 다른 놈들은 무시하고 위드를 쫓습니다.”

“남겨진 병력은요?”

"유감이지만 지금 그들을 구하러 갈 여력은 없습니다."

척살대의 본대가 르네인이 알려 주는 위치를 향해 신속하게 움직였다.

'조각 생명체들까지 다 잡으면… 최소한 영주 자리는 얻는다.'

'임무의 가치가 더 높아졌다. 이건 100% 방송으로 중계가 될 거야.'

척살대가 달리기 시작한 지 1분도 안 됐을 때였다.

르네인 : 위드가 움직이고 있습니다.

다리우스 : 놈이 어디로 가든 계속 따라가면서 추적하세요. 우리가 금방 도착할 겁니다.

다리우스와 척살대는 이동속도를 더 높였다.

잠시 후, 또다시 길드 채널의 통신망으로 메시지가 나왔다.

르네인 : 반대 방향으로 빠지고 있습니다. 놈이 소를 타고 있어서 빠릅니다!

다리우스 : 절대 놓치면 안 됩니다. 계속 따라가기만 하세요.

"절대로 던전을 빠져나가게 해서는 안 됩니다. 우회할 길도 막아야 합니다."

다리우스는 여러 방향에서 동시에 추적하기 위해 급하게 척살대의 본대를 세 갈래로 나누었다. 이에 추보가 반대 의견을 내세웠다.

“미지의 적에게 습격을 받고 있습니다. 지금 병력을 분산시키면 피해가 커질 것입니다.”

“시간을 아낍시다. 지금 중요한 건 위드이고 시간입니다. 만약 놈이 다른 길로 우리를 통과해서 던전을 나가기라도 하면 어쩔 겁니까? 책임지실 겁니까?”

“…….”

추보는 물론이고 다른 유저들도 그대로 할 말이 막혔다.

헤르메스 길드 유저들이 생각하기에도 위드라는 목표를 잡으려면 어쩔 수 없는 일이었다.

“위드는 멀지 않은 곳에 있습니다. 최대한 빨리 갑니다.”

다리우스의 말에 척살대가 발길을 재촉했다.

마둠 : 습격이다!

고로최 : 여기에 함정이…….

사각김밥 : 도와주세요!

“머뭇거릴 시간도 아깝습니다. 그대로 통과합니다.”

척살대에서 남겨 놓은 병력은 차례로 전멸당했다.

북부 유저들이 사제까지 포함하여 50명, 60명씩 몰려다니면서 해치우기에는 최적의 조합!

척살대 본대는 위드가 있는 방향으로 전력을 다해 달려갔다.

"여기까지다."

다리우스가 이끄는 척살대의 본대는 르네인의 안내로 던전의 막다른 곳에서 위드를 만났다.

'됐다. 어찌 됐건 임무는 완수다.'

위드가 용의주도하게 위치를 바꾸는 바람에 추격해 오는데 시간이 꽤 걸렸다.

'함정. 지독한 함정이었어.'

다리우스는 가슴이 몇 번이나 철렁 내려앉았지만 거만하게 외쳤다.

"위드, 넌 이제 죽은 목숨이다!"

방송으로 어쩌면 수백 번 이상 중계되리라.

이를 의식한 다리우스와 헤르메스 길드 유저들이 각자 멋진 포즈로 무기를 뽑아 들었다.

그때까지도 위드와 누렁이는 움직임이 없었다.

"뭐지, 이건? 이상한 기분이 드는데?"

다리우스는 묘한 위화감을 느꼈다.

르네인이 말했던 조각 생명체들도 보이지 않았다.

"어떻게 된 것입니까?"

도둑 르네인이 조용히 나타나서 이야기했다.

"그게… 너무 빨라서 중간에 한 번 놓쳤습니다."

"뭐라고요?"

"그런데 다행히 다시 쫓아올 수 있었습니다. 조각 생명체들은 어딘가로 사라져 버렸지만요."

"젠장."

다리우스는 더 기다릴 수 없었다.

이번 임무의 핵심인 위드부터 처리하고 그다음에는 조각 생명체들을 찾아 나서거나 탈출을 해야 하리라.

"공격 개시!"

위드가 만만치 않은 실력을 가졌으니 먼저 헤르메스 길드 유저들에게 선공을 넘겼다.

"죽음의 무도!"

"회선 칼날!"

선제공격에 나선 10여 명의 헤르메스 길드의 유저들은 각자 자신 있는 공격 스킬들을 작렬시켰다.

물, 불, 바람, 번개, 검.

모든 공격들이 피할 곳 없이 위드와 누렁이에게 쏟아졌다.

우지끈!

콰과과광!

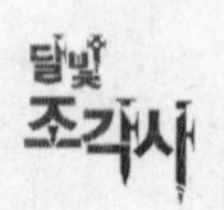

다리우스는 엄청난 파괴의 현장을 멍하니 보았다.

위드는 공격을 막거나 피하지 않았다. 그대로 모든 공격을 허용하더니 감쪽같이 사라져 버렸다.

"이게 뭐지?"

헤르메스 길드 유저들이 다가가서 확인해 보니 무언가가 떨어져 있었다.

긴 낚싯줄에 끼워져 있는 큰 새우!

낚시꾼의 직업 스킬 중 하나인 '가짜 미끼'였다.

위드는 던전을 돌아다니며 언데드 소환 마법을 펼쳤다.

"너희가 살아서 움직이던 땅으로 돌아오라. 이곳은 어두운 곳, 검고 부패한 땅. 영영 사라지지 않을 암흑의 율법을 모든 이들에게 새길 수 있도록 하라. 언데드 라이즈!"

땅에서부터 꾸물거리면서 일어나는 데스 나이트와 듀라한 부대!

헤르메스 길드 유저들의 시체는 그야말로 최상급의 품질이라고 할 수 있었다.

라면이라도 별 5개짜리 호텔 라면!

그동안 몰스 던전에서의 사냥에 유저들의 시체까지 포함해서 스킬 숙련도를 쑥쑥 올렸다.

-초급 언데드 소환 스킬의 레벨이 10이 되어 중급 언데드 소환 스킬로 변화됩니다.

언데드에 대한 지배력을 강화되어 15%의 힘과 생명력이 증가합니다.

언데드의 마법 저항력이 향상되며 밝은 곳에서의 활동력을 크게 늘립니다.

유령 계열의 언데드들을 소환할 수 있고, 강렬한 원한을 품은 언데드들을 일으킬 수 있습니다.

-신앙심이 30 감소합니다.

-명예가 55 줄어들었습니다.

-통찰력이 2 증가합니다.

"역시 싱싱한 시체가 좋지."

반 호크가 이끄는 데스 나이트 부대만 벌써 100명!

"쓸어버리자!"

위드는 언데드들을 이끌고 사냥에 나섰다.

-미끼가 있던 곳에 도착한 유저들은 347명입니다. 나머지는 곳곳에 흩어져 있습니다.

목표는 몰스 던전을 헤매고 있는 헤르메스 길드 유저들!

"위, 위드?"

헤르메스 길드 유저들은 위드를 보고 깜짝 놀랐다. 그 이후에는 언데드 군단을 보면서 얼굴이 굳었다.

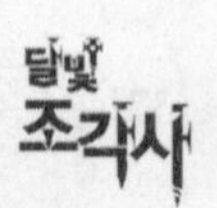

"어떻게 여기에… 본대에 잡혔을 텐데?"

"설명해 줄 시간 없어. 방송 보고 알아봐."

데스 나이트들의 진격!

과거와 다른 점은, 이젠 상당히 강했다. 바르칸의 풀 세트도 있다 보니 시체의 품질이 제대로 발휘되고 있는 것이다.

일대일로는 상대가 안 되지만 데스 나이트 수십 명이 달려들었고, 또 바하모르그와 위드가 돌진했다.

"크윽!"

"이럴 수가……."

3~4명씩 흩어져 있던 헤르메스 길드 유저들은 어렵지 않게 사냥당했다.

"멍멍!"

켈베로스가 부지런히 돌아다니면서 먹잇감들의 냄새를 맡았다. 풀죽신교에 기본 가입되어 있는 북부 유저들에게서는 은은한 풀 향기가 났으니 그들을 제외하는 것으로 충분했다.

때론 헤르메스 길드 유저들이 10명을 넘어가면 언데드만이 아니라 조각 생명체들까지 투입했다.

"밟아."

"알겠다, 주인."

언제라도 든든한 바하모르그를 시작으로, 조각 생명체들이 언데드 사이에서 전투를 펼친다.

"닿지 않는 간지러움!"

위드는 저주 마법을 펼치고 나서 뒤로 물러났다.

부하들이 싸우는 광경을 지켜보는 야비함!

네크로맨서이면서도 하이 엘프의 활을 무장한 채로 화살을 쐈다.

속사와 관통은 기본!

헤르메스 길드 유저들에겐 데스 나이트들이 끈질기게 달라붙었고, 조각 생명체들은 강력했다.

그럼에도 가장 열 받는 것은 멀리서 날아와서 피해를 입히는 화살이었다. 무시할 수 없는 위력을 가진 데다 그들에게 약간의 희망도 남겨 놓지 않는 공격이었다.

언데드들은 파괴되어도 금방 복구가 되고, 또 도망을 치려고 해도 조각 생명체 중에 백호나 켈베로스가 너무 빨라 불가능했다.

헤르메스 길드 유저들의 분노는 결국 위드에게로 향했다.

"위드, 비겁하게 화살만 쏘지 말고 당당히 싸우자!"

"싫어."

"비겁한 승부다. 이 광경이 방송으로 나오면 시청자들의 비난을 받는다는 것을 모르는가?"

"떼로 몰려온 너희보단 낫겠지."

"……."

지은 죄로 따지면 할 말이 없는 헤르메스 길드 유저들.

위드는 던전에 흩어져 있던 유저들을 사냥하고, 또 전투의 흔적이 있는 곳에서는 언데드를 소환했다.

-언데드 소환의 숙련도가 증가합니다.

"룰루루."

흥겹게 콧노래를 부르면서 언데드를 늘려 나가는 위드!

'네크로맨서가 확실히 적성에는 잘 맞아. 아주 시원시원하구나.'

북부 유저들은 던전 입구와 중요한 요충지에서부터 헤르메스 길드 유저들을 격파했다. 던전 내부에 침입한 헤르메스 길드 유저들은 영락없이 갇힌 신세가 되어 사냥을 당했다.

다리우스가 이끄는 척살대 본대는 뒤늦게 던전 탈출을 시도했지만, 거듭되는 습격에 만신창이가 되었다.

"철수, 철수한다!"

양념게장이 그림자에 숨어 이동하는 그들의 뒤를 집요하게 노렸다.

"야, 어딜 도망가냐!"

"가지 말고 한판 붙자!"

수련생들로 이루어진 전사 무리와 북부 유저들도 강했다.

무서운 공격력으로 쇄도하는 그들을 버티기 힘들었는데,

무엇보다도 멀리서 쫓아오는 악랄한 위드 때문에 희망이 안 보였다.

"언데드 소환!"

척살대와 북부 유저들이 싸울 때마다 뒤에서 화살을 쏘면서 실속을 챙기다가 언데드들을 일으킨다.

어느 쪽이 죽거나 늘어나는 것은 결국 언데드뿐!

'아니, 네크로맨서를 써도 이렇게 추잡하게 쓸 수가 있다니.'

다리우스는 진정으로 감탄했다.

그동안 욕을 먹으면서 어중간하게 나쁜 짓을 해 왔던 자신을 반성하게 될 정도였다.

'스킬 레벨을 기반으로 하는 네크로맨서는 초반 성장이 까다롭지. 근데 거인의 성채에서 대박을 치고, 여기서도 숨어서 이득을 볼 건 다 보고 있잖아.'

최후의 결전!

척살대 100여 명은 지하 광장에서 마지막 전투를 펼쳤다.

"이렇게 된 이상 그냥은 안 죽는다."

"도망칠 방법도 없고… 왜 헤르메스 길드인지 보여 주지!"

척살대는 북부 유저를 1명이라도 죽이려고 했지만, 먼저 반 호크가 이끄는 데스 나이트들이 덤볐다.

500마리 넘게 늘어난 언데드들을 제거하면서 체력과 마나를 소모했다. 북부 유저들은 멀리서 원거리 공격을 퍼부었으

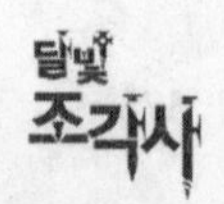

며, 그러는 사이에 언데드들은 또 소환되었다.

척살대에서는 막강한 화력과 전투력을 믿었지만 함정에 빠져서 허우적거리다가 죽어 나갔다. 북부 유저들에게 뛰어들 수도 없었다.

"크하하하, 이곳이 천국이구나."

"예, 이놈들 강한데요!"

아수라장에서 활약하는 검치와 검둘치 그리고 수련생들!

헤르메스 길드 유저들과 난전을 펼치면서 검을 휘두른다.

화살과 마법이 코앞을 스쳐 지나가는데도 꿈쩍도 하지 않고 적들만을 노린다.

그 결과는 척살대의 전멸!

"우아, 우리가 해냈어."

"만세다!"

북부 유저들이 환호성을 질렀다.

그들에게도 피해가 없는 건 아니었지만 헤르메스 길드 유저들은 10배가 넘는 숫자가 목숨을 잃었다.

마음껏 기뻐할 만한 큰 승리였다.

몰스 던전에서의 역습!

멜버른 광산에서 위드가 당했던 것을 그대로 갚아 주었을 뿐만 아니라, 헤르메스 길드에 또다시 수치를 안겨 준 사건이었다.

이 장면들은 당연하게도 전 세계의 방송국에서 중계를 해 주었다. 위드와 북부 유저들의 이름값이 더욱 높아진 것은 물론이었다.

"헤헤, 다음에 또 만나요, 위드 님."

수르카가 아쉬운 듯 작별 인사를 해 왔다.

그녀의 옆에는 페일과 메이런, 로뮤나, 이리엔, 화령, 벨로트, 제피, 양념게장, 파이톤까지 배웅을 위해 나와 있었다.

파이톤이 굵은 목소리로 말했다.

"제대로 이야기도 못 해 보고 아쉽군. 다음에 또 보세."

"후, 정말 즐거웠습니다."

페일도 손을 흔들었다.

헤르메스 길드의 척살대를 요격하면서 레벨과 장비를 실컷 챙긴 그들!

북부 유저들과 검치와 수련생들도 몇 가지씩 아이템들을 전리품으로 얻었다.

헤르메스 길드 유저들이 그동안 쌓은 악명이 워낙 대단하다 보니 죽음으로 잃어버리는 페널티도 컸던 것이다.

조각 생명체에 언데드까지 끌고 다니면서 가장 많은 아이템을 챙긴 것은 위드였지만, 1~2개의 전리품도 그들에게는 굉장히 컸다.

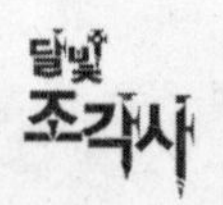

"네, 다음에 기회가 되면… 또 보도록 하죠."

위드는 발걸음을 옮겼다.

그의 곁에는 전투 중에만 부르던 반 호크와 토리도도 소환되어 있었다. 시선을 좀 끌기는 했지만 네크로맨서로 전직을 했으니 두 언데드 부하들을 데리고 다니는 광경이 그리 이상하게 보이지 않았다.

'네크로맨서라… 앞으로 사냥을 같이할 일은 별로 없겠네.'

'언데드들. 조각사로 지낼 때는 1인 5역 정도는 했어야 했는데, 네크로맨서가 되어서 위드 님도 조금은 편해지겠구나.'

동료들이 언데드들과 떠나는 위드를 지켜보고 있을 때였다. 위드가 돌아서더니 잠시 머뭇거리다가 말했다.

"그래도 좀 허전한데, 만난 김에 기념으로 사냥이나 한번 할까요?"

"사, 사냥요?"

사냥이란 단어를 듣자마자 본능적으로 몸을 떠는 페일!

"무슨… 사냥을 또 하려고 그러나?"

파이톤의 가슴도 조마조마하게 떨려 왔다. 과거에 너무 혹독한 사냥을 했던 나머지 위드와의 사냥이라면 마음의 각오를 단단히 해야 한다.

양념게장의 얼굴도 파리하게 질렸다.

"이번엔 대체 며칠이나 사냥을 하려고 하시는 겁니까?"

"그냥, 아쉬워서 여러분과 사냥 한 곳 정도만 할 생각인데요."

"아……."

수르카를 시작으로 얼굴들이 밝아졌다.

'사람은 변하기 마련이라더니, 네크로맨서가 되니 여유가 좀 생겼구나.'

'한 곳 정도라면… 그냥 사냥 한번 하자는 거잖아. 부담이 없네.'

페일을 비롯하여 오래된 착한 동료들은 어차피 위드의 제안을 거부하지는 못하는 입장이었다.

전투 노예와 그 친구들.

오랜만에 만나 놓고 사냥 한번 같이하지 않고 헤어지는 것도 이상하다.

파이톤과 양념게장도 서로 눈을 마주치더니 고개를 끄덕였다.

"좋군. 그동안 얼마나 강해졌는지도 보고."

"네크로맨서는 쉽게 보기 힘든 직업이긴 하죠."

파이톤은 경쟁자라고 할 수 있는 위드의 실력을 옆에서 확실히 보고 싶었다. 양념게장도 위드가 네크로맨서로 변한 이후 얼마나 달라졌는지를 확인하고 싶었다.

"가볍게 사냥이나 하러 가죠."

위드가 말하지 않은 조그만 사실이 있었다.

시간 조각술 고급. 여행의 조각술.

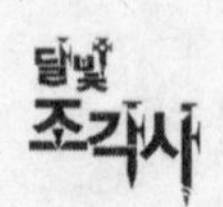

시공간을 초월할 수 있는 기술의 본래 의미는 예술을 위해 만들어진 것이었다.

지금은 사라진 왕국이나 문명의 아름다움과 문화를 만끽할 수 있는 예술가를 위한 스킬.

단, 선택하기에 따라서 역사상 최악의 전장으로 갈 수도 있었다.

TO BE CONTINUED